Michelly Gassman

A SÉTIMA ORDEM

Copyright© 2019 by Literare Books International.
Todos os direitos desta edição são reservados
à Literare Books International.

Presidente:
Mauricio Sita

Capa, diagramação e projeto gráfico:
Gabriel Uchima

Revisão:
Camila Oliveira

Diretora de projetos:
Gleide Santos

Diretora de operações:
Alessandra Ksenhuck

Diretora executiva:
Julyana Rosa

Relacionamento com o cliente:
Claudia Pires

Impressão:
Gráfica ANS

Dados Internacionais de Catalogação na Publicação (CIP)
(eDOC BRASIL, Belo Horizonte/MG)

G251s Gassmann, Michelly.
    A sétima ordem / Michelly Gassmann. – São Paulo (SP): Literare Books International, 2019.
    256 p. : 16 x 23 cm

    ISBN 978-85-9455-129-0

    1. Ficção brasileira. 2. Literatura brasileira – Romance. I. Título.
    CDD B869.3

Elaborado por Maurício Amormino Júnior – CRB6/2422

Literare Books International Ltda
Rua Antônio Augusto Covello, 472 – Vila Mariana – São Paulo, SP
CEP 01550-060
Fone/fax: (0**11) 2659-0968
site: www.literarebooks.com.br
e-mail: contato@literarebooks.com.br

Liz, Edimburgo, dezembro, 1985.

SUMÁRIO

Capítulo 1: O diário 7
Capítulo 2: Perseguição 15
Capítulo 3: O estranho entre os livros 31
Capítulo 4: O voo 45
Capítulo 5: Surpresas 55
Capítulo 6: Saulo, Estevão e Alice 63
Capítulo 7: A ilha das almas 73
Capítulo 8: A casa dos Murdoc 81
Capítulo 9: De volta à ilha 93
Capítulo 10: Festa para relembrar 105
Capítulo 11: Revelações 117
Capítulo 12: Um passo adiante 133

Capítulo 13: O tesouro de Estevão..............141

Capítulo 14: O Asgard..............153

Capítulo 15: A traição de Alanis..............165

Capítulo 16: O segredo de Elizabeth..............175

Capítulo 17: Sofia Balfour..............191

Capítulo 18: No bosque..............203

Capítulo 19: A troca..............215

Capítulo 20: O sacrifício..............229

Capítulo 21: O fim..............249

Sobre a autora..............255

CAPÍTULO 1:
O DIÁRIO
ᚨ ᚺᛁᚠᚱᛁᚨ

CAPÍTULO 1

Lavínia olhou pela última vez para o rosto de Martha. Os olhos fechados da velha senhora, a pele fria. Parecia feliz. Tocou suas mãos geladas e olhou, por um instante, a pele enrugada, pálida, sem vida. Fechou os olhos e sentiu as lágrimas escorrerem. Não havia sentido tanta dor assim durante o velório, mas agora que o caixão estava sendo fechado, parecia que o mundo desabava, trazendo a certeza de que estava sozinha.

Afastou-se do caixão para que os homens a levassem. Enquanto caminhava ao lado do cortejo até o local do sepultamento, sua mente ficou completamente em branco. Não conseguia raciocinar direito. Era como estar no meio de um pesadelo, onde nada parece real, de onde se deseja desesperadamente sair.

Acompanhando o velório iam apenas Lavínia, um casal de idosos que morava no apartamento em frente, e Rose, com quem Martha trabalhou durante 30 anos como enfermeira, no Hospital Geral de Chantal, antes de se aposentar. Rose não parava de chorar desde que chegara. De vez em quando, balbuciava algumas frases quase ininteligíveis que a garota ouvia, sem realmente prestar atenção.

Martha não tinha família. Ela havia criado Lavínia desde quando esta podia se lembrar. Era sua mãe, seu pai, toda a família que tinha. Agora, enquanto via o caixão descer ao túmulo, em meio a um turbilhão de sentimentos, ela sentia também medo. Tinha 17 anos, e não sabia o que fazer.

A SÉTIMA ORDEM

Terminado o sepultamento, permaneceu ali, até que um a um, todos se foram e a deixaram sozinha. Sua mente parecia anestesiada. Nem ao menos respondeu, quando Rose tocou em seu braço e disse: "Lavínia, quer que acompanhe você até sua casa?". Ao invés de responder, a garota olhou para ela e balançou a cabeça negativamente. Rose entendeu que ela precisava ficar um pouco mais, e se foi. Lavínia só se moveu dali, quando começou a sentir frio e se deu conta da chuva que caía. Estava ensopada.

Foi caminhando sem pressa, todo o caminho do cemitério até o prédio onde vivera com Martha, e onde agora passaria a viver sozinha. Enquanto andava pela rua, a mente parecia começar a sair do estado de dormência. Passou a recordar-se de momentos que vivera com Martha. Sentia que poderia ter aproveitado melhor seu tempo com ela. Naquele momento, não pensou no que faria a partir de agora. Não pensou nas contas que continuariam chegando e que teriam que ser pagas, nem no supermercado que teria que fazer, nem no apartamento que teria que cuidar. Só pensava no vazio que sentiria ao entrar em casa, na ausência da sua voz.

O único remorso que sentia era o de não ter insistido em fazer uma certa pergunta. Ela se lembrava claramente da primeira vez em que perguntou à Martha onde estavam sua mãe e seu pai. Lembrava-se de que uma outra criança da escola havia lhe feito essa pergunta, ao notar que Martha sempre ia buscá-la no final das aulas, e nunca havia outra pessoa. Todas as vezes em que Lavínia lhe perguntava, Martha respondia que não sabia.

No início, ela não aceitou essa resposta e insistia na pergunta a cada dia das mães e dos pais, a cada reunião de pais da escola. Martha apenas dizia que ela havia sido deixada no hospital em que ela trabalhava e que a acolhera. Insistiu na pergunta mais algumas vezes conforme crescia, na esperança de que a resposta um dia fosse diferente, mas nunca mudou.

Então, simplesmente desistiu de perguntar. Chegou à conclusão de que um dia a mulher que a criara como se fosse sua verdadeira mãe se sentiria segura para contar tudo o que sabia. Isso porque ela não queria acreditar que Martha não soubesse de nada. Tinha esperanças de que um dia descobriria tudo sobre sua verdadeira família.

Mas esse dia não veio. Se fosse verdade que Martha sabia de alguma coisa que não queria contar, levava para si. Lavínia soube disso no momento em que a encontrara caída no chão do quarto, no dia anterior, sem respiração nem pulsação, resultados do ataque fulminante do coração. Assim que percebeu que ela não acordaria mais.

Imersa em pensamentos, quando deu por si, já estava dentro do apartamento, no número 14 da Rua Narbonne. Sem se importar com a janela aberta que deixava entrar a chuva e molhava o piso da sala, nem com o fato de que estava com as roupas encharcadas, deixou-se cair na cama e fechou os olhos, mas por muitas horas não pôde dormir.

***

Estando para completar um mês da morte de Martha, Lavínia encontrava-se no velho apartamento, em um sábado frio, porém ensolarado. Agora, já começava a acostumar-se com a solidão, embora ainda tivesse visitas ocasionais, como os amigos da faculdade, que apareciam aos finais de semana, e Berta, a senhora que ocupava o apartamento da frente com o marido, que esporadicamente vinha trazer-lhe bolo e perguntar se precisava de alguma coisa. Nos primeiros dias, costumava irritar-se ao ouvir o som da campainha, pois não queria receber visitas e preferia ficar sozinha, mas assim que as pessoas iam embora, desejava que tivessem ficado mais.

Aos poucos, começou a perceber que tudo mudara. Sua rotina, seu sentimento em relação ao ocorrido, o cessar da dor no peito. Começou a aceitar. Mais ainda, sentia que ela mesma mudara. Sentia-se mais adulta, agora que precisava tomar conta de si mesma. Era a dona da casa e de toda a responsabilidade que a acompanhava.

Naquele fim de semana, ela pediu licença às visitas para pôr a casa em ordem. Seus primeiros dias sozinha no apartamento não haviam sido dos melhores. Além de não estar acostumada, não se sentia nada inclinada a nenhum tipo de afazeres domésticos, por isso, logo as louças sujas começaram a formar pilhas e a poeira tingia a mobília de cinza. O ápice foi atingido quando percebeu que não tinha mais roupas limpas para usar.

Deu-se conta de que sua vida precisava de um rumo e, para começar, o apartamento necessitava de uma faxina. Saiu de seu casulo de luto, sentindo-se mais forte e mais capaz.

Limpando, esfregando, varrendo e lavando, nem percebeu as horas passarem. Só parou para lanchar, horas depois, quando percebeu que estava faminta.

O apartamento inteiro estava carregado com as lembranças de Martha, desde as toalhas de mesa até a disposição dos quadros e dos móveis. Aproveitou então para mudar tudo. Achou que poderia ser mais fácil viver no lugar, se este não estivesse mergulhado em pequenos fragmentos de memória. Jogou fora o vaso remendado que se lembrava de haver quebrado quando tinha sete anos, e colado escondida antes que Martha percebesse.

Pegou uma caixa de papelão vazia e nela guardou todas as fotos, menos uma que gostava muito. Era uma foto tirada no último verão, em que ela e Martha apareciam sentadas na beira do cais. A última viagem que fizeram juntas. Esta foto ela manteve na mesa de centro. Era uma bela foto e não merecia ficar escondida.

Já caía a noite quando iniciou a arrumação do último aposento. Deixara o quarto de Martha por último. Abriu as cortinas, tirou a poeira que se acumulava sobre os móveis e varreu todo o quarto. Limpou os vidros dos espelhos e das janelas. Abriu uma das portas do armário, em que a maioria das roupas estava pendurada. O móvel ainda mantinha o perfume de Martha, impregnado em todos os seus pertences. Ela retirou de cima do armário uma velha mala empoeirada, abriu-a e começou a enchê-la com as roupas que estavam penduradas nos cabides ou dobradas nas prateleiras.

Há poucos dias havia decidido doar as roupas de Martha para um asilo, assim que se sentisse preparada. Por ora, elas ficariam separadas, prontas para ser despachadas assim que ela sentisse que podia fazê-lo. Terminou de retirar e dobrar todas as roupas e fechou a mala. Começou a verificar as prateleiras superiores. Lençóis de cama, travesseiros e cobertores. Tudo isso poderia ser doado também. Na esperança de encontrar mais itens para doação, afastou todos os objetos para ver se havia mais alguma coisa. Bem no canto de uma das prateleiras, viu que havia uma pequena caixa, que certamente não seria vista se ela não estivesse em cima da escada de três degraus. Pegou a caixa e abriu. Assemelhava-se a uma caixa de música. Dentro dela, havia algumas joias que ela suspeitava que não tivessem muito valor, algumas notas de dinheiro, e uma pequenina chave que ela não sabia para que servia. A princípio, não tocou no que havia ali, em vez disso, fechou a caixa e a colocou de volta no mesmo lugar onde a encontrara. Pensaria nela depois.

Começou então com as gavetas. O armário continha três gavetas, sendo a última a maior das três. Abriu a primeira e checou o conteúdo. Documentos, um molho de chaves, alguns remédios e pequenos objetos diversos, largados. Também não quis tocá-los, não sabia exatamente o que iria fazer com os documentos e todo o restante dos objetos poderia muito bem no futuro ir para o lixo. Mas não hoje.

Abriu a segunda gaveta. Roupas íntimas e meias. Decidiu não retirá-los também. Agora só restava a última gaveta. Tentou abri-la. Trancada. Percebeu então que era a única das três gavetas que precisava de uma chave. Retirou o molho de chaves da primeira gaveta e experimentou uma a uma, sem sucesso. Estava começando a sentir-se frustrada, quando se lembrou da chave que estava dentro da caixinha de joias, na prateleira. Subiu novamente na escada e retirou outra vez a caixa.

Sentou-se na cama com a caixa ainda fechada sobre o colo. A janela do quarto aberta deixou entrar um vento frio que lhe provocou arrepios. Sentiu uma sensação estranha, como se estivesse invadindo a privacidade de Martha. Afinal de contas, se a gaveta estava fechada era porque ela assim havia desejado. Ao mesmo tempo, um sentimento mais forte, uma ideia começou a despertar em sua mente. O que Martha poderia ter a esconder? Viviam como mãe e filha, não havia nada sobre ela que não tivesse conhecimento. Ou havia?

Entre a culpa e a curiosidade, deixou que a segunda vencesse. Retirou a pequenina chave de dentro da caixa, encaixou-a no orifício e girou. A gaveta abriu.

De dentro da gaveta retirou um envelope pardo, grande e envelhecido. Dentro dele havia um livro e um envelope menor. O livro era pequeno, de capa preta em couro. Não era possível decifrar o título, pois em vez de letras havia símbolos prateados que, à primeira vista, pareciam desenhos primitivos. Tinha uma aparência antiga e cheirava levemente a mofo. Tomando cuidado para não deixar nenhuma folha cair, abriu o livro para examinar o conteúdo. A primeira folha estava em branco, exceto por uma linha manuscrita na parte inferior.

Notou que a caligrafia era corrida e feminina. Havia apenas duas palavras e uma data: Liz, Edimburgo, dezembro, 1985.

Folheando as páginas seguintes, percebeu que o suposto livro, na realidade, parecia ser um diário. A partir da data inicial, 22 de dezembro de 1985, havia outras folhas datadas e manuscritas, na mesma letra feminina. Além da data, nada pôde entender a respeito do conteúdo, pois estava escrito inteiramente em símbolos, assim como a capa. Poderia ser algum tipo de idioma desconhecido? Veio à sua mente, automaticamente, os ideogramas orientais, mas estes eram diferentes. Em todas as páginas havia desenhos. Nenhum deles parecia fazer sentido, mas não a agradavam. Aparentemente, quem escreveu aquele diário tomou o cuidado para que o conteúdo fosse mantido em segredo.

Depois de folheá-lo, distraída por alguns minutos, percebeu que as últimas páginas estavam em branco. A última folha escrita parecia ter sido anotada às pressas, pois os símbolos estavam rabiscados e em algumas partes a tinta estava borrada. Chamou-lhe atenção a data no alto da folha. Exatamente um dia antes de seu nascimento. Seria coincidência?

Sentiu, outra vez, um vento gelado nas costas. Fechou o livro cuidadosamente, deixando-o sobre a cama, e se levantou para fechar a janela. Ao retornar, voltou sua atenção para o envelope menor. Dentro, havia somente uma fotografia de uma paisagem e um papel dobrado. O papel dobrado parecia ser uma carta, mas para sua frustração, estava escrita com os mesmos símbolos do diário. A fotografia não trazia nenhuma anotação. Parecia ter sido tirada do alto de um precipício, de onde se via o mar abaixo e uma ilha bem pequena distante. Não era possível distinguir o local.

Guardou de volta, dentro do envelope, a foto e o pedaço de papel. Decidiu analisar melhor aquela estranha caligrafia outra hora. Por ora, cansada e sonolenta, pôs o livro e o envelope pequeno dentro do envelope maior, guardou-os de volta na gaveta, trancando-a com a chave, e foi se deitar. Depois de alguns minutos pensando nos símbolos e nos desenhos, ouvindo a chuva recém-começada a castigar a janela do quarto, e o vento que fustigava as árvores da rua, finalmente pegou no sono.

CAPÍTULO 2:
PERSEGUIÇÃO

ᚳᛘᚱᚢᛘᚷᛁᛚᚠᛟ

CAPÍTULO 2

Quatro anos mais tarde, Lavínia ainda vivia no mesmo apartamento em que fora criada por Martha. Quase todos os pertences da falecida senhora já haviam sido doados. Todos, menos o conteúdo de certa gaveta e a caixa de joias.
Martha não lhe deixara nada além do apartamento e o que nele havia, por isso Lavínia começou a trabalhar apenas dois meses depois do funeral, em uma editora, como revisora de textos júnior. Um ótimo começo para quem não tinha experiência. Lavínia supunha que, na época, o fato de não ter família a ajudava a ganhar a simpatia das pessoas. Era um motivo um tanto patético para se conseguir uma vaga de emprego, mas ela não podia reclamar. Ganhava o suficiente para pagar as contas e, de vez em quando, sair para se divertir com os colegas da faculdade. Sempre fora fraca para bebidas, mas, eventualmente, esquecia-se disso e exagerava. Os amigos achavam graça. Quando bebia além da conta, ficava falante, ria e dançava como se não houvesse amanhã. Quando chegava ao apartamento, geralmente nas primeiras horas do dia, sozinha, vomitava e chorava. No dia seguinte, sentia-se mal por isso e prometia a si mesma que nunca mais perderia o controle. Essa promessa era muito difícil de se cumprir.

No quinto aniversário da morte de Martha, Lavínia abriu os olhos, sonolenta. Olhou para o relógio: sete horas. Sentou-se na cama ao lembrar-se do motivo pelo qual devia estar em pé tão cedo, em um sábado. Não era qualquer sábado. Sentiu o sono deixá-la, gradativamente, enquanto preparava-se para sair. Repetia a rotina mecanicamente, mas hoje era diferente, não se preparava para ir à faculdade, ou ao trabalho, ou a qualquer compromisso com os amigos.

    Escolheu a roupa cuidadosamente. Nada muito formal, mas também não tão informal assim. A ocasião merecia respeito. Desceu as escadas do prédio em que morava, no centro da cidade de Chantal. Não era uma cidade muito grande, mas o suficiente para Lavínia. Havia tudo o que era necessário: comércio variado, faculdades, restaurantes, danceterias, bares. Apesar disso, era uma cidade calma e segura, onde ainda era possível caminhar sem ter que olhar por cima dos ombros, a cada esquina, por medo de ser assaltada.

    Por este motivo, Lavínia decidiu ir a pé até o cemitério. Refez o caminho que repetia havia cinco anos, sempre na mesma data, no aniversário de morte de Martha. Enquanto caminhava devagar pelas ruas arborizadas de Chantal, sentindo o vento frio de outono queimando seu rosto, ela ia recordando aquele dia. O dia em que olhou para o rosto de Martha pela última vez.

    Quando deu por si, já havia chegado ao cemitério. Antes de passar pelos portões de entrada, Lavínia comprou lírios da banca de flores, que funcionava em frente ao cemitério. Em seguida, passou pelos portões e encontrou, sem dificuldade, a lápide que indicava o túmulo que procurava. Depositou as flores sobre a pedra fria. A lembrança do dia em que estivera ali pela primeira vez ainda estava fresca em sua memória.

    Havia pouco movimento àquela hora e era por esse motivo que preferia vir cedo. Fez uma oração em silêncio, sentou-se ao lado da pedra e permaneceu ali por alguns minutos. Ela repetia este ritual, religiosamente, todos os anos. Sempre se perguntava por que fazia aquilo. Não era muito religiosa, do tipo que vai à igreja todos os domingos, mas tinha sua fé. Essencialmente, sempre acreditou em Deus e na existência da alma, e torcia para que a morte fosse algo além da degradação física do corpo. Não lhe agradava a filosofia ateísta de que a morte era o fim e pronto. Aceitando sua condição de ser humano, limitado à ideia de eternidade sob qualquer forma, a apavorava. Dessa forma, tomou a decisão de condicionar-se a não pensar no assunto, tão logo se deu conta de que a melhor resposta que obteria seria a insanidade. Tornou sua única verdade absoluta e incontestável, a de que a fé é algo saudável e, principalmente, necessário.

    Talvez tenha sido por isso que Lavínia sentiu-se tentada a entrar na igreja que ficava em seu caminho. Era uma pequena catedral em estilo gótico, de tijolos escuros, com várias torres detalhadas. Lavínia admirava, principalmente, a arquitetura. Antiga, detalhada, misteriosa, fascinante. Caminhando pela nave central, ficou feliz ao ver que a igreja estava quase vazia, a não ser por duas ou três pessoas que ali rezavam e sequer prestaram atenção quando entrou.

    Ela não tinha o hábito de ir à igreja assistir às missas, mas aquele ambiente a fazia sentir-se bem. Gostava de observar os detalhes – desde os vitrais por onde uns poucos raios de sol entravam, até as imagens sacras. Sentia como se o silêncio do lugar, somado à influência de todas aquelas imagens santas e detalhes carregados de significado, desse ao ambiente uma sensação que não se podia encontrar em nenhum outro lugar. Era quase como se estivesse em outro mundo, outra dimensão. Ali, na penumbra, ninguém a incomodava. Ninguém fazia perguntas. Havia mais espaço para pôr os pensamentos em ordem do que em qualquer outro lugar, mais até do que no apartamento vazio. Parecia que os sons de fora não penetravam pelos vitrais, nem atravessavam a porta principal – ao contrário do apartamento, onde podia ouvir os vizinhos brigando, as buzinas do trânsito na rua, cães latindo e toda espécie de sons que se possa ouvir em uma cidade grande.

    Ajoelhou-se em frente ao banco em que estava sentada e apoiou as mãos no encosto do banco da frente, repousando a fronte sobre elas. Começou a meditar internamente, deixando fluir tudo que estava sentindo: desde a pressão no trabalho, a tensão pela iminência das provas de fim de ano na faculdade, a solidão que sentia, a alegria de quando estava junto aos amigos, a tristeza de quando estava sozinha, até a incerteza quanto ao futuro. Enquanto deixava os pensamentos fluírem livremente, sentiu, num determinado instante, que ficava sonolenta. Sentia-se mais leve também. Por um instante, ficou ali aproveitando aquela sensação incrivelmente boa, de sono e leveza, até que se assustou e levantou a cabeça sobressaltada ao perceber que havia cochilado. Concluiu que era hora de ir.

Naquele mesmo dia, à noite, tomou um longo banho enquanto decidia o que iria fazer. A taça de vinho tinto já estava pela metade quando o telefone tocou. Não era estranho o telefone tocar no sábado à noite, ele sempre tocava. Sempre havia alguém a incitando a sair, pelo que ela geralmente sentia-se grata. Mas naquela noite, não estava com vontade de sair. Não sabia por que, mas sentia que preferiria dormir cedo. Talvez fosse o efeito do vinho, ou talvez fosse a certeza de que mais uma vez seria seduzida pela falsa sensação de bem-estar e euforia que o álcool proporcionava. Sabia que, mais uma vez, beberia demais e terminaria a noite em casa sozinha.

Apesar disso, atendeu ao telefone e, sem pensar direito, aceitou mecanicamente o convite que era feito do outro lado da linha. Terminou o banho, arrumou-se demoradamente e esperou até ouvir a buzina, que significava que seus amigos haviam chegado para buscá-la. Deu uma última olhada para ver se todas as janelas estavam bem trancadas, pegou a bolsa e saiu pela noite.

Alguns meses depois, sua rotina continuava a mesma. Era a última semana de provas na faculdade, e fazia muito calor. Na sexta-feira, aproveitou que tinha algum tempo livre e foi almoçar com alguns amigos, em uma lanchonete próxima à editora. Enquanto conversavam e faziam planos para comemorar a formatura, reparou brevemente em um homem sentado algumas mesas adiante, que olhava frequentemente para a mesa em que estava. Não lhe deu muita atenção, nem comentou com ninguém. Na verdade, não voltou a pensar no homem até alguns dias mais tarde.

Lavínia não se sentia muito empolgada com o fim do curso, já que isso significava que passaria menos tempo com os amigos, que ficaria menos ocupada e, consequentemente, teria mais tempo livre. Ela detestava não ter nada para fazer.

Perto da uma da tarde, ela se despediu de todos e foi caminhando até o trabalho, há algumas quadras dali. Apressou o passo para não se atrasar, esvoaçando o vestido leve que escolhera vestir naquele dia abafado de verão.

Enquanto caminhava, pensou sobre a viagem que estava combinada para o próximo fim de semana. Aos poucos, conforme pensava nos detalhes da viagem, foi se sentindo mais alegre. A tarde passou depressa. Terminou a revisão de um texto técnico complicadíssimo, bem na hora em que o relógio mostrou seis horas. Foi correndo para casa, torcendo para que esta noite o telefone não deixasse de tocar.

Na semana seguinte, sexta-feira, passou o dia sentindo-se imensamente alegre pela perspectiva de passar o fim de semana com os amigos no litoral. Combinaram que eles passariam na editora para pegá-la quando terminasse o expediente.

Por volta das seis horas, Lavínia se encontrava sozinha em sua sala. Não era uma sala grande, e nem precisava ser, já que ela trabalhava sozinha a maior parte do tempo. Ela preferia assim, já que o trabalho de revisão exige muita concentração, e o som de conversas e telefone tocando a atrapalhava imensamente. A sala em que trabalhava continha basicamente uma mesa de trabalho, sobre a qual ficava o computador e uma lâmpada de leitura. Era comum que houvesse também uma pilha de folhas, livros e revistas sobre a mesa. Naquele dia, porém, ela havia tomado o cuidado de organizar todos os papéis sobre a mesa. Do outro lado da sala havia um armário que servia de arquivo, onde ela guardava dicionários e outros livros relevantes e, no canto ao lado da janela, havia uma mesa de café e uma poltrona. Ela apagou a lâmpada de leitura e se sobressaltou ao ouvir baterem na porta. Ana, sua supervisora, abriu parcialmente a porta para despedir-se e lhe fazer recomendações.

A mulher andava muito assustada nos últimos dias, pois, segundo ela, um estranho andava rondando a vizinhança e, por conta disso, não parava de pedir a todos para que tomassem cuidado. Este havia sido um dos motivos pelo qual Lavínia havia pedido aos amigos que passassem na editora, mais para acalmar sua supervisora do que por outro motivo.

Ana era uma mulher de meia-idade, casada e mãe de dois filhos que estavam na faculdade, em outra cidade, e moravam em repúblicas. O marido de Ana era um executivo bem-sucedido de uma grande empresa e viajava muito, por isso ela ficava sozinha a maior parte do tempo. Era fato conhecido, que ela só mantinha o emprego na editora, para manter-se ocupada. Talvez também pela ausência dos filhos, ela sempre manteve com Lavínia uma relação muito mais de amizade do que propriamente de trabalho. Ana era uma pessoa extremamente maternal. Lavínia gostava de conversar com ela, de ouvir a opinião de uma pessoa mais experiente. Apesar de nem sempre concordar, no fundo sabia que os conselhos dela eram úteis, na maioria das vezes.

Lavínia já estava terminando de guardar suas coisas, quando ouviu uma buzina do lado de fora do prédio. Olhou pela janela que dava para a rua, e viu Alanis acenando do banco de trás de um carro, ao lado de Carlos. No banco do passageiro ia Eleanor, com um cigarro em uma mão, enquanto mexia no rádio com a outra. Dirigindo ia Oliver, dono da casa de frente para o mar, onde pretendiam passar o fim de semana. Ouviu Alanis chamar: "Anda logo, Lavínia, ou vamos te deixar aí!".

Ela então pegou a mochila, apagou as luzes da sala, desejou boa noite ao porteiro sonolento, ao passar pela entrada do prédio, e entrou rapidamente no carro, apertando-se no banco de trás, ao lado de Alanis. Durante uma hora, seguiram tranquilamente, rindo e conversando. Pouco antes de entrarem na estrada que seguia para o litoral, Lavínia começou a reparar em um carro preto que andava atrás deles já havia um bom tempo. Como já estava escuro, não era possível ver o motorista, nem ao menos distinguir se era um homem ou uma mulher que dirigia. Continuou observando o carro pelo retrovisor, durante algum tempo. Entraram na estrada. O outro carro entrou também. Pouquíssimos carros seguiam pela estrada àquela hora. A única iluminação vinha dos faróis dos carros. Ela não havia dito nada sobre o aparente perseguidor até então, com medo de que achassem que estava sendo neurótica. Achou que, no fundo, só estava preocupada devido às recomendações de Ana. Somente quando o carro de trás apagou os faróis e acelerou, diminuindo a distância entre os carros é que ela ficou realmente assustada e alertou aos demais:

— Pessoal, tem um carro aí atrás...

Oliver a interrompeu antes que terminasse de dizer:

— Nos seguindo. Eu também estava desconfiando. Agora, eu tenho certeza.

Todos olharam então para o carro que seguia logo atrás, quase invisível, com os faróis apagados. Oliver começou a acelerar cada vez mais. O seguidor acelerou também. Todo o tempo os carros mantinham uma distância constante. Eleanor roía as unhas de nervosismo. Oliver irritou-se com a insistência do perseguidor. Abriu o vidro da janela e começou a gritar para o motorista e a fazer gestos, sugerindo que este o ultrapassasse.

Carlos não parava de dizer que devia ser algum engraçadinho tentando assustá-los, mas não parecia muito convencido.

Num determinado trecho da estrada, quando a pista começava a inclinar-se para a descida, a visibilidade foi ficando cada vez pior, devido ao nevoeiro do trecho serrano. Apesar disso, Oliver continuou acelerando, mas o seguidor diminuía mais e mais a distância entre os dois carros. Foi no meio de uma curva que o outro carro finalmente tocou a traseira do carro em que estavam, fazendo com que se desviassem cerca de um metro para a outra faixa da pista, na contramão, no momento em que um caminhão vinha pelo sentido contrário.

Sem alternativa, Oliver jogou o carro para o acostamento, mas rápido demais. O carro que os seguia emparelhou por um instante, com o vidro abaixado. Lavínia conseguiu ver bem o rosto do motorista dessa vez. Era um rosto familiar. Em seguida, ele os ultrapassou a toda velocidade, jogando o carro para o lado e os obrigando a sair da pista. O carro só parou ao bater de encontro à encosta do morro. Lavínia gritou junto com os outros ao bater. Sentiu uma forte pancada na cabeça e não viu mais nada. Acordou minutos mais tarde, ouvindo o barulho das sirenes da ambulância de resgate. Quando abriu os olhos, tudo que pôde perceber era que o carro estava meio inclinado, como se as rodas laterais tivessem subido a encosta. Não ousou mexer a cabeça, pois sentia uma forte dor no pescoço. O braço esquerdo estava preso e também doía muito. Ninguém falava. Imaginando se os outros estariam bem, sucumbiu à dor e apagou novamente.

Horas depois, Lavínia esperava de olhos fechados sua vez de entrar na enfermaria. Sentada em uma cadeira no corredor, com o braço esquerdo engessado e uma bandagem em torno da cabeça, as imagens do acidente se repetiam em sua mente sem parar. De maneira geral, estavam todos bem, a não ser por Oliver, que perdera muito sangue devido a vários cortes provocados por estilhaços de vidro. O socorro demorou a chegar. Não se sabia quanto tempo havia se passado entre o acidente e o próximo carro a passar naquele trecho de estrada, que teria alertado os bombeiros. Agora os amigos se revezavam para doar sangue. Lavínia abriu os olhos ao ouvir vozes conhecidas. Reconheceu os pais de Eleanor, que correram para abraçar a filha. Virou o rosto para o outro lado. A mãe e a irmã de Oliver já haviam chegado e esperavam impacientemente por notícias. Alanis dormia sob efeito de sedativos. Chegara ao hospital histérica, apesar de estarem todos vivos. Seu irmão, que chegara há pouco, cochilava em uma cadeira, visivelmente desconfortável, meio sentado em um ângulo estranho.

Carlos havia acabado de retirar sangue e repousava na enfermaria. Como vivia sozinho e sua família morava em outra cidade, achou melhor não acordá-los no meio da noite, já que estava bem e, portanto, não havia a menor necessidade de preocupá-los.

Lavínia ficou quieta, tentando lembrar-se dos detalhes do que ocorrera. Lembrou-se do rosto do motorista do outro carro. Sobressaltou-se ao lembrar de onde o reconhecia. Era o homem que os observava no restaurante. Lavínia hesitou por um momento, mas então chamou o policial que os acompanhara desde o local do acidente e contou a ele que o homem os observara no restaurante. O policial chamou o desenhista, que fez o retrato falado do homem, com base nas descrições que Lavínia lhe forneceu. Apesar de sentir-se cansada, ela ficou feliz por não precisar ir até a delegacia. Quando terminaram, ela finalmente entrou na enfermaria.

A enfermeira que a recebeu aparentava ter uns 60 anos de idade. Apesar disso e da hora avançada, tinha a vitalidade de uma jovem de 20. A senhora pediu, gentilmente, para que se sentasse enquanto preparava a seringa. Virou o rosto quando a agulha começou a entrar em seu braço.

—Não gosta de agulhas, querida? – disse a enfermeira, gentilmente.

— Definitivamente não. – respondeu.

Sentiu uma leve tontura enquanto o sangue era retirado vagarosamente. A enfermeira continuou puxando conversa para tentar deixá-la mais à vontade:

— Pelo que me contaram sobre o acidente, vocês tiveram sorte.

Lavínia apenas assentiu com a cabeça. Não estava com vontade de conversar.

— Seus pais já chegaram, querida? – perguntou a mulher.

Lavínia balançou a cabeça negativamente. Não se sentia inclinada a falar sobre sua vida pessoal, menos ainda de dar explicações do porquê não havia nenhum parente acompanhando-a. Ela simplesmente não conhecia nenhum.

Para seu alívio, a enfermeira não insistiu no assunto. Em vez disso, mostrou-lhe um panfleto que dizia qualquer coisa sobre doação de medula óssea.

— Nós estamos buscando doadores voluntários para transplante. Só precisamos de sua autorização. – explicou a mulher.

— Como assim? – interessou-se.

— Se você autorizar, podemos utilizar parte do sangue doado para fazer testes de compatibilidade. Quando há compatibilidade, o doador é chamado para retirar parte da medula. Simples assim. – explicou novamente a enfermeira. — E então? Gostaria de se tornar doadora?

Consentiu. Quando o procedimento terminou, ela tentou se levantar, mas foi obrigada a sentar-se novamente. Sentia-se extremamente zonza. Começou a achar que tinha sido tirado sangue demais.

A enfermeira ajudou Lavínia a sentar-se em uma poltrona ao lado de Carlos. Trocaram somente algumas palavras sobre o acidente, enquanto ela se recuperava. Já era de manhã quando receberam alta. Alanis permanecia adormecida e Eleanor só seria liberada mais tarde, após cuidar de uma leve fratura no pé. Oliver também estava sedado e, por isso, ela se despediu dos outros somente. Quase não conversaram no táxi que os trouxe. Sua memória ainda estava meio confusa. O apartamento de Lavínia era mais próximo do hospital, por isso saltou primeiro e acenou para Carlos quando o carro partiu.

Entrou em casa sentindo-se aliviada porque ainda era cedo e, por isso, os vizinhos não a viram quando chegou. Ela subiu pelas escadas em vez de esperar pelo elevador, para evitar encontrar alguém conhecido. Sua aparência estava péssima, pois, além do acidente, tinha passado praticamente toda a noite acordada. Estava faminta, sonolenta e ainda sentia dores pelo corpo. Se encontrasse alguém, teria que explicar o que aconteceu, pois não havia como disfarçar o gesso no braço e as manchas nas roupas. Entrou apressadamente no apartamento, trancando a porta atrás de si e jogando mochila no chão, ao lado do sofá. Após comer um sanduíche e tomar uma ducha rápida, tomando o cuidado para não molhar o gesso recém-colocado, rendeu-se ao sono e ao cansaço e dormiu pelo resto do dia.

No dia seguinte, já se sentia muito melhor, apesar de o corpo ainda estar dolorido, e também da sensação de contrariedade pelo fim de semana arruinado. Depois de almoçar, resolveu ir à casa de Eleanor para lhe fazer uma visita. Encontrou-a sentada em uma poltrona, com a perna direita estirada e o pé engessado, apoiado em um pufe. Como não sentia muita vontade de voltar para o apartamento vazio, acabou aceitando ficar para o jantar. Obviamente, a família queria falar sobre o acidente, desejava saber o seu ponto de vista, e se ela se lembrava de algum detalhe a mais. Lavínia contou-lhe tudo o que lembrava, inclusive sobre o motorista misterioso, mas não havia nada que pudesse esclarecer o motivo do acidente.

— Com certeza, a polícia vai encontrá-lo. – disse confiante, o pai de Eleanor.

— Já que estão todos bem, não há motivo para preocupações. Lavínia, já provou da minha torta de camarão?

Lavínia aceitou um generoso pedaço servido pelo dono da casa, agradecida por ele ter encerrado o assunto. Concentrou-se na arte de comer com apenas uma das mãos, e não falou mais sobre o acidente, pelo resto da noite.

Na segunda-feira, foi a vez de Lavínia receber visitas. Alanis chegara pela tarde, perfeitamente calma, mas com a aparência um pouco estranha, devido a um protetor cervical que estava usando. As duas conversaram no quarto. Lavínia estava sentada na cama, com as costas apoiadas em travesseiros e as pernas esticadas. Alanis estava sentada com as pernas dobradas, aos pés da cama.

— Até quando você vai usar o protetor? – perguntou Lavínia a Alanis.

— Até parar de doer. Ainda bem que as aulas já acabaram, eu detestaria ter que ir assim para a faculdade. – respondeu ela.

Alanis massageou o pescoço com uma das mãos e pareceu pensativa. Olhando além das cortinas da janela do quarto, ela perguntou:

— Você não está com medo?

— Medo do quê? – quis saber Lavínia.

— Bem, você disse que o motorista do carro que nos perseguiu estava nos observando no restaurante. E também que sua supervisora achou que havia alguém rondando o prédio. E se for a mesma pessoa? E se ele ainda estiver nos perseguindo, esperando uma oportunidade?

— Uma oportunidade para quê? Por que alguém nos perseguiria, Alanis? Não consigo ver sentido nisso.

— Eu não sei, mas alguém tentou nos matar, não foi? Alguma razão deve ter tido. – argumentou Alanis.

— Escute, minha supervisora é neurótica e não é a primeira vez que ela acha que tem alguém rondando o prédio. Sempre que aparece uma pessoa diferente na redondeza, ela acha que é pessoal. Não podemos levá-la a sério. E, segundo o policial que nos acompanhou, é comum esse tipo de perseguição em caso de tentativa de assalto. Ele provavelmente queria nos roubar, nada além disso.

— Um homem sozinho tentando roubar cinco pessoas? E você o viu nos observando.

— Se ele tinha uma arma, não teria porquê se preocupar por estar em menor número. E quanto ao homem no restaurante, eu posso muito bem ter me enganado. Não sou boa fisionomista. - respondeu Lavínia, procurando motivos para encerrar o assunto.

— Está bem, se você diz... – disse Alanis enfaticamente, desistindo de discutir o assunto.

Alanis apontou para um dos cantos do quarto, onde havia um cavalete com várias tintas e pincéis. O chão abaixo estava forrado com jornais, e sobre o cavalete havia uma tela contendo uma pintura de uma paisagem inacabada.

— Quando foi que começou este quadro? – perguntou ela a Lavínia.

— Já tem uns três anos, eu acho. - respondeu Lavínia.

— Três anos? Demora tanto assim? Não me admiro que pintores não sejam ricos. - admirou-se Alanis.

— Não é que demore tanto assim, eu é que não tenho tido tempo. Nem tempo, nem inspiração. Você sabe, o trabalho, a faculdade... Fica difícil se concentrar em outra coisa. – argumentou ela.

— Eu sei. Mas agora que está formada, pode se dedicar mais. Você tem talento, sempre te disse isso. Devia ter se formado em artes plásticas! Aliás, você devia era sair da editora.

— E quem vai pagar as contas? Você fala como se tudo fosse fácil... – retrucou Lavínia.

— E você acha que tudo é impossível. Apenas pense no assunto, está bem? – encerrou Alanis.

A conversa foi interrompida por um som de colisão na janela do quarto, que as sobressaltou. Lavínia levantou-se para abrir as cortinas e verificar a origem da distração e, ao fazer isso, não percebeu que o livro, que até então estava sob o travesseiro, escorregou e foi ao chão. Ao abrir as cortinas, assustou-se e, instintivamente, deu um passo para trás, ao ver uma enorme ave negra que bicava o vidro e batia as asas freneticamente, como se sua intenção fosse arrebentar a janela para abrir caminho.

Destravou o vidro com certa dificuldade, devido ao gesso, e levantou a parte inferior, enxotando a ave com as mãos. O corvo, aparentemente, desistiu de sua hostil empreitada, levantou voo e se perdeu de vista. Satisfeita e ainda trêmula pelo susto, abaixou novamente o vidro da janela e fechou as cortinas.

Foi precisamente neste momento que Alanis reparou no livro que caíra ao chão e o recolheu. Quando se virou para voltar à cama, Lavínia se deparou com Alanis, que folheava curiosa o diário de capa preta.

— Mas que tipo de livro é este, Lavínia? – perguntou a garota, levantando uma sobrancelha, desconfiada.

Ela hesitou antes de responder:

— Encontrei entre as coisas da Martha, depois que ela faleceu. Estava em uma gaveta trancada do armário dela. Acho que é um diário.

Sentou-se novamente na cama, ligeiramente desconfortável por ver Alanis folheando o livro, pois até então, ela só o fazia por curiosidade, mas ainda não tinha a menor ideia do que os símbolos significavam. Alanis estava imaginando a mesma coisa:

— Mas o que são estes desenhos? Uma espécie de código secreto? Quem escreveu? – quis saber.

— Não tenho a menor ideia. Na verdade, está escrito na primeira página, só que eu não sei quem é a pessoa. – explicou a ela.

Alanis voltou à primeira página, onde estavam escritos o nome e a data.

— "Liz". – disse, pensativa. —Você acha que poderia ser sua mãe ou algum parente seu?

Lavínia pensou um pouco, encarando os olhos curiosos de Alanis. Decerto não havia pensado nesta possibilidade, mas também não acreditava nela.

— Martha não conheceu a minha mãe. – respondeu com convicção.

— Bem, se você tem certeza... – disse Alanis, fechando o livro e o devolvendo.

— O que você quer dizer? – perguntou Lavínia, com um misto de irritação e curiosidade na voz.

— Eu não sei, Lavínia. Pelo que você me contou, ela te disse que foi abandonada no hospital, mas e se não foi bem assim? Quer dizer, não é possível que você tenha nascido no hospital e que depois sua mãe tenha te abandonado por algum motivo? Ela pode ter morrido ou simplesmente ido embora, não sei, mas em todo caso, se ela te deu à luz no hospital, ela deve ter dado entrada com algum nome, deve haver algum registro. Você em nenhum momento estranhou que a Martha jamais quisesse falar sobre o assunto? Nunca perguntou?

Alanis disse tudo isso em um fôlego só. Lavínia teve a impressão de que ela já tinha pensado em tudo aquilo há muito tempo, mas talvez não tivesse tido coragem de dizer antes. Mas, ela a conhecia muito bem para saber que não era por mal. Esse era o jeito de Alanis.

Lavínia respondeu balançando a cabeça incredulamente:

— Ainda que fosse verdade, o que o livro tem a ver com isso?

— Tem a ver, porque não vejo motivo para ela guardar um livro cheio de símbolos em uma gaveta trancada à chave. – replicou Alanis.

— Então você acha que eu fui abandonada no hospital, com um livro de símbolos? Que ideia mais absurda...

Lavínia pôs o livro sobre a mesa de cabeceira, sentindo um aperto no peito. Por algum motivo, apesar de achar a ideia estapafúrdia, pensar que houvesse a possibilidade de que Martha soubesse qualquer coisa sobre sua família e não tivesse contado a ela a incomodava muito. Preferiu então encerrar o assunto a ficar imaginando possibilidades absurdas e ligações inexistentes:

— Olhe, é mais provável que uma coisa nada tenha a ver com a outra. Essa sua hipótese maluca parece mais ter saído de um filme de mistério do que qualquer outra coisa. Deixa este livro para lá.

— Tudo bem, mas você não tem curiosidade de saber o que está escrito? Livro, diário, não importa o que seja, pode ser interessante. Se estes símbolos não foram inventados por essa tal de Liz, é possível que tenha saído de algum livro. Talvez tenham significado, e isso explicaria o fato de Martha ter guardado o livro por tanto tempo.

Ela não podia discordar deste argumento, pois internamente pensava a mesma coisa. Por bastante tempo, após a descoberta do diário, ela havia praticamente o esquecido. Mas, recentemente, o reencontrara na gaveta, durante uma limpeza geral no apartamento, e sua curiosidade recém-despertada a levava a folhear o livro quase todas as noites, na esperança de que algum daqueles símbolos começasse a fazer sentido.

— Por que você não vai até a biblioteca e dá uma pesquisada? Aproveite que está em casa nestes dias de férias forçadas, pelo menos para passar o tempo. – Alanis disse isso e, por um instante, seus olhos se iluminaram de curiosidade. Quando ela ficava curiosa, parecia uma criança.

Lavínia concordou, embora fizesse um esforço para não se sentir muito esperançosa com a ideia. Não esperava realmente encontrar alguma coisa, mas uma visita à biblioteca lhe renderia algumas horas de distração.

Finalmente encerraram o assunto e conversaram sobre outras coisas por algum tempo. Anoitecia, quando Lavínia levantou-se para acompanhar Alanis até a porta. Antes de se despedir ela indagou:

— Lavínia, posso fazer uma pergunta? – disse, cuidadosa.
— Claro que sim. – respondeu desconfiada.
— Você nunca procurou sua família? Nunca quis ir atrás e tentar descobrir alguma coisa?

Lavínia sentiu que Alanis quase se arrependeu da pergunta, assim que as palavras saíram de sua boca. Obviamente era um assunto que a incomodava, e achou que ela percebeu pela expressão em seu rosto.

Respondeu, então, simplesmente com um meio-sorriso:
— Sim. Mas nunca soube por onde começar. – E estava sendo sincera. Abriu então a porta para deixar Alanis sair, e ficou feliz pelo assunto ter terminado. Não que estivesse escondendo alguma coisa, pois o que disse à Alanis era a mais pura verdade. Diversas vezes, sentira-se tentada a investigar suas origens, mas não tinha a menor ideia de por onde começar. Principalmente, após a morte de Martha. O problema era justamente este. Não saber onde procurar a deixava frustrada e fazia sentir-se culpada.

Depois que Alanis foi embora, ela deitou-se novamente e ficou pensando no assunto por algumas horas, até pegar no sono, sem chegar a nenhuma conclusão.

CAPÍTULO 3:
O ESTRANHO ENTRE OS LIVROS

ᛏᚺᛖ ᛋᛏᚱᚨᚾᚷᛖᚱ ᛁᚾ ᛏᚺᛖ

ᛟᚾ ᛚᛁᛒᚱᚨᚾ

CAPÍTULO 3

No dia seguinte, Lavínia foi acordada logo cedo por uma forte ventania. Revirou-se debaixo dos lençóis por algum tempo, tentando pegar no sono novamente, mas foi inútil. O vento fustigava as árvores da rua e fazia com que os galhos mais longos batessem nas janelas, constante e ruidosamente. O barulho das árvores parecia amplificado pelo silêncio e pela quietude da manhã, ecoando em seus ouvidos. Passada mais de uma hora de frustradas tentativas de conciliar o sono, finalmente deu-se por vencida e se levantou. Tomou um demorado banho, vestiu-se e saiu.

Seus pés a levaram, automaticamente, para a cafeteria do bairro, que ficava a cerca de três quarteirões de distância do apartamento. Caminhou pela rua arborizada e quase vazia, sem pressa, encolhendo-se eventualmente ao sentir uma rajada de vento mais forte. Apesar da ventania, o sol já aparecia tímido por entre as nuvens. A temperatura era extremamente agradável, e o ar fresco. Ter uma semana de temperaturas mais amenas em pleno verão era como encontrar um oásis no meio do deserto.

Lavínia tomou o café da manhã sem pressa alguma. O braço engessado limitava seus movimentos, por isso, nos últimos dias, preferia comer fora a aventurar-se na tentativa de cozinhar alguma coisa. Pelo menos assim era mais seguro e ela não corria o risco de pôr fogo na cozinha ou de quebrar as louças.

Qualquer simples tarefa, como ler o jornal durante o café, se tornava duas vezes mais complicada devido à falta de mobilidade, principalmente quando se vive sozinha. Ela lamentava não conseguir nem passar o aspirador de pó direito, de forma que, quando retirasse finalmente o gesso, tinha certeza de que passaria uma semana para pôr o apartamento em ordem outra vez.

Terminado o café, atravessou a rua e tomou o ônibus até o centro da cidade. Dez minutos depois, descia em uma das avenidas principais, próxima à biblioteca municipal. Não conseguia lembrar-se quando foi a última vez que havia ido à biblioteca. A *Internet* e, eventualmente, a biblioteca da faculdade haviam sido mais do que suficientes para suas necessidades de estudo, nos últimos quatro anos.

Atravessou o corredor de entrada da biblioteca e chegou ao salão principal. Era uma construção magnífica em seu interior, de mais de um século de existência. As duas paredes laterais do salão eram completamente preenchidas por prateleiras de livros. Havia um total de três andares de prateleiras, cujo acesso era dado pelas escadas que ficavam no centro do salão. O teto abobadado continha vitrais no centro, permitindo que um feixe de luz natural atingisse o salão principal sem, no entanto, atingir diretamente os livros. Junto às prateleiras do piso inferior foram postas várias pequenas mesas com duas cadeiras cada, onde os visitantes podiam sentar-se para fazer pesquisas, ou ler horas a fio, para os mais aficionados. Recentemente, uma pequena cafeteria havia sido instalada no saguão. As cafeterias já eram comuns nas livrarias, mas ainda eram uma novidade nas bibliotecas. Àquela hora da manhã, não havia nenhum ocupante nas mesas, já que a biblioteca se encontrava quase vazia.

Atravessando o salão principal e passando pelas escadas, havia outro salão menor. Neste salão, todas as prateleiras eram alinhadas em um único piso térreo, composto por vários corredores. Os livros que ali existiam eram, em sua maioria, destinados à pesquisa escolar, por isso tinham mais fácil acesso. Sabendo disso, Lavínia não se deu ao trabalho de verificar estas prateleiras. Subiu as escadas para ver os títulos mais interessantes.

O primeiro lance de escadas dava acesso ao primeiro andar, tanto pelo lado direito quanto esquerdo do salão. Escolheu um dos corredores e começou a andar lentamente, lendo os assuntos no alto das prateleiras e passando os olhos por alguns títulos. Alguns volumes eram visivelmente recentes, enquanto outros pareciam ter décadas de existência (e provavelmente tinham).

Estes eram os que mais chamavam a atenção. Os livros daquele corredor eram, em sua maioria, de cunho acadêmico, como medicina, engenharia, direito e ciências em geral.

    Nenhum destes assuntos a interessava realmente. Chegou até o fim do corredor, retirando um ou outro livro aleatoriamente para folheá-lo, somente por curiosidade. Não raro, a poeira e o leve cheiro de mofo a faziam espirrar, mas isso já era esperado.

    Não encontrando nada que pudesse ajudá-la ali, partiu para a exploração do corredor do lado oposto. Ali havia livros estrangeiros e de idiomas, dicionários e guias turísticos. Demorou um bocado na seção de guias turísticos. Apesar de parecerem um pouco desatualizados, ela gostava de folheá-los para ver fotos de outras cidades e países.

    Por fim, abandonou também este corredor e subiu mais um lance de escadas, a fim de verificar o segundo andar, sem pressa. Tempo era algo que ela tinha de sobra, e a verdade era que estava gostando muito de gastá-lo ali, já que era mais proveitoso do que ficar em casa sem fazer nada.

    Folheou, sem sucesso, diversos livros de história antiga e de idiomas, incluindo as chamadas línguas mortas. Tentou encontrar alguma semelhança entre desenhos indígenas e os que haviam no diário, mas não havia nenhuma. Não trouxera o diário consigo, simplesmente porque não havia necessidade. Já tinha passado tanto tempo olhando e tentando entender aqueles símbolos, que já os sabia de cor. Se soubesse o que cada um significava, talvez fosse até mesmo capaz de reproduzi-los.

    Olhou livros de história egípcia e sobre civilizações indígenas como os Astecas, Maias e Incas, e até mesmo sobre tribos africanas, mas nada encontrou que fosse remotamente parecido com os símbolos do diário. Estava mesmo começando a pensar que, talvez, os símbolos não passassem de uma espécie de código inventado por alguém – como os códigos que as meninas inventam para que seus diários não possam ser lidos pelos irmãos mais velhos – quando chegou finalmente ao último andar. Na prateleira mais afastada do corredor havia livros sobre religião e ocultismo, de diversos tipos. Não havia cogitado pesquisar este tipo de tema, mas como não tivera sucesso até então, e como não tinha coisa melhor para fazer, retirou praticamente todos os livros que ali estavam e folheou um por um. Nada encontrou.

Avistou a prateleira mais alta. Estava repleta de livros grossos de capa surrada, cujos títulos estavam meio apagados. Avistou a escada que se deslocava pelas prateleiras, presa pelas extremidades, e a puxou para perto. Subiu três degraus com dificuldade, já que tinha apenas uma das mãos livre. Analisou os livros que ali estavam. Chamou-lhe a atenção o maior deles, que tinha uma aparência muito antiga e quase cinco centímetros de espessura. O título estava quase apagado. Esticou a mão para pegar o livro, porém só depois que começou a retirá-lo é que percebeu que havia subestimado o peso.

Entre perder o equilíbrio e deixar o livro cair, optou pela segunda opção. Esperou o baque do livro ao chão, pelo qual certamente receberia olhares de censura e, talvez, até uma advertência da bibliotecária, que não gostava que seus preciosos livros fossem maltratados, mas não ouviu nada. Em vez disso, ao olhar para baixo, encontrou os olhos de um homem que sorria e segurava o livro, intacto, entre as mãos.

Ele era alto e tinha cabelos escuros e curtos. Aparentava ter em torno de 30 anos. Analisou o homem, por um momento, antes de agradecer retribuindo o sorriso e estender a mão para pegar o livro de volta.

— Não é melhor descer da escada primeiro? – disse ele sorridente, estendendo-lhe a mão livre para ajudá-la.

Aceitou a oferta, sem graça. Percebeu que o estranho parecia ainda mais alto, agora que ela estava de pé em frente a ele.

— Você teve muita coragem por ter subido nesta escada, com este braço engessado. Podia ter caído. – disse ele.

Lavínia não respondeu, apenas sorriu. Sabia que ele provavelmente estava certo, mas a verdade é que ela estava tão acostumada a fazer tudo sozinha, que não olhava em volta para buscar ajuda em tarefas simples, mesmo nas condições atuais. Foi então que percebeu que ele ainda segurava sua mão livre firmemente. Ele também percebeu, e aproveitou a desculpa para se apresentar:

— Desculpe meus modos. Meu nome é Logan. – disse ele.

— Lavínia. – respondeu, sorrindo.

— Muito prazer.

Logan libertou sua mão, finalmente, para analisar melhor o livro que tinha salvado.

— Então Lavínia, vamos ver pelo que foi que você arriscou a sua vida. – disse ele, enquanto procurava ler o título do livro.

Não era uma tarefa fácil, já que o livro aparentava ter mais de cem anos de poeira e bolor.

Ele franziu as sobrancelhas enquanto lia.

—"Sociedades secretas e seitas da Europa". Leitura interessante. – disse, enquanto devolvia-lhe o livro.

— Posso pagar um café lá embaixo, enquanto você lê este troféu, o que acha?

Quando se vive sozinha, qualquer desconhecido é um suspeito, e qualquer convite pode ser praticamente uma ameaça. Não era do seu feitio dar atenção a estranhos, mas Logan foi tão gentil, que ela não pôde não aceitar. E uma pausa para um café era sempre bem-vinda. Desceram, então, até o saguão, onde ocuparam uma das mesinhas, enquanto tomavam café. O único problema era manter a voz baixa o suficiente para não levar uma bronca, por isso conversavam quase aos sussurros.

Nas quase duas horas que se seguiram e muitos cafés depois, Lavínia ficou sabendo muitas coisas a respeito de seu novo amigo. Entre elas, que Logan vivia sozinho há cerca de um ano, e que seu pai morava no Sul, em uma fazenda. Sua mãe falecera há muitos anos. Ele tinha uma voz hipnotizante.

— Sou piloto profissional. Meu pai me ensinou a pilotar na fazenda. Eu sou apaixonado por aviões, desde criança. Acho que herdei isso dele. Lembro-me de que minha mãe ficava louca da vida, quando ele me levava para voar, principalmente quando ele fazia piruetas. Eu adorava, mas ela não gostava nada disso. Vivia dizendo que ele acabaria nos matando.

Os dois riram. Ela também adorava voar, embora só tivesse viajado de avião uma única vez, na companhia de Martha. Ficou fascinada por esta informação.

— Tenho um bimotor que fica guardado em um hangar, há cerca de 20 minutos daqui. Faço voos comerciais. Se tiver coragem, levo você para dar um passeio um dia desses. – disse ele.

Ela ficou um pouco surpresa pela rapidez do convite, afinal, havia acabado de conhecê-lo, mas guardou a informação mentalmente.

A conversa se estendeu mais um pouco, até que ele disse que precisava ir, pois tinha um voo dentro de uma hora. Depois que ele se foi, ela se levantou para devolver o livro que acabara esquecido sobre a mesa e nem ao menos havia aberto. Devolveu-o à bibliotecária, pois não pretendia subir novamente aquela escada, enquanto tivesse o braço imobilizado. Apesar disso, sentiu que a visita à biblioteca não havia sido inteiramente em vão.

No dia seguinte, não foi à biblioteca. Logan havia deixado escapar que voltaria à biblioteca na sexta-feira, e ela decidiu correr o risco de encontrá-lo novamente.

Decidiu, então, ocupar-se da tarefa enfadonha, porém necessária, de recolher as roupas que estavam espalhadas pelo quarto. Encontrou o diário sob o travesseiro. Como de costume, abriu-o e folheou-o novamente. Suspirou. Não sabia o porquê, mas se sentia frustrada por não conseguir encontrar o significado dos símbolos. Até agora, a única coisa que sabia era que não se tratava de uma linguagem comum. Mais de uma vez, pensou em mostrar o diário a alguém, como um professor da faculdade, por exemplo. Mas, por algum motivo, achava que o conteúdo poderia ser muito pessoal para deixar que um estranho qualquer o decifrasse. Fechou o livro e o guardou em uma gaveta, decidida a não desperdiçar mais seu tempo pensando nisso. Passou o restante da semana aproveitando a companhia de Alanis, que estava de férias do trabalho. Fizeram compras e visitaram Eleanor, que ainda não podia sair de casa, por causa do pé quebrado. As três passaram várias horas conversando a respeito de tudo, inclusive de seu novo amigo.

Ela não queria alimentar esperanças, pois era possível que não o encontrasse mais. Apesar de ter o firme propósito de voltar à biblioteca, era possível que ele não aparecesse. Ele podia ter um imprevisto de última hora, e acabar não aparecendo na sexta-feira. Mesmo assim, Lavínia foi à biblioteca. Subiu os degraus da entrada, de dois em dois. Travava uma luta interna contra a ansiedade. Não queria ficar decepcionada, caso não o encontrasse. Sentia-se estúpida agindo como uma adolescente.

Instintivamente, atravessou o saguão e subiu as escadas diretamente até o terceiro andar, olhando furtivamente em todas as direções, procurando por um sinal de Logan. Resolveu, então, que a melhor forma de conter a ansiedade era ocupando-se com os livros. Ela não ousava admitir, mas adorava o cheiro dos livros da biblioteca. Por algum motivo insano e sem sentido, aquele cheiro de livros velhos e embolorados era tão agradável quanto o cheiro de grama cortada ou terra molhada, o tipo de coisa que é impossível reproduzir ou engarrafar.

Ela não teve que esperar muito. Absorta na leitura de um livro qualquer, não percebeu sua aproximação, até sentir a presença ao seu lado. Sorriu ao virar-se e dar de cara com Logan. Dessa vez, não eram necessárias apresentações e, para evitar aborrecimentos com a bibliotecária, decidiram ir tomar café em uma cafeteria de verdade.

Algumas horas mais tarde, caminhavam pela arborizada Rua Narbonne. Ela não o convidou para subir, mas trocaram telefones e combinaram de se encontrar no dia seguinte.

Naquele sábado, Lavínia e seus amigos haviam combinado de se encontrar no Taberna, e ela resolveu convidar Logan. O Taberna era um bar muito popular no centro da cidade, onde sempre iam. Muito bem frequentado, o lugar agradava, principalmente, pela decoração detalhista com temas medievais, que incluía desde armaduras nos cantos da parede, até duelos fictícios encenados entre as mesas. A iluminação era completada por tochas. O uniforme dos garçons era uma réplica das armaduras usadas pelos cavaleiros medievais, ao estilo dos templários. Havia quadros nas paredes representando dragões e castelos. Apesar da decoração antiga, a música era moderna, um misto de *rock'n'roll*, *blues* e *jazz*.

Na parte externa do bar havia algumas mesas que ficavam sempre ocupadas nas noites em que a temperatura estava amena. Precisamente, em uma dessas mesas, estava Lavínia, Alanis, Carlos e Eleanor, que chegara amparada por uma bengala, e pelo quase recuperado Oliver. O quinteto era dos mais estranhos no momento, já que Eleanor e Lavínia ainda ostentavam seus respectivos membros engessados e Oliver exibia um grande curativo na testa. Mas, nem isso os impediram de ir ao Taberna.

Discutiam sobre a possibilidade de fazer outra viagem, para compensar o fiasco da primeira tentativa. Ainda assustadas, Alanis e Eleanor estavam um pouco relutantes. Prefeririam esperar mais tempo.

A conversa ia por estes termos, quando Logan chegou. Lavínia levantou-se para recebê-lo, e o apresentou aos amigos. Logan não teve nenhuma dificuldade para se enturmar. Simpático e divertido, ao fim da noite, já estava combinando o próximo encontro com o quinteto, no mesmo lugar. Lavínia ficou encantada. Seus amigos eram sua família, e a aprovação deles ao novo membro do grupo era importante para ela.

No sábado seguinte, ela voltou ao hospital para retirar o gesso do braço. Tão ansiosa estava para livrar-se do incômodo, que acordou cedo, tomou café rapidamente e foi logo ao hospital. Por volta da uma da tarde, encontrou-se com Alanis e Eleanor em um restaurante, para almoçar. O restaurante ficava próximo à faculdade e era um local já bem conhecido. Costumavam almoçar ali aos sábados, após as aulas.

Lavínia estava de muito bom humor por ter se livrado do gesso. Tentava acostumar-se com a sensação de leveza que a ausência do gesso causava. Alanis já estava sem o protetor cervical, mas Eleanor ainda teria que suportar o gesso no pé, por mais alguns dias.

— Não é exatamente o gesso que me incomoda, o que eu não gosto é de ter que andar com as muletas. Meus braços estão doloridos. - disse Eleanor, apontando para as muletas que estavam apoiadas na parede, ao lado da mesa onde estavam sentadas. Um dos garçons havia trazido um banquinho para Eleanor apoiar o pé.

Lavínia achava impressionante que ela se animasse a sair de casa com o pé engessado. Mas, conhecendo a amiga, sabia que ficar em casa é que seria para ela um verdadeiro sacrifício.

— E como está Oliver? – perguntou, ao mesmo tempo em que o garçom chegava trazendo as bebidas.

— Ah, ele está ótimo. Acho que, na próxima semana, já estará liberado para voltar ao trabalho. - respondeu Eleanor, displicentemente.

— Ele ainda vai fazer o curso? – perguntou Lavínia.

— Qual curso? – quis saber Alanis.

— A empresa que ele trabalha ofereceu uma oportunidade no exterior. Ele vai fazer um curso durante três meses e trabalhar em uma das filiais, por outros quatro meses. - explicou Eleanor.

— Entendi. Sete meses! É bastante tempo. Você vai com ele? – perguntou Alanis.

— Ainda estou me decidindo. - respondeu Eleanor.

Lavínia tinha certeza de que ela acabaria indo, o que no fundo a deixava um pouco triste, pois sabia que sentiria muita falta dos amigos. Alanis interrompeu seus pensamentos:

— Encontrei-me, por acaso, com o Carlos, ontem. Ele estava indo fazer uma entrevista de emprego. - Lembrou-se.
— Quase não o reconheci vestido de terno e gravata. Vocês podem imaginar o Carlos vestido assim?

As três riram. Lavínia não se lembrava de jamais tê-lo visto em roupas formais. Carlos fazia o estilo roqueiro e rebelde. Não raro, passava dias com a barba por fazer e o cabelo comprido, na altura dos ombros. As mulheres adoravam. Lavínia suspeitava que ele tivesse mais aptidão para tocar profissionalmente em uma banda de *rock*, do que para ficar atrás de uma mesa em um escritório, redigindo relatórios.

O assunto foi interrompido pela chegada do garçom com os pedidos. Logo, a conversa tomou outros rumos.

— Lavínia, conte-nos a verdade. Como estão as coisas entre você e o Logan? – perguntou Alanis, lançando a ela um olhar acusador.

— Ele é muito legal. Vocês formam um belo par. – completou, imediatamente, Eleanor, antes que ela respondesse à pergunta.

— E bonito, também. – Complementou Alanis, ao mesmo tempo em que arrumava os cabelos e checava o resultado no reflexo da janela.

Lavínia tomou um longo gole de suco antes de encará-las, saboreando sua ansiedade.

— Nós estamos saindo, mas não estamos oficialmente namorando. Não ainda, eu acho. É muito cedo, mal nos conhecemos. Mas... – interrompeu a frase para criar uma expectativa.

— Mas, o quê, Lavínia? – interessou-se Eleanor.

— Mas, ele vai me levar para voar, no domingo. Estou apavorada, mas ao mesmo tempo não vejo a hora. – contou finalmente.

— Uau, que legal! E para onde ele vai levar você? – perguntou Alanis, com ares de fingida suspeita.

— Ele me disse que é surpresa. Depois eu conto tudo a vocês, não se preocupem. – respondeu ela.

— Pelo menos nos conte o que você está achando dele. Qual é sua impressão sobre ele, até agora? – indagou Eleanor.

Ela olhou para fora da janela, por um momento. Pensou um pouco, antes de responder:

— Ele tem sido um amor. É doce, inteligente, simpático. É atencioso, mas não é grudento, entendem? Ele me liga sempre, mas não tenta apressar nada. Eu gosto disso. – fez uma pausa, incerta se devia prosseguir.

— Às vezes, ele parece meio misterioso, o que é um charme, mas eu tenho a impressão de que ele não gosta muito

A SÉTIMA ORDEM

de falar sobre a família. Ele responde às minhas perguntas, mas logo muda de assunto. Fico imaginando se ele tem algum problema de relacionamento com a família. Claro que pode ser só impressão minha, afinal de contas, não tivemos tempo suficiente para tanta intimidade. – concluiu.

— É muito provável que seja isso. – concordou Alanis.
— Com o tempo ele deve se abrir mais. Nem todo mundo gosta de se expor muito, antes de conhecer bem as pessoas.
— Você, provavelmente, está certa. – respondeu Lavínia, mais tranquila.

Alanis sempre estava certa. Por isso, era a pessoa com quem ela mais gostava de conversar. Eleanor também era uma ótima amiga, mas não tinha a experiência de vida, nem a sensibilidade de Alanis. Eleanor era mais de ouvir, somente ouvir. Já Alanis, dotada de uma enorme sinceridade, sempre tinha algo a dizer, nem que fosse somente para fazê-la pensar. Ela até se esquecia de que Alanis tinha a mania de ser, irritantemente, vaidosa, a ponto de deixá-la esperando por quase uma hora em certa ocasião, somente porque não conseguia combinar a roupa. Mas, afinal de contas, ninguém é perfeito.

Logo após a sobremesa, Eleanor despediu-se sob a desculpa de que estava muito cansada. Lavínia não a questionou, mas sabia que ela, provavelmente, estava ansiosa para ligar para Oliver. Eleanor era uma pessoa muito fechada, o oposto de Alanis. Mas, apesar da aparente indiferença, Eleanor era o tipo de pessoa que observava, de modo que ninguém jamais conseguia esconder-lhe o que estava sentindo.

Alanis e Lavínia deixaram o restaurante, algum tempo depois de Eleanor; somente após um demorado café. O resto do dia demorou a passar, por mais que ela se esforçasse para manter-se ocupada.

No fim da tarde, o céu adquiriu uma densa tonalidade cinza, e um vento forte trouxe chuva. Lavínia distraiu-se pondo a casa em ordem, após dias de quase abandono, por culpa do gesso.

Na manhã seguinte, levantou-se cedo e abriu a janela do quarto. Alegrou-se ao ver o céu claro e praticamente sem nuvens. Tomou seu café da manhã, sem pressa, e arrumou-se para esperar por Logan. Enquanto esperava, resolveu folhear o diário mais uma vez, para passar o tempo. Sentada na antiga cama de Martha, fixou os olhos em uma página qualquer do diário.

Ali, a estranha caligrafia estava bastante rebuscada, como se tivesse sido escrita às pressas. Enquanto observava, sentiu um arrepio percorrê-la, mas não desviou os olhos do diário. A janela do quarto estava entreaberta. Continuou seu estudo.

Sentiu suas pálpebras pesarem, enquanto olhava as figuras. Não sabia bem por que fazia isso, mas deixou sua imaginação fluir livremente, deixando que as manchas de tinta se moldassem à sua frente, como figuras de Rorschach. Agora, não via mais borrões nem símbolos, mas nuvens, castelos, calabouços, cortesãs, batalhas, espadas e formas inomináveis.

Passado algum tempo, sentindo que o sono começava a dominá-la, piscou com firmeza e balançou a cabeça, como quem tenta se livrar de um inseto incômodo. As páginas voltaram a mostrar apenas figuras indistintas. Fechou o livro. Foi então que começou a ter a sensação horrível de que não estava sozinha no apartamento. Sentiu o coração bater mais forte. Ela conhecia aquela sensação. Começou a lembrar-se, horrorizada, de quando era criança, nas raras vezes em que Martha precisava deixá-la sozinha no apartamento, e ela sentia a mesma coisa. A sensação não vinha sozinha. Era sempre seguida de visões horríveis, que ela não ousava pensar, cujas lembranças ela havia reprimido depois de crescida, para não permitir que invadissem seus sonhos, nem ultrapassassem novamente a fronteira da realidade.

Sentindo suas mãos gelarem de nervosismo, apurou os ouvidos. Achou que ouvia passos lentos e leves. Logo em seguida, um ruído na cozinha. Agora tinha certeza. Definitivamente havia mais alguém ali. Respirando fundo, mas movendo-se devagar, de forma a não fazer barulho, reuniu toda a coragem que lhe restava para levantar-se e ir até à cozinha.

Atravessou o corredor e entrou na sala, olhando em volta. Repousou o diário, que ainda segurava, silenciosamente sobre a mesa de centro, mantendo os olhos na porta da cozinha. Parou por um momento, e tentou ouvir mais algum som. Nada. Continuou caminhando, agora mais lentamente, em direção à porta.

Enquanto caminhava descalça, quase sem tocar o chão, rezava silenciosamente para que não houvesse nada. Ela estava apavorada quando chegou à entrada da cozinha. Olhou de esguelha para dentro do cômodo. Teve a impressão de ver uma sombra se mover. O coração disparou outra vez. Sentiu suas mãos tremendo. Outro ruído. Ela precisava saber o que havia ali. Deu mais um passo em direção ao interior da cozinha. Fechou os olhos por um segundo. Respirando com dificuldade, devido ao medo que sentia, posicionou-se de forma a ter uma visão geral do aposento. Não havia ninguém, mas isso não a deixou aliviada. A sensação persistia. Ela queria sair correndo do apartamento, mas não conseguia se mover. Estava apavorada.

De costas para a porta, sentiu a tensão aumentar ainda mais. Outro arrepio. Sentiu o corpo congelar, a pele ficou adormecida. Fechou os olhos. Não queria ver. Queria que fosse embora o que quer que fosse aquilo que a estava apavorando. Sentiu que algo se aproximava por trás, mas não olhou. Não podia se mexer. Nenhum músculo respondia. Prendeu a respiração. Sentiu um leve toque em seu pescoço, frio e leve como um sopro gelado, no mesmo instante em que o interfone tocou. Gritou instintivamente, estarrecida. Abriu os olhos e se virou. Procurou em volta, mas não havia nada. Ninguém. A sensação passou.

O interfone tocou novamente. Sabia que era Logan. Manteve a voz a mais calma o possível ao atender o interfone, para que ele não percebesse seu nervosismo. Pôs o fone de volta no gancho e se sentou, ofegante, em uma cadeira.

Sentia que havia ido embora. O que quer que seja que havia estado ali, tinha ido embora. Levantou-se quando a respiração voltou ao normal e molhou o rosto, levemente, na pia do banheiro. Não queria que Logan percebesse. Checou sua aparência no espelho antes de sair, respirou fundo e deixou o apartamento, sem olhar para trás.

CAPÍTULO 4:

O VOO

CAPÍTULO 4

Lavínia desceu as escadas, como geralmente fazia quando não estava com paciência para esperar pelo elevador. Passou pela porta principal, ao mesmo tempo em que Berta, a senhora que morava no apartamento em frente, ia entrando com um carrinho de feira, cheio de compras. Demorou por um instante, segurando a porta para que ela passasse. Enquanto esperava, teve a incômoda sensação de estar sendo vigiada. Olhou para os lados, mas não distinguiu nenhum observador entre os transeuntes. Por fim, avistou Logan a alguns metros da entrada do prédio, encostado no carro e falando ao celular.

Sentiu-se extremamente aliviada por estar fora do prédio. O coração ainda batia descontrolado, mas era reconfortante vê-lo ali. Soltou a porta que ainda mantinha entreaberta e foi em sua direção. Ele abriu um largo sorriso ao vê-la e despediu-se de quem quer que fosse com quem falava ao telefone. Lavínia cumprimentou-o com um beijo breve e entrou no carro.

— Desculpe a demora. - disse a Logan.

— Não se preocupe. Você está bem? - respondeu ele, sorrindo.

Ela respondeu que sim, embora não fosse totalmente verdade. Mas foi convincente, pois ele ligou o carro e partiram, sem mais perguntas.

Conversaram animadamente a caminho do hangar. Logan dirigiu sem pressa pela estrada que levava ao aeroporto. Era uma estrada arborizada, e o sol da manhã cortava as árvores.

A visão das cortinas de luz não foi suficiente para fazê-la esquecer-se da sensação sombria em seu apartamento. Fazendo um esforço para não transparecer o medo que sentira mais cedo, concentrou-se em uma conversa com Logan e empurrou as lembranças para o fundo de sua mente.

Foi bem mais fácil esquecer o assunto, depois que chegaram ao hangar. O barulho dos aviões pousando e decolando na pista mais adiante a incomodava, mas não o suficiente para desanimá-la.

A aeronave de Logan era um pouco maior do que ela havia imaginado. Branca com faixas azuis no exterior, predominantemente cinza por dentro. Tinha capacidade para seis pessoas, em confortáveis assentos de couro bege. Dava para notar que o bimotor não era exatamente novo, mas estava muitíssimo bem conservado.

Logan a fez sentar-se em uma das poltronas dianteiras, ao lado dele. Enquanto a ajudava a colocar o cinto, mostrou alguns dos equipamentos de navegação. Ela não precisava saber para que servia um radar monocromático, nem como operar um *transponder*, e também não se importava. Logan estava ali, seguro no meio dos aparelhos, e isso bastava.

Sentiu um frio na barriga, quando o bimotor começou a se mover na pista. A excitação deu lugar ao medo, somente quando o avião levantou voo, mas o medo durou pouco tempo. A vista do alto era fascinante.

Voaram por cerca de 20 minutos, atravessando a cidade e sobrevoando o litoral, mas não pousaram. Lavínia nem percebeu o tempo passar, tanto que sentiu até certo desapontamento, quando Logan finalmente fez uma manobra de retorno e pousou no aeroporto.

Logan ajudou-a a descer da aeronave e almoçaram juntos no aeroporto, em um dos restaurantes com vista para a pista. Conversaram, distraídos, pelos pousos e decolagens dos aviões.

No fim da tarde, ele a levou de volta para casa. Somente quando o carro parou em frente ao prédio, foi que vieram à tona os eventos daquela manhã e Lavínia sentiu um aperto no coração, como se uma mão gelada se fechasse em torno dele. Não estava nem um pouco ansiosa para voltar ao apartamento. Já fora do carro, parou por um instante na calçada e olhou furtivamente em direção à janela do terceiro andar, onde morava. Na pressa de deixar o apartamento, esquecera aquela janela aberta. Os últimos raios de sol que escapavam do horizonte agora entravam em cheio pela fresta da persiana. Contrária à maioria das pessoas, ela preferia o nascer ao pôr do sol. Quando criança, tinha pavor do escuro e da noite. O pôr do sol existia para lembrá-la de que, em poucos instantes, toda a luz se extinguiria e chegaria a noite, com seus terrores. Os terrores noturnos haviam sumido há muitos anos, como acontece com a maioria das pessoas. Conforme envelhecemos, o medo do escuro é substituído pelo medo da morte, da solidão, de perder as pessoas que amamos, de ir à falência, de perder o emprego. O medo muda de face, de nome, mas nunca nos abandona completamente.

 Mais por receio de ficar sozinha, do que se estivesse com vontade, ela o convidou a subir. Ele aceitou prontamente. Ao abrir a porta, sentiu os músculos se enrijecerem de tensão. Enquanto segurava a porta aberta para Logan, ponderou, por um instante, se fizera a coisa certa ao deixá-lo entrar. E se "aquilo" voltasse? Não queria que ele presenciasse aquele terror, nem sabia ao certo o que havia acontecido.

 Pensou, por um instante, em não ficar no apartamento. Poderia dormir na casa de Alanis. Resolveu que decidiria esta questão mais tarde. Por ora, tomando o cuidado de parecer tranquila e relaxada, deixou-o acomodar-se no sofá e foi até a cozinha. Pegou duas taças, uma garrafa de vinho já aberta, mas praticamente intacta, e voltou para a sala. Intimamente, tinha esperanças de que o vinho diminuísse seu medo e, de quebra, que seu efeito entorpecente lhe permitisse dormir tranquila, por aquela noite.

 Lavínia serviu as duas taças e se sentou ao lado de Logan no sofá, deixando a garrafa sobre a mesa de centro, ao lado do porta-retratos. Logan acompanhou o movimento com os olhos, reparando na fotografia.

 — Imagino que esta seja a Martha. – disse ele, apontando para a fotografia em que apareciam juntas. Lavínia pegou o porta-retratos para mostrá-lo de perto.

 — Sim. Tiramos esta foto, alguns meses antes de ela falecer. Estávamos de férias. – explicou a Logan. Olhou a foto por um instante. Sentia saudades de Martha.

 — Desculpe-me se este assunto a incomoda, não queria deixá-la triste. – disse ele, ao notar a expressão em seu rosto, no que ela sacudiu a cabeça negativamente.

— Não, não. Não me deixa triste, é só que... Sinto falta dela, às vezes. A maioria das pessoas da minha idade quer morar sozinha. Sabe, é muito bom ter um lugar só para você, mas eu me sinto muito solitária. Sinto falta de ouvir a voz de outra pessoa no apartamento, do ruído de louça na cozinha. Quando estou no meu quarto, sinto falta de ouvir o som da televisão ligada na sala, e de saber que tem alguém assistindo. Parece ridículo, não? Mas o que eu quero dizer é que eu sinto falta da companhia de alguém, os sinais de que tem mais alguém aqui. – confessou e, ao dizer isso, arrependeu-se imediatamente, pois se lembrou de como os sinais da presença de algo no apartamento a haviam aterrorizado pela manhã. De qualquer forma, não era esse tipo de presença da qual ela sentia falta.

— Eu posso imaginar. Também detesto ficar sozinho. – disse ele, sorrindo.

Logan tomou, delicadamente, o porta-retratos de sua mão e analisou a foto.

— Você me disse que ela não era a sua mãe biológica. Mas, ela lhe disse quem era? – perguntou ele, sem desviar os olhos da fotografia.

— Não, nunca. – respondeu Lavínia. — Não que eu não tenha perguntado. Martha me disse que não conheceu minha mãe.

— E ela não tinha família? – prosseguiu ele, com cuidado.

— Não, não tinha. Quer dizer, não que eu saiba. Ela me contou que seu pai era um soldado do exército e que havia morrido em combate quando ela tinha cinco anos. Sua mãe a criou sozinha e morreu, logo depois que ela começou a trabalhar no hospital como enfermeira. Ela não tinha irmãos nem tios, e também não se casou. Fomos sempre só nós duas, até... Enfim. – explicou a Logan, que balançou a cabeça em sinal de que compreendia.

Logan tomou outro gole de vinho e pôs o porta-retratos novamente sobre a mesa. Ao fazê-lo, reparou no livro de capa preta e símbolos prateados. O diário que ela esquecera sobre a mesa de centro. Seguindo seus olhos, Lavínia percebeu tarde demais seu esquecimento, mas antes que pudesse pensar em fazer algo para evitar que ele o visse, Logan já havia estendido a mão e pego o diário para analisá-lo melhor.

— Que tipo de livro é este? – disse, observando os símbolos na capa.

Lavínia não respondeu de imediato, ficou olhando o diário nas mãos de Logan, pensando no que dizer. Ela não sabia exatamente por que, mas não queria contar a verdade. Pensou em mil histórias, uma mais improvável do que a outra, e por fim, percebeu que era inútil mentir.

— Eu não sei exatamente. Encontrei entre as coisas que eram de Martha. Parece... Parece um diário, só que está inteiro escrito em símbolos, e eu não faço a menor ideia do que eles significam. – confessou.

Logan abriu o diário em uma página qualquer. Lavínia pensou ter visto um brilho estranho em seus olhos, mas durou apenas um segundo. Ele folheou displicentemente mais algumas páginas, demorando-se mais em certos trechos. Até que ela o interrompeu delicadamente, retirando o livro de suas mãos. Ela não queria parecer mal-educada, mas, por algum motivo, sentia que o conteúdo daquele diário era privado e, por isso, não dizia respeito a mais ninguém, mesmo que não pudesse ser lido. Fechou o diário e o repousou novamente sobre a mesa de centro. Por um breve instante, ele pareceu contrariado, olhando para o livro fechado. Mas então sorriu e olhou para Lavínia.

— Você acha que foi a Martha quem o escreveu? – perguntou.

— Acho que não. Mas também não tenho ideia do que seja exatamente. Pode ser que não tenha significado nenhum. As crianças inventam códigos para que seus diários não sejam lidos. Talvez seja o caso. – respondeu, sem muita convicção, a primeira coisa que lhe veio à mente.

— Talvez. – disse ele, olhando para o diário novamente. Ele tomou mais um gole de vinho antes de continuar:

— Mas não parece ter sido escrito por uma criança. Digo isso, por causa da letra corrida usada para as datas. É, com certeza, de um adulto. Se você quiser, posso levá-lo para uma pessoa analisar. Meu pai tem um amigo que é especialista em simbologia, alfabetos, línguas, estes assuntos. Se você estiver interessada, acho que ele não se importaria em dar uma olhada.

— Não precisa se incomodar com isso. De jeito nenhum, imagine. – respondeu, rapidamente. Na verdade, ela travava uma batalha interna, entre o desejo de descobrir o significado dos símbolos e o medo de colocar o livro em mãos estranhas.

— Mas não seria nenhum incômodo. Se você quiser, levo hoje e amanhã mesmo eu te devolvo. – insistiu Logan.

— De forma alguma. É uma bobagem, uma perda de tempo. Esqueça isso. – disse a ele, servindo-se de mais vinho e encerrando o assunto. Ela não achava, realmente, que fosse uma bobagem ou perda de tempo, mas, por outro lado, queria tentar decifrá-lo sozinha. Não tinha ideia do que poderia haver, mas pensava que se alguém se esforçou para manter o conteúdo do diário codificado, não deveria ser lido por qualquer um.

Fazendo uma anotação mental de que precisava tomar mais cuidado em não deixar o diário onde outros poderiam ver, mudou rapidamente de assunto e não voltaram a falar nisso o resto da noite.

Já era quase meia-noite e a garrafa de vinho já estava praticamente vazia, quando Logan fez menção de ir. Ela não estava com medo até então, pois ele estava ali, mas ela percebeu que não queria que ele se fosse. Aproveitou o efeito da bebida para pedir-lhe que ficasse. Ele aceitou. Ela poderia até se arrepender disso no dia seguinte, mas pelo menos naquela noite, ela não teve nenhum pesadelo.

Nas semanas que se seguiram, Lavínia se manteve propositalmente ocupadíssima. Já havia voltado ao trabalho, e Logan estava fazendo muitos voos noturnos, de forma que, ultimamente, só se encontravam nos fins de semana, com raras exceções. Lavínia encontrou no trabalho uma desculpa para chegar em casa mais tarde e mais cansada, o que a obrigava a pegar no sono mais cedo. Demorou a admitir para si mesma que ainda estava com medo de ficar em casa sozinha. Foi somente quando acordou uma noite, no meio da madrugada, com o barulho do vento e percebeu que estava tão assustada que não podia mais pegar no sono, que se deu conta de que precisava conversar com alguém. O problema era que Alanis estava fazendo um curso à noite, e nos finais de semana, Logan estava sempre por perto. Ela não se sentia à vontade o suficiente para contar a Logan sobre seus medos. Era o tipo de coisa que exige a intimidade de uma amizade de muitos anos, e não de uma dúzia de encontros. Alanis era a única pessoa no mundo a quem ela era capaz de desabafar sobre tudo o que sentia. Era também a única pessoa com quem ela desejava conversar no momento. O problema era que a amiga não estava disponível.

Eleanor também seria uma opção, se ela não estivesse tão ocupada preparando-se para a viagem ao exterior com Oliver.

Lavínia já começava a sentir os efeitos do fim da faculdade. Os amigos estavam se distanciando, de modo que ficavam semanas sem se ver. A viagem de formatura, tão planejada, havia sido definitivamente postergada. A vida mudara para todos, e as rotinas já não permitiam almoços no meio da semana, nem a tradicional ida ao "Taberna". Lavínia sentia-se triste por isso, mas também conformada. Sabia que isso aconteceria eventualmente.

Fim de tarde, fim de expediente. Ela tinha consciência de que era uma das únicas pessoas ainda no escritório, a maioria, há muito, já tinha ido para suas casas. A claridade do dia já havia se esvaído quase que totalmente, quando acendeu a luminária sobre a mesa. Uma pilha de papéis ao lado do computador. Parou a digitação, levantou-se e pegou mais café. O gosto do café fraco e exageradamente doce, feito pela copeira, horas atrás, já não estava lá essas coisas, mas o vício da cafeína era mais forte do que o paladar.

Foi até a janela e olhou o sol se pondo a distância. Ela detestava sair do trabalho, depois que escurecia, apesar de estar tornando isso em hábito nos últimos dias. Terminou o café sem pressa. Sentia um aperto no peito. Mais forte do que isso, sentia uma necessidade muito grande de conversar com Alanis. Precisava contar a ela o que a estava atormentando há dias. Desde o primeiro incidente, daquela sensação, da presença em seu apartamento, ela não se sentia mais tranquila. Morando sozinha há tantos anos, barulhos no apartamento não a incomodavam mais.

Ela já estava acostumada com o ranger dos móveis à noite, com os passos no apartamento de cima, com o uivo do vento e o pio das corujas. Mas, ultimamente, os sons eram outros, mais assustadores, inexplicáveis. Portas que se fechavam sozinhas, objetos que caíam sem motivo aparente. Sons no meio da noite, gritos à distância, sussurros. Ela fazia um esforço imenso para convencer-se de que era o vento, somado à sua imaginação, que estava fazendo aquilo, mas a cada dia que passava, sentia-se mais assustada, chegando até a ter dificuldades para dormir.

Sentou-se novamente em frente à mesa e tirou o fone do gancho. Discou automaticamente o número de Alanis, mas arrependeu-se assim que a ligação foi desviada para a caixa postal. Decidiu não deixar mensagem nenhuma. Não tinha pressa alguma para ir embora. Pegou o jornal do dia, que estava aberto sob uma pilha de papéis, em uma página específica. Ela tinha o deixado ali, desde que vira a reportagem pela manhã. Era a notícia sobre um assassinato, ocorrido no dia anterior. A vítima havia sido encontrada em um quarto de hotel, morta a tiros. A polícia não tinha nenhuma pista do assassinato, e o gerente do hotel, atônito, não sabia explicar como o crime ocorrera sem que ninguém tivesse visto nem ouvido nada, bem debaixo de seus narizes profissionais.

Pareceria apenas uma notícia comum, que passaria despercebida, se não fosse a fotografia da vítima, que estampava a matéria. Foi reconhecido como Eric Balfour. Lavínia o reconheceu, imediatamente, como sendo a mesma pessoa que os observava em um restaurante, na semana anterior ao acidente de carro em que se salvaram por pouco. O mesmo homem que dirigia o carro escuro que provocou o acidente. Seu primeiro pensamento tinha sido de que deveria ir à polícia. Então se lembrou de que já havia prestado depoimento sobre isso, que a polícia certamente já teria reconhecido o suspeito pelo retrato falado e, portanto, ir até lá não ajudaria em nada a desvendar o assassinato. Além disso, ela não tinha a menor vontade de se envolver em um crime, de qualquer forma. Aquilo, porém, a intrigava. Por que ele havia sido assassinado? Por que havia provocado o acidente, para começar? Haveria alguma conexão entre as duas coisas?

Lavínia estava cansada demais para tentar solucionar este mistério. Rasgou a folha do jornal em que estava a matéria e guardou em uma gaveta, separando, ao lado, as folhas restantes. De uma coisa pelo menos ela tinha certeza, de que a investigação sobre o acidente de carro seria prontamente arquivada, já que o suspeito estava morto. Depois disso, decidiu dar o dia por encerrado e ir para casa.

CAPÍTULO 5: SURPRESAS

CAPÍTULO 5

No dia seguinte, Lavínia recebeu uma ligação do hospital, logo pela manhã. A atendente do outro lado da linha não lhe passou muitas informações, apenas pediu para que comparecesse ao hospital com urgência.
Intrigada, decidiu verificar logo do que se tratava. Pediu licença a Ana e saiu mais cedo para o almoço. O hospital em questão era o mesmo em que havia sido atendida após o acidente de carro, há dois meses, o Hospital Geral de Chantal.

Apesar de estar localizado a poucas quadras de distância do trabalho, o local não fazia parte de seu caminho habitual. Como o sol estava forte àquela hora, preferiu pegar um táxi a caminhar. Dez minutos depois, estava na recepção. Esperou, pacientemente, enquanto a recepcionista falava ao telefone. Depois de ser atendida, teve que esperar até localizarem o motivo da ligação. A moça levantou-se, deu a volta no balcão e apontou para o corredor adiante, fazendo sinal para acompanhá-la.

No final do corredor havia uma sala com uma porta-balcão semiaberta e uma placa sobre ela, na qual se lia: "oncologia: análises clínicas". Lavínia aguardou ao lado da porta, enquanto a recepcionista conversava com alguém do lado de dentro. Minutos depois, a mulher saiu da sala acompanhada por um médico alto, de cabelos ralos e óculos de lentes muito finas. O médico apresentou-se como Dr. Barros e pediu para a garota entrar. A sala, na verdade, era um amplo laboratório. Próximo à porta de entrada e junto a uma janela, estava uma mesa de trabalho extremamente organizada. Lavínia ficou imaginando se era possível trabalhar em uma escrivaninha perfeitamente impecável. Os objetos foram feitos para ser usados.

O Dr. Barros fez sinal e ela se sentou na cadeira em frente à mesa. Esperou que ele se sentasse na cadeira do lado oposto, mas em vez disso, ele puxou outra que havia ali perto e sentou-se de frente a ela. Ela apenas acompanhou com os olhos, enquanto ele pegava, com cuidado, uma pasta que havia sobre a mesa e analisava o conteúdo que, imaginou Lavínia, devia estar perfeitamente organizado e catalogado. Olhou no relógio. Já havia perdido meia hora do seu horário de almoço.

O Dr. Barros finalmente encontrou o que procurava e retirou algumas folhas do meio da pasta, marcando o local exato de onde as havia retirado. Ele sorriu e se dirigiu a Lavínia:

— Lavínia, nós chamamos você aqui por causa de uma doação de sangue que você fez no início do ano.

— Tem algum problema comigo? – perguntou, preocupada.

— Não, de forma alguma. - tranquilizou-a.

— Muito pelo contrário. Veja, você deve ter sido alertada, na ocasião, de que parte do sangue seria utilizado para testes de compatibilidade para doação de medula óssea.

Concordou com a cabeça. Veio-lhe à mente a quantidade absurda de sangue que lhe tiraram naquela noite. Lembrar das seringas ainda lhe causava certo desconforto.

— Pois bem. - continuou Dr. Barros. — Nós fizemos um teste de histocompatibilidade, que verifica se suas características genéticas são compatíveis com as do paciente. Acontece que descobrimos uma compatibilidade altíssima com uma paciente de Castelo. Para termos certeza, precisamos fazer mais alguns exames de sangue. Mas, antes, eu gostaria de saber se você realmente estaria disposta a fazer a doação, se for preciso.

— Claro. Sem problemas. - respondeu Lavínia. A única coisa que a incomodava era a perspectiva de tirar mais sangue.

— Ótimo. Se for confirmada a compatibilidade, nós chamaremos você novamente para o procedimento de transplante. O transplante em si é muito simples. O que se faz é aplicar uma anestesia, e depois retiramos a medula dos ossos da bacia. Para você, será apenas um desconforto que passa em poucos dias. Tudo bem?

Novamente, concordou com a cabeça. Já tinha lido sobre o procedimento uma vez, não parecia muito assustador.

— Eu vou pedir para uma enfermeira acompanhar você para retirar mais uma amostra de sangue para os exames. Enquanto eu chamo a enfermeira, preciso que preencha esta ficha com seus dados. É só para controle.

Lavínia começou a preencher o papel, enquanto o médico se retirava da sala. Olhou no relógio de novo. Sabia que se atrasaria. Não que isso fosse um problema, com todas as horas extras que andava fazendo. Terminou de preencher o documento, enquanto aguardava a volta do médico. Depois do procedimento e de um almoço muito rápido, que consistiu basicamente em um lanche natural meio suspeito, não se sentia muito bem quando chegou ao escritório. Com os cotovelos apoiados na mesa, apoiou a cabeça nas mãos e fechou os olhos, evitando deixar que os pensamentos viessem. Assim que sentiu a disposição retornar, voltou ao trabalho, tentando ignorar uma voz interna que perguntava por onde andava Logan, que não ligava e nem aparecia havia alguns dias.

Sua curiosidade foi eliminada na manhã seguinte. Logan ligou logo cedo, pedindo mil desculpas pela ausência e justificando-se. Ela se sentia dividida por sentimentos antagônicos, já que parte dela estava magoada por ele ter desaparecido quando precisava tanto dele e, ao mesmo tempo, ela sabia que ele tinha bons motivos e estava sendo sincero, quando dizia que sentia muito. No fundo, ela queria mesmo era encontrá-lo logo, para aproveitar o conforto de seu colo. Por isso mesmo engoliu o orgulho e concordou que fossem jantar fora naquela noite.

Ela já estava se preparando para sair do trabalho, no horário, pela primeira vez naquela semana, quando recebeu um telefonema do hospital. Dessa vez, o Dr. Barros em pessoa era quem ligava. Ficou surpresa ao saber que os exames de sangue já haviam sido concluídos, e também feliz quando soube que o transplante poderia ser realizado. Quando desligou o telefone, várias coisas passaram pela sua mente ao mesmo tempo. Saiu correndo em direção à sala de Ana, pois precisava avisá-la de que não poderia trabalhar no dia seguinte nem no outro, pois o procedimento deveria ser realizado imediatamente, devido às condições da paciente. Por sorte, conseguiu encontrá-la enquanto se preparava para sair.

Ela aceitou seu pedido sem objeções, o que não a surpreendeu, tanto por ela ser uma pessoa compreensiva quanto por saber que seu saldo de horas extras superaria qualquer argumento contrário. Em seguida, voltou à sua sala para verificar se não havia esquecido nada de importante. Olhou em volta e parou por um momento para repassar mentalmente o telefonema. Quando teve certeza de que tudo estava em ordem e de que não precisaria de nada do que estava ali, desligou a luminária, fechou a persiana, apagou a luz, encostou a porta da sala e saiu.

Quando chegou à porta de casa, se deu conta de que faltava quase uma hora para o horário marcado com Logan. Entrou no apartamento cantando em voz alta, para afastar seus medos. Habituou-se a fazer isso ao entrar em casa, para não ouvir os outros sons. Além disso, ela não olhava muito à volta, pois tinha medo até das sombras, nos últimos tempos. Normalmente, essa técnica funcionava para acalmar os nervos, mas não para diminuir o ritmo de sua frequência cardíaca. Ao menor sinal de algo estranho, seu coração disparava. Não aguentava mais essa situação. Viver com medo estava se tornando insuportável. Cogitou mudar de apartamento por uns tempos, mas no fundo ela sabia que não adiantaria.

Por um simples motivo: ela não sabia se o medo era real, ou se estava apenas enlouquecendo. Se fosse real, não adiantaria fugir, pois não estaria relacionado ao apartamento, portanto, aquilo a perseguiria onde estivesse. Ou ainda poderia significar que existia apenas na sua cabeça, o que leva à opção da loucura, que também não a agradava. Ou seja, ela preferia não saber se estava morando em um apartamento assombrado ou se estava ficando paranoica. E ainda que a primeira opção fosse verdadeira, não era justo abandonar seu apartamento, por culpa daqueles eventos.

Deixando esses pensamentos de lado, decidiu adotar uma nova técnica naquela noite. Ligou o rádio o mais alto que pode, de forma que não incomodasse os vizinhos, começou a acompanhar a música e enfrentou seus medos. Não esquecendo, é claro, de deixar as luzes acesas.

Depois que terminou de se arrumar para o jantar com Logan, aproveitou para preparar uma mochila com as coisas que levaria ao hospital. Ela já havia terminado de verificar se estava tudo lá, pela segunda vez, quando Logan tocou o interfone. Depois de uma rápida olhada no espelho, desligou o rádio, apagou a maior parte das luzes e desceu. Logan esperava dentro do carro.

Ela entrou, esperando uma calorosa recepção, mas ao invés disso ele apenas a beijou rapidamente, como se a tivesse visto mais cedo no mesmo dia. Não parecia o mesmo Logan que a convidara para sair tão animadamente ao telefone. Imaginou que ele estivesse preocupado ou chateado com alguma coisa e perguntou o que era, mas ele continuou dizendo que era impressão dela. Ela estava convencida de que havia algo de errado, pois durante todo o trajeto até o restaurante, ele não disse mais do que umas poucas palavras. Ela mesma sentia sua empolgação com o jantar se esvair diante da distância dele.

Ao chegar no restaurante, no entanto, em algum momento entre sentarem-se à mesa e pedirem o cardápio, ele se transformou de repente no Logan animado e falante que ela conhecia. Lavínia surpreendeu-se diante da transformação repentina e, por um instante, não soube o que fazer. Fazendo um esforço para não deixar que ele percebesse sua hesitação, deixou isso de lado e começou a contar-lhe tudo sobre o transplante que faria, o que até então não havia tido a oportunidade de fazer.

Quando terminou de contar-lhe sobre o telefonema do Dr. Barros, esperou para ver sua reação, que foi muito menos entusiástica do que ela esperava. Na verdade, Logan não esboçou reação nenhuma por uns três segundos, então, como se de repente voltasse à realidade, ele sorriu, segurou suas mãos em um gesto de apoio e disse apenas:

— Isso é muito... Bom. Muito bom, aliás, muita sorte para esta paciente ter encontrado uma doadora compatível, não é? Quais são as chances de isso acontecer? Uma em um milhão?

Ele disse isso muito rápido, e antes que ela pudesse responder, começou um monólogo em que discursou desde o altruísmo de ser doador de qualquer coisa até a burocracia de se conseguir um órgão nos dias de hoje. Lavínia foi salva do monólogo pelo jantar que chegava. Enquanto comiam, seu humor alternava entre extremamente atencioso e totalmente distraído. Nesse ponto, ela já estava ficando realmente aborrecida com ele. Somente quando chegou a sobremesa é que ele pareceu voltar um pouco a si. Apesar disso, o assunto que ele trouxe à tona só conseguiu deixá-la mais incomodada:

— Lavínia, sei que você não gosta de falar sobre a Martha, e por isso eu procuro evitar este assunto, mas você se importaria se eu fizesse uma pergunta? Só por curiosidade? – perguntou ele, com a displicência de quem fala sobre o tempo.

— Claro que não. – respondeu, simplesmente dando de ombros.

— O que ela contou a você sobre sua família de verdade? Você me disse uma vez que ela não dizia nada, mas deve haver alguma coisa... Alguma pista, talvez? Pelo menos o nome do orfanato de onde ela a adotou? – Ele fez a pergunta bem devagar, olhando em seus olhos, enquanto massageava seus pulsos com o polegar, sobre a mesa. Ela não conseguiu pensar no que responder, afinal já haviam falado sobre isso antes.

— Por que você está me perguntando sobre isso? – perguntou, meio confusa.

— Nada, já disse que é apenas curiosidade. Se você não quiser falar sobre isso, não tem problema. Só quis puxar conversa com você. – ele disse, mas continuou olhando como se esperasse uma resposta, que ela não tinha.

— Olhe, nós já conversamos sobre este assunto antes. Eu contei tudo que Martha me disse, ou seja, nada. Ela nunca me disse nada. Acredito que ela não sabia mesmo. Não acho que ela mentiria para mim a vida inteira. – respondeu Lavínia, em um tom que deixava claro que, por ela, o assunto estava encerrado. — E eu nunca estive em um orfanato também. Fui deixada no hospital.

E dizendo isso, voltou sua atenção exclusivamente para a sobremesa. Ele fez o mesmo e mudou de assunto, e ela se sentiu grata por isso. Esse não tinha sido nem de longe o melhor encontro com Logan.

Quase não se falaram no caminho de volta ao apartamento. Lavínia não estava no melhor humor para conversar, mas sentia que ele a observava de vez em quando. Quando o carro parou em frente ao prédio, ele disse apenas:

— Acho que não poderei visitá-la amanhã, no hospital. Vou voar até Gales, então provavelmente passarei a noite por lá. Você entende, não é?

Ele disse isso e ficou parado olhando, esperando uma resposta. Ela balançou a cabeça positivamente, disse "boa-noite" e subiu. Já estava na frente da porta do *hall*, quando o viu sair do carro. Ele ficou em pé, parado ao lado da porta do carro, olhando enquanto ela abria a pesada porta, mas ela não o convidou para subir. Quando chegou ao apartamento e olhou pela janela, ele já havia ido.

CAPÍTULO 6:
SAULO, ESTEVÃO E ALICE

CAPÍTULO 6

Na manhã seguinte, Lavínia acordou com uma sensação de mal-estar. Não demorou muito para associar aquele sentimento ao péssimo encontro da noite anterior. Fazendo o possível para manter Logan longe de seus pensamentos, manteve o foco no que importava naquele instante. Chegou ao hospital bem na hora combinada. Dr. Barros a esperava na recepção, animado, com a aparência de que para ele o dia já havia começado há horas, mas sem transparecer o menor sinal de cansaço.

Ele a levou, primeiramente, para conhecer a paciente que receberia sua medula. Quando entrou no quarto, a primeira impressão que teve foi a de que estava interrompendo uma reunião familiar. Ao olhar pela porta, viu primeiro a paciente sentada sobre a cama, com as pernas esticadas, cobertas por um lençol, vestida em uma camisola. Surpreendeu-se ao notar que a moça parecia ter menos idade do que ela.

Não imaginava que fosse tão jovem. Mais do que a idade, Lavínia ficou admirada ao ver a paciente rindo abertamente. O único sinal aparente da doença eram as olheiras sob os olhos e o lenço em torno da cabeça, sinais do tratamento. Ela estava acompanhada por duas pessoas, uma de cada lado da cama. Do seu lado esquerdo, estava um homem de meia-idade, qualquer coisa entre 40 e 50 anos, Lavínia não podia dizer com precisão. Do seu lado direito estava outro homem, que aparentava, no máximo, uns 35 anos, cabelos castanhos levemente bagunçados.

Ele foi o primeiro a notar a presença de Lavínia e do Dr. Barros quando este, tocando-lhe o ombro, começou a guiá-la para dentro do quarto, em direção aos três, dizendo:

— Desculpem-me a interrupção, mas eu gostaria de apresentar alguém a vocês. – acrescentou, virando-se para ela.

— Lavínia, esta é Alice Murdoc. – e, em seguida, virando-se para os três. — Esta é a Lavínia.

A paciente esticou a mão, sorrindo, para cumprimentá-la, e então ela se aproximou da cama.

— Muito prazer. – disse Lavínia.

— Muito prazer, Lavínia. – disse a paciente. — Deixe-me apresentar, estes são meu pai, Estêvão, e Saulo, amigo da família e meu segundo pai.

Lavínia cumprimentou os dois homens. Havia algo no rosto de Estêvão, que fez com que ela simpatizasse com o homem imediatamente, como se já o conhecesse há muito tempo. Durante uns três segundos, ele ficou calado examinando-a, como se estivesse buscando algum tipo de reconhecimento. De repente, ele pareceu sair do transe em que estava e disse:

— Você pode me chamar de Estêvão, é como todos me chamam. E este rapaz charmoso, aqui do lado, é meu melhor amigo e braço direito.

— Não tenho mais idade para ser chamado de rapaz, Estêvão. – brincou ele, ao mesmo tempo em que cumprimentava Lavínia com um aperto de mão firme.

— Comparado a mim, você é sim. Não faça eu me sentir mais velho do que já sou. – respondeu Estêvão. Lavínia notou que Estêvão tinha o rosto empalidecido, a aparência cansada e doentia, de quem perdera muito peso, em pouco tempo. Isso, para Lavínia, eram evidências mais do que suficientes da dor e preocupação que a doença da filha lhe estava causando. Sem dúvidas, a leucemia devia estar em estágio avançado, o que justificava a urgência no transplante. Ela começou a sentir-se levemente desconfortável, como era de costume na presença de estranhos, mas foi salva pela enfermeira que entrara no quarto com um aparato de soro e algumas injeções em uma espécie de bandeja com rodinhas. O Dr. Barros dirigiu-lhe a palavra:

— Lavínia, tenho que levá-la agora, para que você seja preparada para os procedimentos. Alice também será medicada agora. Haverá muito mais tempo depois, para vocês todos se conhecerem melhor. – e, dirigindo-se aos outros. — Vocês terão que esperar lá fora, a partir de agora. Em algumas horas, estará tudo terminado.

Tanto Estêvão quanto Saulo abraçaram Alice antes de deixar a sala. Lavínia apenas sorriu para ela, antes de virar-se em direção à porta. Alice retribuiu o sorriso e acenou com a cabeça.

Lavínia saiu da sala, seguida por Estêvão, Saulo e o Dr. Barros. Os dois primeiros seguiram por um lado do corredor em direção à sala de espera. Dr. Barros conduziu-a na direção oposta para uma sala adjacente. Minutos depois, a enfermeira entrou na sala e inseriu um sedativo em seu braço. Em poucos segundos, Lavínia apagou.

Ao longo daquele dia e no dia seguinte, seus momentos de lucidez restringiram-se a alguns instantes. A primeira lembrança foi a de acordar logo após o procedimento, completamente tonta graças ao sedativo, e ver o rosto do Dr. Barros, claramente sorridente, mesmo sob a máscara cirúrgica, dizendo apenas que tudo havia ocorrido bem. Logo em seguida, ela apagou outra vez, embalada pela sensação de tontura e leveza em que estava.

Quando Lavínia acordou novamente, já estava no quarto. Olhou para a janela e percebeu, pela luz que entrava, que o sol devia estar se pondo no horizonte. Ela não tinha como saber por quanto tempo estivera dormindo, mas supôs que fosse o fim do dia da operação. A porta do quarto se abriu e duas enfermeiras entraram. Ela tinha o rosto virado para a janela, e fechou os olhos por reflexo, quando uma das enfermeiras acendeu as luzes. Ela podia ouvi-las conversando aos sussurros, e percebeu que julgavam que ela estivesse dormindo. Conseguiu entender apenas algumas palavras do que diziam, e frases soltas como "horário de visita", e "não veio ninguém". Sua mente ainda flutuava, e novamente ela se deixou levar pelas imagens confusas trazidas pelo sono.

No dia seguinte, Lavínia acordou com a sensação de que dormia há dias. Estava completamente descansada, mas sentia algumas dores no corpo, principalmente nas costas.

Ao fim da tarde, recebeu alta. Antes de ir, solicitou ao Dr. Barros uma visita a Alice, mas ele a informou de que as visitas ainda estavam proibidas. Certa de que voltaria quando ela pudesse recebê-la, deixou o hospital num táxi, em direção ao apartamento.

A SÉTIMA ORDEM

No táxi, a caminho de casa, pensava em Logan. Ele não aparecera no hospital, como a havia alertado. Talvez se não estivesse chateada com suas atitudes nos últimos dias, teria mesmo assim nutrido esperanças de que ele viesse. O que a intrigava era sua súbita mudança de comportamento. Ao conhecê-lo, ele mostrou-se carinhoso e atencioso. Agora passava dias sem notícias suas, além da indiferença demonstrada por ele, em seu último encontro. Pensar nisso lhe causava uma sensação de aperto no peito. Estava óbvio que algo havia se passado para provocar em Logan uma mudança tão repentina. No fundo de sua mente, ela apenas podia criar suposições, mas não tinha certeza de que queria realmente saber seus motivos. Não sabia como reagiria se soubesse, por exemplo, que havia outra mulher em sua vida. Ela não tinha muita certeza do que sentia por ele, principalmente depois de ele ter se mostrado tão instável. Mesmo assim, não seria agradável se descobrisse que estava sendo enganada.

Ela se esforçava para afastar estes pensamentos, quando o táxi estacionou em frente ao prédio em que morava. Pagou o motorista e desceu do carro devagar, pois ainda se sentia tonta ao realizar movimentos bruscos. Subiu os degraus até o terceiro andar, sentindo as costas doerem no ponto onde a medula havia sido extraída. Ela ansiava por chegar à sua cama e descansar o resto do fim de semana, porém, para sua frustração, isso não foi possível.

Lavínia sentiu um arrepio percorrer sua espinha quando encaixou a chave na fechadura e constatou que a porta já estava aberta. Ela não poderia, de forma alguma, ter se esquecido de fechá-la. Cuidadosa e silenciosamente, abriu uma fresta da porta, apenas o suficiente para ter um vislumbre do interior do apartamento. Ao olhar, sentiu os músculos do seu corpo tensionarem. Pelo que pôde ver, o apartamento havia sido revirado. Seu primeiro impulso foi de entrar para ver a situação em que se encontravam suas coisas, mas não se moveu. Temeu que o invasor ainda estivesse lá dentro. Em vez disso, afastou-se da porta e ponderou, por um instante, qual seria a atitude mais sensata a tomar. Olhou para os lados. Ela precisava sair dali. Tocou a campainha do apartamento em frente. A cada segundo ia ficando mais nervosa. Berta finalmente abriu a porta e ela imediatamente pediu para entrar e usar o telefone. Percebendo seu nervosismo, a senhora deixou-a entrar e trancou a porta atrás de si. Lavínia explicou rapidamente o que ocorrera, ao mesmo tempo em que tirava o fone do gancho e discava o número da emergência. Enquanto esperavam, Berta lhe trouxe um copo d'água, com as mãos trêmulas. O marido não estava em casa. Lavínia sentiu certo remorso por expor aquela senhora a tal nervosismo, mas, naquele momento, não havia outra opção.

Poucos minutos depois, Lavínia ouviu com alívio a sirene dos carros de polícia. Viram pela janela quando a viatura parou em frente ao prédio. Lavínia recebeu os policiais para explicar o ocorrido, mas permaneceu no apartamento de Berta observando pelo olho mágico da porta a movimentação de dois policiais, enquanto estes vasculhavam o apartamento. Poucos minutos depois, eles saíram de lá e vieram bater à porta de Berta. Depois de garantirem que não havia ninguém no apartamento, Lavínia foi convencida a entrar para verificar se algo estava faltando. Um policial a acompanhou enquanto o outro vigiava a porta. Apesar de toda desordem, verificou que nada estava faltando. Aparelhos eletrônicos, dinheiro, documentos, estava tudo no lugar. Por algum motivo, esta constatação teve o poder de deixá-la mais nervosa do que tranquila. Por que alguém entraria no apartamento com outra intenção que não fosse a de um roubo? Sentindo a cabeça girar, deixou o apartamento em companhia dos dois policiais em direção à delegacia, para prestar queixa. Quando chegou à entrada do prédio, Lavínia esbarrou em Alanis, que acabara de chegar. Ficou tão feliz em vê-la e estava tão desesperada para encontrar um amigo com quem dividir aquele momento confuso, que sentiu sua garganta doer conforme engolia o choro. Alanis veio ao seu encontro e a abraçou.

— Lavínia, por onde você esteve? Estou tentando falar com você há dois dias, mas como você não atende, resolvi vir para ver o que estava acontecendo.

Só então ela se deu conta dos dois policiais que a acompanhavam e que neste momento demonstravam sinais de impaciência. Ela olhou dos dois homens para o rosto da amiga que detinha uma expressão de quem estava prestes a cair no choro, então perguntou alarmada o que estava acontecendo. Lavínia recuperou sua capacidade de falar, o suficiente para explicar do que se tratava. Alanis acompanhou-a até a delegacia e depois a convidou para passar o fim de semana em sua casa. Sentindo-se aliviada por finalmente poder descansar, Lavínia aceitou o convite. Com Alanis de volta, ela tinha alguém para quem contar tudo o que lhe ocorrera nos últimos dias.

Quando finalmente voltaram ao apartamento, mais tarde, no mesmo dia, foi somente para pegar algumas roupas. Alanis ajudou-lhe a pegar o essencial e colocar na mochila. Ela estava ansiosa por deixar o lugar. Enfraquecida como estava, assustava-se ao menor ruído. Quando Lavínia pegou a mochila para substituir as roupas sujas por roupas limpas, encontrou ali o diário. Não sabia por que o havia levado ao hospital. Olhou a capa do livro. Seria isso que o invasor estivera procurando? Não havia motivo para alguém se interessar por aquilo, além do mais, poucas pessoas sabiam de sua existência. Não sabendo o que pensar, preferiu deixar o assunto de lado. Ao sair, pediu ao porteiro para que providenciasse um chaveiro para trocar suas fechaduras e adicionar algumas proteções.

A porta não tinha sinais de arrombamento, por isso não havia muito o que ser feito. Por fim, partiu em companhia de Alanis. Alternando horas de choro e de sono, contou a Alanis tudo o que havia ocorrido nos últimos dias. Na segunda-feira, ao voltar ao trabalho, apesar de exausta, sentia-se mais leve, mas com uma preocupação a mais. Logan não ligara nenhuma vez.

Ao final da semana, o Dr. Barros ligou avisando Lavínia de que as visitas a Alice estavam liberadas. Logan finalmente aparecera no meio da semana. Dizia-se preocupado, desculpou-se por estar ausente. Ela não se sentia preparada para aceitar suas desculpas, por isso estava adiando o momento de vê-lo novamente, e a perspectiva de visitar Alice a animou. Saiu do trabalho na sexta-feira e foi diretamente ao hospital. Fazia um belo fim de tarde, a temperatura estava agradável e ela se sentia muito bem.

Dr. Barros quis aproveitar a oportunidade para examiná-la. Depois de constatar que estava tão bem quanto antes da cirurgia, liberou-a para ir ao quarto em que Alice agora descansava. Ao aproximar-se, ouviu risos e percebeu que Alice não estava sozinha. Bateu à porta e a ouviu dizer "Pode entrar", entre risos. Ao vê-la, Alice arrumou-se na cama de forma a ficar numa posição mais ereta. Saulo, que estava sentado em uma cadeira alta ao lado da cama, levantou-se para cumprimentá-la. Estêvão também estava no quarto, mostrando-se muito feliz ao vê-la. Lavínia notou que a aparência de Alice estava muito melhor do que antes da cirurgia. Parecia mais cheia de vida.

Lavínia ficou com eles por quase duas horas, período no qual conversaram muito. Estêvão lhe fez muitas perguntas. Em alguns momentos, ela teve a impressão de ver em seu rosto a mesma expressão de reconhecimento que a intrigou à primeira visita. Quando isso acontecia, ele olhava sorrateiramente para Saulo. Lavínia sempre quis saber se os homens têm a mesma capacidade feminina de comunicar-se com o olhar. Se isso existisse, era exatamente o que faziam enquanto conversavam. Saulo também participou ativamente da conversa. Lavínia o achou muito gentil e divertido. Gostou dele imediatamente. Alice estava animadíssima por ter feito o transplante, e contou a Lavínia que iria para a faculdade dentro de poucas semanas.

Lavínia foi embora quando percebeu que estava ficando tarde. Ela achou que devia ir, para que Alice pudesse descansar melhor, e também para dar à família alguma privacidade. Antes de ir, Estêvão a fez prometer que ela iria visitá-los em sua casa, assim que Alice recebesse alta. Saulo reforçou o pedido, dizendo que viria buscá-la pessoalmente.

Lavínia chegou em casa sentindo-se muito bem, como não se sentia há dias. Estava realmente torcendo para que Alice saísse logo do hospital, assim ela poderia vê-los novamente. Se não fosse pelo recado na secretaria eletrônica, nem teria pensado em Logan. Resignada, percebeu que não podia mais fugir dele. O melhor a fazer era aceitar seu convite insistente para encontrá-lo e, dessa forma, descobrir se poderia perdoar suas atitudes e avaliar se ele merecia outra chance.

CAPÍTULO 7:
A ILHA DAS ALMAS

CAPÍTULO 7

Lavínia aceitou o convite de Logan para almoçar no sábado. Ele parecia o mesmo Logan que Lavínia havia conhecido. Ela é que não se sentia igual. Enquanto ele falava, ela deixou sua mente vagar de volta à visita ao hospital, às risadas, ao sorriso de Saulo. Sem perceber, distraiu-se em pensamentos e desligou sua conexão com o mundo, por alguns minutos. Logan já não provocava o fascínio de antes. Nem parecia tão interessante. Ele contou em detalhes a viagem a Gales, mas ela não estava realmente prestando atenção. Descobriu que não se importava muito com seus motivos. Concordou em acompanhá-lo a uma viagem curta, pela simples falta de algo melhor a fazer. Ele parecia realmente esforçar-se para agradá-la, dizendo, inclusive, que lhe faria uma surpresa.

Menos entusiasmada do que da primeira vez, Lavínia subiu no bimotor ao lado de Logan. A vista do alto realmente valia a pena. Fazia uma tarde belíssima, com poucas nuvens. Ventava bastante, mas não atrapalhava a estabilidade do voo. Sobrevoaram a cidade em direção ao leste. Ganharam mais altitude para ultrapassar os picos da serra litorânea em direção ao oceano. Sobrevoaram o mar por pouco tempo, seguindo o contorno do litoral, sem se afastarem muito da costa. Pouco tempo depois, Lavínia avistou uma ilha, suficientemente próxima da costa para ser alcançada de barco. Logan apontou naquela direção e disse:

— Aquela é a sua surpresa. Chama-se "Ilha das Almas". Vamos aterrissar ali.

A SÉTIMA ORDEM

Aterrissaram em uma pista de pouso improvisada. A ilha não era muito grande, de forma que apenas um avião pequeno como o bimotor seria capaz de pousar ali. Além disso, possuía uma vegetação vasta e espessa. Seus pés afundavam na areia até chegarem à entrada de um caminho de terra, cercado de altos coqueiros. Os pássaros faziam barulho no alto, planando sobre as copas das árvores. Caminharam por cerca de 15 minutos. Lavínia estava encantada com a variedade de plantas e animais. Logan fazia mistério quando lhe perguntava onde estavam indo. Seus pés doíam pelo esforço de desviar dos buracos e dos galhos e pelas pedras do caminho. Se ao menos ele a tivesse alertado antes, pensou Lavínia, teria calçado sapatos mais adequados.

Finalmente, depois de alguns minutos que mais pareceram uma eternidade, chegaram a uma clareira. No centro dela havia uma espécie de casa, toda construída em pedra. Logan incitou Lavínia a entrar, puxando-a pela mão. Antes mesmo de entrar na casa, ela já sentia calafrios. O lugar emanava desolação e o ar era pesado. Ela sentia vontade de sair dali o mais rápido possível, mas Logan continuava a segurá-la firmemente pelo pulso. Ao entrar no lugar, demorou alguns segundos até os olhos se adaptarem à fraca iluminação. A luz entrava suavemente por pequenas janelas que ficavam bem no alto das paredes, e por frestas entre a cobertura de madeira e folhas do teto.

O primeiro cômodo era simples, retangular. Havia restos de mobília cobertos com lençóis espalhados nos cantos do cômodo. Era como se o lugar tivesse sido abandonado há décadas. O chão estava coberto de folhas, terra e por uma camada grossa de poeira. Alguns insetos se escondiam ao ver os estranhos se aproximarem. Instintivamente, Lavínia aproximou-se de Logan, mas se afastou em seguida. Entraram por um corredor escuro. Havia um cheiro de terra molhada e folhas podres. O odor acre ardia em suas narinas e garganta. O silêncio era quebrado apenas pelo som dos pássaros do lado de fora e das folhas sendo esmagadas no chão conforme andavam. O barulho do mar era distante, batendo nas pedras.

Ao final do corredor, havia uma porta de madeira com uma maçaneta quebrada. Logan empurrou a porta. As dobradiças estavam podres. Quando entraram no cômodo, Lavínia sentiu um cheiro estranho e forte que a fez espirrar. Ficaram parados na entrada do cômodo por uns instantes até os olhos se acostumarem à pouca luz, ainda mais suave que do cômodo anterior. Lavínia olhou em volta. Era um cômodo redondo. Diferentemente do anterior, este não tinha janelas. Toda a luz era proveniente de uma abertura redonda no teto, bem no centro do cômodo. A abertura não tinha mais do que 20 centímetros de diâmetro e era feita de vidro, que estava coberto por folhas e poeira. O estreito feixe de luz, projetado para dentro do cômodo, refletia-se no chão sujo e nas paredes. Lavínia andou devagar em volta do quarto. Reparou que a parede do lado direito de quem entrava estava cheia de inscrições, enquanto que do lado esquerdo do cômodo havia uma espécie de altar, constituído por um grande bloco de pedra, em formato de uma comprida mesa, com um castiçal em cada ponta. Havia tocos de velas e restos de cera. Por algum motivo, aquela visão pareceu-lhe repugnante. Logan quebrou o silêncio e sua voz ecoou nas paredes de pedra:

— Há uma lenda sobre este lugar. Dizem que esta casa era o templo de uma seita.

Ela se virou para olhá-lo. Logan estava bem atrás dela. Ele continuou falando:

— Dizem que os membros da seita foram todos assassinados aqui nesta sala, queimados. Um banho de sangue. Assustador, não é?

Ela se virou de costas para ele e continuou a examinar as paredes. De fato, havia marcas de sangue por toda parte, e ainda marcas negras pela parede.

— Perturbador. – disse ela, simplesmente.

Lavínia chegou mais perto de uma das paredes e percebeu que as inscrições estavam gravadas em relevo. Era difícil distingui-las com aquela luz fraca. Encostou uma das mãos sobre a parede fria. Deixou seus dedos escorregarem pelo relevo de uma das formas gravadas. O formato lhe parecia estranhamente familiar.

Ela sentiu Logan se aproximar. Fez um esforço para lembrar-se de onde conhecia aquele desenho. De repente, como um estalo, reconheceu-o. Parecia claro e nítido agora, como se o estivesse vendo. Aquele desenho estava repetido várias vezes, em muitas páginas do diário. Afastou rapidamente sua mão, por reflexo, o coração disparado diante da surpreendente revelação. Ao fazer isso, olhou para o lado e viu que Logan a observava atentamente. Sentia a mente acelerada, cheia de perguntas.

Diante do silêncio de Logan e da lugubridade do lugar, Lavínia teve que fazer um esforço sobre-humano para não demonstrar qualquer expressão. Manteve a voz baixa e controlada quando se dirigiu a Logan:

— Este lugar me dá arrepios. Vamos embora, está ficando tarde.

Ele pareceu ponderar por um instante, então sorriu e lhe estendeu a mão, guiando-a para fora. Quando voltaram ao avião, o sol já estava se aproximando do horizonte, projetando sombras longas sobre a areia. Ela não lhe fez nenhuma pergunta até voltarem à cidade. Resolveu questioná-lo enquanto ele a levava para casa, já no carro:

— Como você conheceu aquele lugar? Toda essa história da seita e tudo o mais... Eu mesma nunca ouvi falar. E fica tão perto daqui.

— Eu li sobre isso em uma revista. Em Gales, há um povoado a meia hora da capital. Gente anciã, muito supersticiosa. Precisei passar a noite lá, há alguns dias, lembra-se? Eles adoram contar histórias de terror para assustar turistas. Daí fiquei curioso e voei até lá, para ver se existia mesmo. Só por curiosidade.

Lavínia não o questionou mais. Estava ansiosa para chegar em casa. Precisava olhar o diário. E também estava irritada. Não tinha gostado nada da surpresa. Que pessoa normal leva a namorada a um lugar daqueles?

Assim que ficou só, depois que Logan a deixou em casa, correu à mochila. Folheou o diário devagar, procurando. Não demorou a encontrar o que procurava. Agora, ela tinha certeza de que o símbolo cravado na parede daquela casa sinistra era o mesmo que estava ali à sua frente. Não havia nenhuma dúvida.

Num impulso, jogou longe o diário. Não queria tocar naquilo. Seria verdade? A seita, o banho de sangue. Fechou os olhos e viu as marcas nas paredes e no chão do cômodo. Abriu os olhos, assustada. Levantou-se e recolheu o diário. Pensou em jogá-lo fora ou queimá-lo. Não sabia por qual motivo, mas acabou decidindo por guardá-lo. Pegou o porta-joias dentro do guarda-roupas. Era uma caixa de madeira com chave, do tamanho exato do diário. Esvaziou seu conteúdo em cima da cama e guardou o diário ali dentro. Retirou a corrente de ouro que usava em volta do pescoço e pôs a pequenina chave como um pingente. Guardou a caixa sob uma pilha de roupas no fundo de uma das gavetas.

Lavínia permaneceu por muito tempo sentada, olhando para o nada. Sentia-se frágil, assustada. Lutou contra o sono o mais que pôde, mas a batalha logo foi perdida.

No dia seguinte, acordou bem cedo e tratou de fazer uma caminhada para espairecer. Não conseguira dormir bem na noite anterior, acordando várias vezes entre sonhos estranhos, de modo que a certa altura, logo cedo, preferiu levantar-se a correr o risco de entrar em mais um sonho perturbador. Deixou sua mente divagar por um tempo, tentando fugir do assunto que a perturbava, mas foi em vão. Não conseguia parar de pensar naquela casa e no símbolo entalhado na pedra. Ainda podia sentir a aspereza e a sensação fria da pedra sob seus dedos. E ainda havia Logan. Como se não bastasse suas atitudes estranhas das últimas semanas, também lhe perturbava o fato de ele tê-la levado àquelas ruínas. Ela não conseguia encontrar nenhum tipo de explicação lógica ou conexão entre ele e o diário. E o olhar dele era simplesmente impossível de ler, sem expressão.

Lavínia não sentia vontade de voltar ao apartamento, por isso continuou caminhando. Deixou seus pés levarem-na automaticamente à casa de Alanis. Era cedo para uma visita dominical, mas ela sabia que Alanis já devia estar acordada. Por sorte, encontrou-a tomando o café da manhã. A princípio, Lavínia tentou fingir que estava apenas passando por ali e que a visita nada tinha de especial, mas Alanis a conhecia bem demais para engolir esta mentira. Ao terminar o café, a amiga a levou até os fundos da casa, onde havia um jardim muitíssimo bem cuidado. No centro do jardim havia um estreito caminho de pedras, que levava a um banco de ferro pintado de branco e cercado por laranjeiras. Era um ótimo lugar para conversar sem ser ouvido.

Lavínia contou a Alanis em detalhes o que ocorrera, inclusive sobre o símbolo gravado na parede e no diário. Contou-lhe também sobre o que Logan lhe dissera a respeito da tal lenda do lugar, e sobre suas atitudes. Alanis ouviu com atenção, sem interrompê-la, até que ela terminou de contar toda a história. Ao final, ela perguntou:

— Você tem certeza absoluta de que o símbolo na parede é o mesmo do diário?

— Absoluta – assentiu Lavínia.

Alanis ficou em silêncio por um instante, pensativa. Em seguida, disse:

— Vamos até Gales. Só eu e você. Fingimos que somos turistas e passamos uma noite lá, para tentar descobrir se a tal lenda existe. Dessa forma, saberemos se Logan está mentindo.

Lavínia sentiu o sangue correr mais rápido nas veias. Ela não esperava que Alanis lhe sugerisse isso, mas fazia todo sentido. No fundo, o que ela mais queria era ir a fundo nessa história, para tentar encontrar sentido ao que estava acontecendo. Alanis interrompeu seus pensamentos:

— E tem mais uma coisa, Lavínia. Logan não pode desconfiar de nada. Você tem que fingir que está tudo bem entre vocês. Vamos esperar uma oportunidade para ir a Gales, de forma que não levante suspeitas. Um fim de semana em que ele esteja fora, a trabalho, por exemplo. O único jeito de descobrirmos o que Logan quer é mantendo-o por perto.

Lavínia não sentia mais nenhuma vontade de ficar perto de Logan, mas sabia que Alanis estava certa. Por fim, combinaram de ir a Gales, na primeira oportunidade, mas enquanto isso não acontecia, a vida teria que continuar mais ou menos normalmente. Alanis tinha algo em mente:

— Vamos ao "Taberna", na próxima semana. Eu, você, Eleanor, Carlos e Oliver. Precisamos dar umas risadas e relaxar um pouco. Você tem andado muito tensa. Além disso, será a despedida de Eleanor e Oliver. Eles viajarão no dia seguinte.

Ela concordou de imediato. Em meio a tantas coisas estranhas que andavam acontecendo ultimamente, ela havia mesmo se afastado dos amigos. Estava ansiosa por revê-los.

Despediu-se de Alanis, sentindo-se mais aliviada por ter compartilhado os últimos acontecimentos com ela e também ansiosa para descobrir mais alguma coisa. Aproveitou que o tempo estava bom, o ar fresco, e voltou caminhando, sem pressa, para casa.

CAPÍTULO 8:
A CASA DOS MURDOC

CAPÍTULO 8

Na semana seguinte, conforme combinado, Lavínia encontrou os amigos no "Taberna". Para a irritação dela, Logan também resolveu aparecer. Ele andava mais atencioso do que de costume. Não tocou no assunto da ilha, nem na lenda, nem em nada remotamente próximo aos símbolos. Para aumentar a ansiedade de Lavínia, estava trabalhando menos e tinha mais tempo livre, de forma que ela e Alanis não tinham tido a oportunidade de fazer a viagem. Apesar de ter aproveitado imensamente a companhia dos amigos, não se sentia completamente à vontade, pois tinha que fingir apreciar a presença de Logan, quando, na realidade, preferia que ele não estivesse ali. Ao mesmo tempo, sentia-se mal por estar sendo falsa com ele, enquanto ele estava se esforçando tanto para ser gentil. Isso, somado ao fato de ela não saber se podia confiar nele, a deixava literalmente com vontade de gritar. Ou de fugir.

No dia seguinte, Lavínia foi ao aeroporto com Alanis para despedir-se dos amigos. Carlos não pôde ir, estava trabalhando demais. Eleanor parecia ansiosa, olhando para o relógio a todo instante. Oliver estava animadíssimo.

— Venham nos visitar um dia. A hospedagem é por nossa conta. – disse ele, enquanto abraçava as garotas.

Eleanor surpreendeu Lavínia ao se despedirem. A amiga era sempre tão racional, que chegava a ser meio distante. Lavínia não estava acostumada a vê-la expressando sentimentos, por isso não soube o que fazer quando percebeu que ela chorava. Ela olhou para Alanis e, sem dizer nada, as duas a abraçaram ao mesmo tempo.

— Vou sentir tanta saudade de vocês... – disse ela, enxugando as lágrimas.

— Nós também. Mantenha contato sempre. – disse Alanis.

As duas amigas ficaram no saguão, até que Eleanor e Oliver entraram na sala de embarque. Lavínia não queria pensar que era o fim da amizade, mas agora sabia que Alanis era a única pessoa com quem poderia contar.

Uma surpresa surgiu na forma de um telefonema, no meio da semana. Ela estava no trabalho, tentando manter os pensamentos longe de Logan e do diário, quando o telefone tocou. Era Saulo. Sentiu o coração acelerar levemente ao reconhecer sua voz.

— Que ótima surpresa! – ela disse, com a certeza de que ele podia perceber que ela sorria, mesmo sem vê-la.

Ele também parecia de ótimo humor enquanto falava:

— Eu estou ligando para dizer que vou pagar a promessa que fiz a você, de que a levaria pessoalmente à casa de Estêvão, quando Alice tivesse alta. Bem, ela já está em casa, e eu estou organizando uma pequena festa de boas-vindas. Nós adoraríamos que você viesse.

Lavínia adorou o fato de ter uma desculpa para passar o fim de semana longe de Logan, sem contar que lhe agradava muito a possibilidade de rever Alice, Estêvão e Saulo. Combinaram então, que ele passaria no sábado pela manhã para levá-la a Castelo.

Saulo chegou pontualmente. Ela já estava pronta quando ele tocou o interfone. Quando saiu pela porta da frente do prédio, Lavínia avistou um carro esportivo último modelo parado na calçada. Saulo saiu do carro para cumprimentá-la e abriu a porta para que ela entrasse.

Uma vez dentro do carro, sentiu-se um pouco constrangida. Era uma viagem de pouco mais de uma hora até a casa de Estêvão, e ela não sabia como puxar assunto. Saulo salvou-a desse problema. Falou muito durante todo o trajeto, e Lavínia acabou descobrindo que tinham gostos muito parecidos. Principalmente sobre música.

— Eu tenho alguns CDs no porta-luvas. Escolha um para ouvirmos. – disse Saulo.

Ela abriu o porta-luvas e encontrou um porta-CDs. Gostava de quase todos que havia ali.

As duas horas de viagem passaram voando. Conversar com Saulo sobre amenidades, cercada pela paisagem incrível da estrada que levava a Castelo, era tão agradável que fez com que ela se esquecesse completamente de Logan, do diário, de Gales e de qualquer outro assunto desagradável. Intimamente, ela desejou que Estêvão morasse mais longe. Quando finalmente chegaram a Castelo, a paisagem mudou um pouco. Saíram da estrada principal, ornada de elegantes árvores, que filtravam a luz do Sol por entre densos galhos de folhas verdes, vermelhas e amarelas, e deixavam o chão parecido com um tapete de folhas coloridas. Entraram na avenida principal do centro de Castelo. Ela não conhecia a cidade, mas simpatizou imediatamente com sua arquitetura antiga e bem conservada. Tinha um ar de cidade perdida no tempo. Viu duas crianças brincando na calçada, enquanto suas mães conversavam despreocupadamente à frente de suas casas. Era um tipo de tranquilidade que se podia esperar há algumas décadas, mas não nestes dias conturbados.

Saíram da avenida principal e entraram em algumas ruas residenciais, adentrando uma parte da cidade em que as casas ficavam mais espaçadas entre si, até desaparecerem completamente, e a rua asfaltada ser substituída por um caminho de paralelepípedos, cercado de árvores de copas altas, que mal permitiam a passagem da luz. Cerca de um quilômetro à frente, o caminho ganhava uma bifurcação. Saulo entrou à esquerda, e 300 metros depois, o caminho terminava em frente a um enorme portão de ferro maciço, circundado por muros de mais de três metros de altura, cobertos de hera.

Lavínia sentiu como se estivesse entrando em uma fortaleza. Ao se abrirem os portões, no entanto, toda aparente hostilidade desapareceu. Foram recebidos por um imenso jardim, cheio de flores, de todas as cores e tipos. No centro do jardim havia uma fonte e, depois dela, estava a casa. Lavínia se absteve de fazer comentários sobre a casa. Tudo o que podia pensar era que era imensa e linda.

Saulo deu a volta em torno da fonte e parou o carro em frente à porta principal. Um empregado abriu a porta para os dois. Saulo deixou que ela entrasse primeiro. Lavínia entrou em um enorme aposento, magnificamente decorado. Havia vários quadros nas paredes, além de cristais e tapeçarias lindíssimas. A mobília era de um estilo bem tradicional, e um lustre de cristal pendia do teto, bem no meio do aposento. A sala em si parecia um museu de muito bom gosto, e ela duvidou que fosse usada para outro fim.

Atravessando o cômodo, entraram em um longo corredor, e atravessaram mais outros dois, decorados no mesmo estilo do primeiro, mas com diferentes finalidades. Ao final da travessia, chegava-se a uma área externa. Havia uma piscina enorme, e ao fundo estavam reunidas em torno de 20 pessoas, incluindo Estêvão e sua filha Alice. Ao se aproximarem, Estêvão os viu e veio ao seu encontro. Ele vestia uma camisa polo e uma bermuda, e estava com uma ótima fisionomia. Abriu um enorme sorriso ao vê-los.

— Saulo, seu safado, por que não me disse que traria Lavínia? – disse ele, em tom de brincadeira, enquanto a cumprimentava.

— Eu quis fazer uma surpresa. – respondeu Saulo.

— E fez muito bem. Venha comigo, Lavínia. Vou apresentar-lhe aos outros. – disse Estêvão, enquanto a levava até onde estavam os outros convidados.

Depois que Estêvão a apresentou a todos, Alice aproximou-se e se ofereceu para mostrar-lhe a casa. Ela parecia bem melhor agora, com o rosto corado e disposta. Parecia ter recuperado alguns quilos também, o que lhe fez muito bem. Lavínia a seguiu para dentro da mansão, onde ela começou mostrando os cômodos do andar térreo, e depois subiram. Muito alegre e falante, Alice ia contando a origem de algumas peças da coleção de arte e fez questão de mostrar todos os cômodos.

Visitar toda a casa era uma tarefa que exigia tempo. A casa era realmente grande. O segundo andar tinha nada menos do que seis dormitórios. Um de Estêvão, um de Alice, quatro quartos de hóspedes, fora os dormitórios dos empregados, que ficavam em outra ala.

— Mas, na realidade, só temos três quartos de hóspedes. – explicou Alice. — Este, o maior de todos, normalmente é ocupado por Saulo. Ele fica bastante aqui, então é como se ele morasse neste quarto, entende?

Lavínia olhou em volta. O quarto realmente parecia ser habitado por um residente da casa, pois tinha roupas, malas e objetos pessoais. Era possível sentir o perfume de Saulo no ambiente. O quarto inegavelmente pertencia a ele. Em seguida, Alice lhe mostrou o quarto em que ela ficaria àquela noite. Era lindo. Ela, que estava acostumada à simplicidade de seu apartamento de dois quartos, nem conseguia se imaginar dormindo ali. A decoração era bem feminina, mas sem exageros, e as cortinas estavam abertas, deixando o sol entrar e revelando uma sacada ornada de flores.

— Minha mãe decorou toda a casa. Ela gostava muito de decoração. – contou Alice.

— Ela tinha muito bom gosto, então. – disse Lavínia.

— Obrigada. – respondeu Alice, com olhar triste.
Lavínia percebeu que havia algo de errado, mas não quis perguntar. Alice pareceu ler seus pensamentos, pois disse:
— Minha mãe faleceu quando eu tinha dez anos. Foi um acidente de carro.
— Eu sinto muito. – disse Lavínia.
— Está tudo bem. Eu tenho meu pai, e o Saulo é como um segundo pai também. Sou muito feliz com eles. – disse ela, sorrindo. Aliás, eu já contei a você que vou para a faculdade na próxima semana?
— Isso é ótimo! Está animada? – perguntou, percebendo que ela queria mudar de assunto.
— Sim, muitíssimo. Vou sentir saudades de casa, mas pelo menos vou estar a apenas quatro horas de distância, assim posso vir nos feriados e nos finais de semana em que não tiver estudos.
Alice continuou falando sem parar, enquanto subiam ao terceiro e último andar da casa. Ela mostrou uma sala de música, onde havia vários instrumentos, incluindo um piano de cauda. Lavínia ficou imaginando se alguém os tocava. Também havia uma parede repleta de quadros de disco de ouro e platina, e o que parecia de longe ser uma prateleira repleta de prêmios Grammy. Lavínia ficou intrigada, mas não perguntou nada. O próximo cômodo era o escritório de Estêvão. Ali havia várias fotos, inclusive uma onde se via um Estêvão bem mais jovem, segurando Alice ainda bebê em seus braços, e ao lado deles estava Carmen, mãe de Alice. Era uma mulher muito bonita, com ares aristocráticos. Magra, cabelos pretos e longos, presos por uma presilha, elegantemente vestida. Alice não se parecia muito com ela, seus traços lembravam muito mais os de Estêvão.
As duas partiram em direção ao último cômodo da casa, a biblioteca. Para decepção de Lavínia, Alice não conseguiu abrir a porta, pois estava trancada. Ouviram passos se aproximando. Era Estêvão.
— Finalmente as encontrei. Lavínia, não está com fome? Vamos descer para você se servir. Vamos, Alice? – disse ele.
— Papai, a biblioteca está trancada, e eu queria mostrar à Lavínia. Pode abrir para nós? – pediu Alice.
— Querida, eu não estou com a chave agora, e Lavínia não deve estar curiosa para ver aqueles livros empoeirados. Ela deve estar faminta, isso sim. Outra hora você mostra para ela, está bem?

Alice concordou, e desceram os três. De volta à piscina, Lavínia se sentou em uma cadeira debaixo de um guarda-sol. Saulo sentou ao seu lado, enquanto Estêvão e Alice davam atenção aos outros convidados.

— Você não prefere sentar-se ao sol? – perguntou Saulo, casualmente.

— Na verdade, prefiro a sombra. - respondeu ela. — Esqueci de passar o protetor solar esta manhã.

— Está preocupada com câncer de pele ou é por vaidade? – perguntou ele, sorrindo.

— Os dois. Também não quero envelhecer. - respondeu, sem pensar.

— Você acha que o protetor solar vai impedi-la de envelhecer? – ele perguntou novamente, olhando bem em seus olhos.

Dessa vez, ela demorou a responder. Seu primeiro impulso foi dizer que sim, que boa parte das rugas e manchas eram causadas pelo sol, e que ela não queria estragar seu rosto tão cedo, mas ela entendeu o que ele quis dizer. Não estava falando de rugas. Ao invés de responder, ela lhe perguntou:

— Você não tem medo de envelhecer? O tempo é cruel. Tenho medo de ficar velha e solitária, doente, incapaz e dependente de alguém. Não tenho medo das rugas, e sim do que vem junto com elas.

Ele não respondeu de imediato, e ela ficou pensando o que a havia feito dizer aquilo. Apesar de ser verdade, ela nunca havia confessado este medo em voz alta, e achou que poderia ter soado fútil. Saulo respondeu finalmente:

— Não tenho medo de envelhecer, mas tenho medo da morte, como todo ser humano.

— Eu penso diferente. Quando eu era criança, morria de medo de morrer. Tinha pavor de pensar nisso. Depois da morte de Martha, acho que comecei a encará-la de outra forma. A morte é inevitável, então é insensato temê-la. Ela virá, mais cedo ou mais tarde, para todo ser vivo. Não tenho medo de morrer, tenho medo de morrer sem ter vivido. - confessou.

Lavínia sentiu-se estranha sentada ali, ao lado de uma pessoa que ela mal conhecia, falando de assuntos tão pessoais. Mas era tão fácil conversar com ele, que ela até se assustava. Normalmente, não se sentia assim tão confortável com outras pessoas. Somente com Alanis, que era sua melhor amiga e conhecia todos os seus segredos. Mas, por algum motivo, aquela proximidade com Saulo era, além de confortável, muito prazerosa. Ela não se cansava da companhia dele.

— Você está certa. – continuou Saulo. — Mas, o que significa viver para você?

— O que você quer dizer? – perguntou.

— O que eu quero dizer é que a maioria das pessoas passa a vida toda sentindo que está vivendo a vida errada, mas não tenta mudá-la. As pessoas têm sonhos, mas têm medo de realizá-los. Daí, envelhecem frustradas e infelizes, se perguntando por que não viveram a vida que sonharam.

Lavínia sentiu como se ele estivesse se referindo a ela mesma. Sentiu uma ponta de arrependimento ao confessar:

— Não é tão simples assim. Antes da morte de Martha, eu fiz planos. Trabalhei no verão e nos finais de semana durante um ano, e juntei dinheiro para fazer uma viagem. Eu não tinha contado à Martha, pois estava esperando o momento certo de fazer isso. Eu pretendia viajar durante um ano, antes de começar a faculdade. Ia pôr a mochila nas costas e viajar pela Europa. Meu plano era ficar por um tempo em alguma cidade, arrumar um emprego qualquer para conseguir dinheiro, depois seguir adiante, para outra cidade, e assim sucessivamente. Eu já tinha tudo planejado. Mas eu não havia contado a ela ainda. Foi quando ela morreu. E o meu mundo desabou. Eu desisti da viagem, arrumei um emprego fixo e entrei na faculdade. Hoje em dia, pensando bem, acho que eu não teria ido, mesmo que ela ainda estivesse viva. Acho que eu não tinha coragem de contar a ela, porque se eu contasse, eu consumaria o fato. Teria que ir. E a única coisa que me prendia era ela. Depois que ela se foi, teria sido a chance perfeita para eu ir. Eu não tinha mais motivos para ficar, nada que me prendesse. Em vez disso, usei a morte dela como motivo para não ir. Fui covarde. Convenci-me de que não era uma boa ideia fazer a viagem, porque algo poderia dar errado e eu não tinha mais a Martha para me receber em casa. Imaginei mil dificuldades, todo tipo de coisas que poderiam dar errado, para me convencer de que não devia ir. Agora, eu sei que, na verdade, eu estava com medo de realizar o meu sonho. Não sei por que eu fiz isso. Você acha que isso faz algum sentido?

Saulo, que estava quieto escutando, disse:

— Você fez isso porque você é humana. É pelo mesmo motivo que a maioria das pessoas prefere viver uma vida medíocre a lutar pelos seus sonhos. Não é apenas pelo comodismo de levar uma vida comum e regrada, com horário para acordar, com um emprego fixo que lhe garanta um salário no final do mês para pagar as contas. Não é só pelo fato de que nós crescemos ouvindo de nossos pais que o certo é estudar, trabalhar e levar uma vida tranquila. Na verdade, o maior dos motivos é inconsciente, e é o medo que as pessoas têm de que depois de realizar o maior sonho de suas vidas, elas não tenham nada pelo que lutar.

— Você está me dizendo que as pessoas vivem angustiadas por não realizarem seus sonhos, mas que não o fazem pelo medo de não ter mais aspirações depois disso? – perguntou ela.

— É exatamente isso. E também o medo de falhar. O pior arrependimento que pode haver é o de não ter tentado.

Ela concordou, mas não disse nada, apenas sorriu. Ele se levantou. Ela nem havia percebido que uma pessoa se aproximava de onde estavam. Olhou para o intruso. Era muito familiar. Ela o conhecia de algum lugar, mas não sabia de onde. Saulo o abraçou e se virou para apresentá-lo:

— Lavínia, quero que conheça o Roger.

No momento em que Saulo disse o nome dele, Lavínia teve um estalo. Ela realmente o conhecia, mas não pessoalmente. O homem à sua frente era o vocalista de uma banda de *rock*, da qual ela era muito fã. Não acreditava que estava sendo apresentada a ele.

— Muito prazer. Ouvi falar muito de você. – disse Roger.

— Você não é o vocalista do "Sétima Ordem"? – disse ela, antes que pudesse se conter.

Em vez de responder a ela, Roger dirigiu-se a Saulo:

— Ora, Saulo, você não contou a ela?

— Não houve oportunidade. – disse ele, simplesmente.

Neste instante, Estêvão se aproximava, e deu um abraço em Roger, como havia feito Saulo. Ao olhar os três juntos, Lavínia percebeu sua imensa distração. Sentiu seu rosto corar. Estava diante de três integrantes da banda "Sétima Ordem". Estêvão percebeu e disse a Saulo:

— Mais de uma hora de viagem e não teve oportunidade? Por Deus, Saulo. Não acredito que você nem tocou no assunto. Lavínia, Roger era o vocalista do "Sétima Ordem". Saulo era baterista e eu, o baixista. Eu disse "era", porque como você deve saber, a banda não existe mais. Paramos de tocar há uns dez anos.

Ela sabia disso, claro. E por isso mesmo, não os havia reconhecido antes. Depois do fim da banda, os integrantes desapareceram do mundo artístico. Uma década havia se passado, eles envelheceram e não tinham mais a mesma fisionomia, não era mais a mesma das capas dos discos que ela tinha em casa.

— O vocalista sempre ganha mais destaque. Foi por isso que você reconheceu o Roger e não a nós, não é mesmo? – disse Saulo.

— Suponho que sim. – respondeu Lavínia, envergonhada.

Enfim percebeu por que eles lhe pareciam familiares. Isso também explicava a sala de música e os prêmios Grammy, assim como aquela mansão magnífica. A banda tinha feito sucesso mundial. Era um ícone, mesmo depois que deixara de existir.

— Saulo, me faça um favor. Faça companhia a Lavínia, enquanto eu vou servir uma bebida ao Roger. – disse Estêvão, se afastando com o outro.

Saulo se sentou novamente na cadeira sob o guarda-sol, e Lavínia o acompanhou, sentindo-se aturdida. Não sabia o que dizer.

— Você parece chateada. – disse ele.

— Na verdade, estou surpresa e envergonhada. Não acredito que não os reconheci antes.

Eu sempre fui muito fã da banda, tenho todos os discos, conheço todas as músicas. E você não me disse nada...

— Desculpe-me não ter tocado no assunto, é que é um pouco doloroso. A banda acabou depois da morte do Klaus. Ele era o guitarrista, você deve se lembrar. Foi um choque muito grande, uma morte repentina. Não fazia sentido continuar sem ele, e estava fora de cogitação substituí-lo. A banda era unida por um laço de amizade muito forte. Éramos amigos de infância. As circunstâncias da morte de Klaus nunca foram bem esclarecidas. Ainda é muito doloroso, mesmo depois de tanto tempo.

Ele fez uma pausa antes de completar:

— E eu fico muito feliz em saber que você gostava da banda. Foi uma fase muito especial de nossas vidas. Digamos que nós não tivemos medo de realizar nosso sonho. Mas ele acabou. Até hoje estou procurando um novo sentido, pois minha vida era aquela banda.

Lavínia se lembrava vagamente de ter lido sobre a notícia da morte do guitarrista. Ela tinha apenas 11 anos quando o fato ocorreu, mas já conhecia e adorava a banda. Lembrava de ter chorado ao ouvir a notícia de que a banda ia acabar. Mas não disse isso a Saulo, com medo de parecer tola. Saulo então lhe prometeu que, aos poucos, contaria tudo sobre a banda, sobre os *shows* e as turnês mundiais, mas, no momento, preferia mudar de assunto. Obviamente, ela entendeu e aproveitou sua companhia pelo resto da tarde. Ficou sabendo que ele e Estêvão, atualmente, eram empresários de alguns artistas com bastante evidência. Pelo menos dois de seus agenciados estavam no topo das paradas de sucesso. Era a forma que eles tinham encontrado para continuar envolvidos no mundo artístico, ainda que não mais nos palcos.

Saulo ficou para o jantar, assim como Roger. Lavínia sentia que era irreal estar ali, hospedada naquela mansão magnífica, na mesma mesa onde estavam os músicos que ela mais gostava no mundo. Mais ainda agora, depois de conhecê-los pessoalmente. Roger era divertidíssimo. Lavínia riu durante todo o jantar. Saulo não falou muito, mas Estêvão relembrou histórias engraçadas da época em que a banda existia. As horas voaram. Saulo ficou para passar a noite, mas Roger foi embora.

No dia seguinte, Lavínia tomou café à beira da piscina, na companhia de Estêvão e Saulo. Alice preferiu dormir até tarde.

Pela tarde, Saulo levou Lavínia de volta para casa. Ela se sentiu triste ao despedir-se deles.

— Eu adorei passar o fim de semana com vocês. De verdade. – disse a Estêvão.

— Então, por favor, volte sempre. Você é bem-vinda nesta casa. Quando quiser, ligue-me e eu mando alguém buscá-la. – disse ele.

— Obrigada. Esteja certo de que voltarei.

Despediu-se de Alice e entrou no carro com Saulo. Ele reforçou o convite:

— Espero que você volte a nos visitar. Eu vou buscá-la sempre que quiser. – disse ele, gentilmente.

— Está bem – respondeu ela.

A viagem de volta durou um pouco mais do que a ida. Saulo vinha devagar, e ela não reclamou. Mas enfim, chegaram, despediram-se em frente ao prédio e então ele se foi. Lavínia mal havia entrado em casa, quando o telefone tocou. Era Logan. Fazendo um esforço para parecer gentil, disse-lhe que estava muito cansada da viagem e que preferia encontrá-lo no dia seguinte. Ele pareceu um pouco decepcionado, mas concordou:

— Eu pego você amanhã, às oito, para jantarmos então. Estou com saudades. – disse ele.

— Eu também. – mentiu Lavínia.

CAPÍTULO 9:
DE VOLTA À ILHA

CAPÍTULO 9

Conforme havia combinado com Logan, Lavínia encontrou-se com ele no dia seguinte e, na quarta-feira, foram ao cinema. Lavínia já estava cansada de representar. Era realmente cansativo fingir que estava feliz e animada com a companhia dele. Ele, por outro lado, parecia se esforçar para parecer o velho Logan atencioso de antes, como se nada tivesse acontecido. O problema era que, quanto mais tempo ela passava com ele, mais ela tinha certeza de que o homem à sua frente não era o Logan que ela havia conhecido na biblioteca. Ele continuava instável e estranho. Sua gentileza forçada era compatível com a dela. Em alguns momentos, ela sentia vontade de dizer: "vamos parar de representar", mas foi forte. Estava disposta a continuar com o teatro, pelo menos até ter a oportunidade de ir a Gales. Para sua satisfação, a oportunidade ocorreu mais cedo do que esperava. Logan ligou na sexta-feira à tarde dizendo que, infelizmente, tinha uma viagem urgente a fazer e que passaria o fim de semana fora. Foi uma dura batalha interior para conter a alegria e fazer uma voz de contrariedade. Assim que desligou o telefone, discou o número de Alanis. Enquanto o telefone tocava do outro lado, pensava no alívio de passar o fim de semana sem ter que fingir ser outra pessoa, além de ser a oportunidade que estavam esperando. Alanis parecia já ter tudo planejado:

— Temos que ir hoje à noite. São quase cinco horas de carro até lá. Eu pego você aí no seu trabalho, passamos no seu apartamento para pegar algumas roupas e vamos. Nos hospedamos lá e amanhã começamos a investigar.

— Está bem, eu espero você aqui. – respondeu ela, ansiosa.

Olhou nervosa para o relógio. Parecia loucura sair daquele jeito, sem planejar, sem pensar direito no que estavam fazendo. Tentou se acalmar pensando que, mesmo que a viagem não resultasse em nenhuma descoberta fascinante, pelo menos fariam algum turismo no fim de semana.

Alanis chegou pontualmente ao fim da tarde, no escritório. Depois de uma rápida passada ao apartamento, pegaram a estrada. Não conheciam bem o caminho, pois nenhuma das duas havia ido a Gales antes, por isso Lavínia ficou com a missão de decifrar o mapa rodoviário que Alanis levava no carro e guiá-la pela estrada. Não foi difícil. Com a ajuda do guia, as placas, e duas paradas para perguntar o caminho, saíram-se bem. Chegaram à cidade, pouco depois da meia-noite. Lavínia abriu o vidro do carro e sentiu a brisa constante e fresca no rosto. Gales era uma cidade litorânea, onde o ar abafado e úmido dava a sensação de que a temperatura ali era sempre mais alta do que em qualquer outra parte, não importando a época do ano. As ruas estavam desertas, com exceção da avenida à beira-mar, que tinha alguns bares, restaurantes, e algumas pessoas aproveitando o início do fim de semana e a temperatura agradável.

Lavínia estava ansiosa para esticar as pernas, depois de cinco horas sentada. Alanis estava exausta por dirigir todo este tempo. Por sorte, encontraram logo um hotel. Não era nenhum "cinco estrelas", mas estava longe de ser o pior da cidade. Pegaram um quarto duplo, e depois de tomar um banho rápido, pediram um sanduíche cada uma e foram dormir, cansadas demais para fazer qualquer outra coisa.

No dia seguinte, levantaram-se cedo e desceram para tomar o café da manhã. Enquanto comiam a refeição surpreendentemente farta, discutiam suas opções. Lavínia pegou, na recepção, um folheto que continha os pontos turísticos da cidade. Não estavam interessadas exatamente em tirar fotos de estátuas, mas já que estavam ali, tinham que bancar as turistas. Decidiram que seria um bom começo se dessem uma volta pela cidade. Ao sair do hotel, perguntou a Alanis:

— Então, qual é o plano?

— Na verdade, não há um plano. Acho que devemos caminhar um pouco por aí, explorar a cidade, perguntar um pouco. Vamos manter os olhos abertos. – respondeu Alanis.

Foram aos pontos turísticos tradicionais, na esperança de que algum guia turístico tocasse no assunto da tal seita. Se fosse realmente uma lenda para atrair turistas, nenhum guia local perderia a oportunidade de mencioná-la. Porém, por mais que perguntassem, não ouviram nem rumores de algo parecido.

Por volta da uma da tarde, pararam para almoçar em um restaurante que ficava bem de frente para o mar. O sol estava forte e havia várias pessoas na areia. Lavínia avistou algumas crianças brincando. Se fosse em outra ocasião, ela mesma adoraria dar um mergulho. Mas não havia tempo para isso. Pela tarde, subiram em um morro pelo qual se chegava ao topo, por meio de uma trilha. Lá de cima, era possível ter uma visão panorâmica da orla. Lavínia olhou em direção ao mar. Distante, havia uma ilha bem visível. Teve uma sensação de déjà vu. Mostrou a ilha a Alanis. Podia apostar que era a mesma ilha em que Logan a havia levado.

Desceram pela mesma trilha e chegaram à orla, já no fim da tarde. Exaustas pela caminhada, pararam em um quiosque. Lavínia pediu uma água de coco e Alanis, um suco de frutas. Ficaram ali sentadas, cada qual imersa em seus próprios pensamentos. Lavínia estava observando o mar, enquanto o sol se punha. O vento trazia o cheiro do mar, e o barulho das ondas quebrando na areia. Era relaxante. Quase esqueceu o objetivo da viagem, enquanto aproveitava o momento. Alanis a trouxe de volta à realidade:

— Lavínia, tive uma ideia. – sussurrou ela. — Está vendo os donos do quiosque? Observe.

Lavínia olhou na direção que apontava Alanis. Era um casal de meia-idade, cuja aparência denunciava uma vida à beira-mar, com suas peles manchadas pelo sol e os cabelos desbotados. Sem explicar o que tinha em mente, Alanis fez sinal para que viessem atendê-las. O homem as viu e se aproximou:

— Pois não, senhoritas. – disse ele, educadamente.

— Nós estamos com fome, o que o senhor nos recomenda? – perguntou Alanis.

— Temos porções de peixe e sanduíches naturais. Se você preferir, posso trazer o cardápio, lá tem todas as opções. – disse ele.

— Então nos traga o cardápio, por favor.

Enquanto o homem se afastava para buscar o cardápio, Lavínia lançou um olhar indagador a Alanis. O plano era pedir algo para comer? Ela a ignorou e sorriu para o dono da barraca, quando ele voltou e entregou o cardápio.

— Obrigada. O senhor vive aqui há muito tempo? – perguntou ela, soando desinteressada.

— Desde que eu nasci, senhorita. Fui criado nestas praias. Conheço esta cidade como a palma da minha mão. – respondeu, gentilmente, o homem.

— Sei. Diga-me uma coisa. Eu e minha amiga acabamos de chegar à cidade, e não conhecemos muita coisa. Uma pessoa no hotel nos contou uma história terrível, e estávamos discutindo entre nós se seria verdade ou se ele estava tentando nos enganar. Já que o senhor vive aqui há tanto tempo, deve saber se é verdade ou não. – disse Alanis, e Lavínia finalmente entendeu onde ela queria chegar.

— Bem, a senhorita me diga que história é essa e se eu souber, posso dizer.

— Bom, era alguma coisa sobre uma ilha mal-assombrada, e uma seita amaldiçoada que... – começou Alanis, mas foi interrompida pelo homem.

— Ora, estão falando da Ilha das Almas? – disse ele, soando um pouco aborrecido. — As pessoas insistem em ficar repetindo essa história, como se fosse algo interessante para contar aos turistas. Não lhes deem ouvidos.

— Mas, o que tem essa tal Ilha das Almas? Aconteceu alguma coisa lá? – perguntou Lavínia, com medo de que a oportunidade escapasse.

O homem suspirou irritado, mas percebeu que tinha toda a atenção das garotas. Enquanto retirava os copos sujos e limpava a mesa, disse rapidamente:

— A Ilha das Almas era frequentada, antigamente, por gente rica que gostava de passear de iate e fazer mergulhos em alto-mar. Gente comum não ia lá. Eu mesmo ouvi dizer que lá não tinha nada de interessante, só uma porção de coqueiros e caranguejos. Um dia, a guarda costeira avistou muita fumaça vinda da ilha. Quando chegaram lá, descobriram uma casa em chamas e 30 corpos carbonizados. A maioria dos corpos nunca foi reconhecida e ninguém sabe como isso aconteceu, nem o porquê. Desde então, as pessoas começaram a dizer que a ilha é mal-assombrada e ninguém vai lá. Eu não acredito nessas coisas, mas também não vejo motivo para ir àquela ilha. – contou o homem.

Lavínia e Alanis se entreolharam. A história batia com a contada por Logan. Alanis insistiu um pouco mais:

— Mas isso é lenda, não é mesmo? Existem provas de que isso aconteceu de verdade?

— Mas é claro que aconteceu de verdade. Saiu no jornal e tudo. Interrogaram todo mundo na ilha, mas ninguém foi preso.

— E quanto tempo faz que isso aconteceu? – perguntou Lavínia.

— Deixe-me pensar... Foi no ano em que eu e minha esposa tiramos férias. Os negócios não estavam muito bons, havia poucos turistas. Lembrei! Em janeiro fez dez anos. Lembro de ter visto no jornal uma matéria, lembrando essa história horrorosa. – respondeu o homem.

— Obrigada. Eu vou querer um sanduíche natural. – disse Alanis, encerrando o assunto e devolvendo o cardápio.

— Eu também. – completou Lavínia.

O homem pareceu satisfeito por encerrar o assunto e se afastou para pegar os sanduíches.

Quando ele estava a uma distância segura, Lavínia comentou com Alanis em voz baixa:

— Você ouviu isso? Aconteceu mesmo. E seja lá o que se passou, tem alguma coisa a ver com os símbolos daquele diário. Precisamos ir até lá.

— Eu concordo. Vamos fazer o seguinte, eu vou pesquisar na *Internet* sobre esta notícia. Se saiu no jornal, talvez eu encontre mais algum detalhe. Amanhã bem cedo, tentamos encontrar algum barqueiro que nos leve até lá. Você trouxe dinheiro? – disse Alanis.

— Acho que o que eu trouxe deve ser o suficiente para comprar os serviços de um pescador, por mais mercenário que seja. – respondeu ela.

— Espero que sim. – disse Alanis, pensativa.

Depois de comer os sanduíches, voltaram ao hotel. Alanis pediu para usar o computador para fazer sua pesquisa e Lavínia pegou o carro para ir até o supermercado mais próximo, que ficava a uns 15 minutos do hotel. Comprou coisas que achou que poderiam ser úteis à sua expedição à ilha como, por exemplo, duas lanternas, algumas pilhas, isqueiro e colete salva-vidas. Não sabia o que as aguardava, por isso achou melhor prevenir. Quando voltou ao hotel, Alanis já tinha terminado sua pesquisa.

— Encontrei reportagens de dez anos atrás e também deste ano, conforme o homem do quiosque disse. Mas não descobri nada além do que ele já nos havia dito. Parece que as pessoas daqui são mesmo supersticiosas, nem mesmo a imprensa se interessou em ir mais a fundo. E olha que poderia ser uma história interessante. – contou Alanis.

— Mas, você se lembra do que disse o homem? A ilha era frequentada por gente rica, e gente rica sempre é influente. Talvez tenham dado um jeito de abafar a história. – argumentou Lavínia.

— Não tinha pensado nisso, mas é possível. – concordou a amiga.

No dia seguinte, acordaram cedo e caminharam até a praia. Não demorou muito para encontrar um posto de aluguel de barcos. Lavínia se aproximou de um homem de idade, que tomava conta do lugar:

— Bom dia. Queremos alugar um barco.

— Até onde as moças pretendem ir? – respondeu o homem.

Alanis respondeu por ela:

— Vamos até a Ilha das Almas.

— A moça me desculpe a curiosidade, mas o que vocês querem fazer na Ilha das Almas? — Faz anos que ninguém vai lá. – disse o homem, curioso.

Desta vez, Lavínia respondeu:

— Somos estudantes e queremos pegar algumas amostras da ilha. Para um trabalho da faculdade. – mentiu ela.

— E precisa ser naquela ilha? Por que não pegam essas "amostras" aqui na cidade mesmo? – argumentou o velho.

Alanis respondeu meio aborrecida:

— Olhe, nós não vamos demorar por lá. O senhor nos leva, espera no barco, nós pagamos metade adiantado, metade na volta. Quanto vai custar?

— Moça, se as senhoritas fazem questão de ir até lá, o problema é de vocês. Eu até alugo o barco, mas eu não vou junto não. E faço questão do pagamento adiantado.

Lavínia e Alanis se entreolharam. Um pescador, que preparava seu barco ali perto, olhava com curiosidade. Lavínia percebeu que não seria fácil convencer algum deles a levá-las até lá. Alanis acompanhou seu olhar e entendeu. Voltou-se para o velho:

— Conhece alguém que possa nos levar até lá?

O homem olhou em volta. Avistou um pescador que passava próximo e se levantou.

— Esperem aqui. – disse ele.

Ele foi até o pescador e começou a conversar com o homem. Não conseguiram ouvir o que dizia. O pescador então se aproximou e disse:

— Se as moças quiserem, eu levo as duas até lá. Meu barco está logo ali. – disse o homem, apontando para um pequeno barco a vela.

Combinaram o preço e acompanharam o homem. O velho se despediu dizendo: "Que Deus os acompanhe", mais para si do que para elas. Aquilo soou a Lavínia como palavras de mau agouro.

O mar estava agitado, e era preciso um esforço enorme para manter o barco estável. Só melhorou quando se afastaram da praia. O balanço do barco estava deixando Lavínia levemente enjoada, mas ela manteve o olhar no horizonte. O vento estava forte, e a favor, o que facilitou um pouco. Em poucos minutos, já era possível ver a ilha. O homem ficou a maior parte do tempo calado, assim como as garotas. Ao avistar a ilha, porém, ele puxou conversa, sem desviar os olhos do leme e do mar à sua frente:

— O que as moças pretendem encontrar naquela ilha mal-assombrada?

— Trabalho de escola. – respondeu Alanis, simplesmente.

— Mas as moças vão querer companhia na ilha também? Porque eu não a conheço, e acho que as moças também não. Se acabarem se perdendo e escurecer, eu vou ter que voltar sozinho para buscar ajuda.

Alanis olhou para Lavínia inquisitorialmente, que sentiu um nó no estômago. A verdade é que ela não tinha pensado nisso. Sabia que seria capaz de chegar àquela casa em ruínas, desde que partissem da pista de pouso. A pista de pouso!

— Eu conheço uma parte dessa ilha, e não vamos nos afastar muito da praia. Eu vou precisar que o senhor contorne a ilha. Não vai demorar. – informou ela ao pescador.

— Está certo, então. – disse ele, ainda sem olhar para elas.

Lavínia olhou para Alanis e sorriu, para que ela soubesse que sabia o que estava fazendo. Ela pareceu se acalmar. Continuaram em silêncio até chegar à ilha. Conforme ela havia pedido ao pescador, ele contornou a ilha até quando ela avistou a pista. Pediu então para que ele atracasse ali.

— Pagamento só na volta, está bem? – disse Alanis, ao descerem do barco.

O homem aceitou, a contragosto. Não podiam correr o risco de que ele fosse embora e as deixasse ali.

Começaram a caminhada, seguindo a pista e a estrada de terra, conforme ela se lembrava. A mochila pesava e incomodava um pouco nos ombros, mas o sol ainda estava baixo no horizonte. Quinze minutos depois, chegaram à clareira. Apontou para Alanis a casa de pedra. Parecia tão desolada agora quanto da primeira vez.

Antes de entrar, Lavínia retirou as lanternas de dentro da mochila e entregou uma a Alanis. Deixou a câmera fotográfica à mão, e então entrou no casebre, Alanis, seguindo logo atrás. Passaram pelo cômodo retangular, com as janelas altas. Lavínia tirou algumas fotografias. Seguiram em frente pelo corredor escuro. A porta de madeira podre pendia nas dobradiças, na mesma posição em que Logan e Lavínia a haviam deixado da outra vez. Entraram no cômodo redondo. O cheiro pútrido atingiu suas narinas. Alanis seguiu por um lado e Lavínia, pelo outro. Apontou o facho da lanterna automaticamente para a parede em que havia reconhecido o símbolo da outra vez.

Teve um pressentimento de que encontraria mais do que desejava desta vez. No lugar onde havia reconhecido o símbolo, agora podia ver com clareza. Toda a parede tinha inscrições, como se fosse um texto gravado na pedra. Olhou atentamente para os símbolos. Sentiu os pelos do braço se eriçarem e um calafrio percorreu sua espinha. Ela já tinha visto todos aqueles símbolos. Seguiam um padrão de repetição, como as letras em um texto. Exatamente como o texto do diário. Preparou a câmera e tirou fotos de todas as paredes e do altar. Alanis chamou sua atenção para algo que ela não havia notado:

— Está vendo estas marcas escuras na pedra? São marcas de fogo. Do incêndio.

Percebeu que ela estava certa. As marcas escuras iam até o teto, mescladas a marcas de sangue. As paredes de pedra deviam ter contribuído para restringir o fogo àquela sala, onde havia pessoas sem saída.

Terminada a exploração, saíram rapidamente daquele lugar horrível. Não conversaram no caminho de volta ao barco. Sentiram um alívio, ao perceber que o pescador tinha de fato esperado por elas.

Ao chegar de volta à praia, pagaram o barqueiro e voltaram ao hotel. Decidiram ir embora cedo para poder descansar em casa. Tomaram um banho no hotel, almoçaram e pegaram a estrada de volta.

Desta vez, revezaram-se na direção. A volta foi mais fácil do que a ida, de forma que estavam em casa ao pôr-do-sol. Lavínia estava tão cansada quando Alanis a deixou em casa, que até se esqueceu de agradecê-la. Ela não precisava tê-la acompanhado nesta aventura, mas sabia que não teria ido sem ela.

Somente no dia seguinte, no trabalho, é que Lavínia pôde examinar as fotos que havia tirado na ilha. Descarregou o conteúdo da câmera digital no computador e deu uma olhada nas fotos. Apesar da pouca luminosidade, as inscrições eram bem nítidas. Ela não precisava olhar o diário novamente para comparar os símbolos. Já os tinha olhado muitas vezes, para saber que eram os mesmos. Olhou com atenção as fotos, tentando encontrar algum detalhe que tivesse passado despercebido e que pudesse ser útil para desvendar aquele mistério, mas não encontrou nada. Decidiu dar um tempo naquele assunto e se concentrar no trabalho, mas ficou repassando mentalmente as imagens da casa de pedra. A sensação daquele lugar era perturbadora. Era como se a casa quisesse repelir qualquer um que se aproximasse. Depois de entrar naquele lugar duas vezes, ela sabia que não queria voltar lá nunca mais.

Lavínia não olhou mais as fotos, mas pensou nelas a manhã inteira. Depois de almoçar, Ana a chamou para ir à cafeteria. Enquanto tomava o café, mal ouvia o que ela dizia. Pensava no diário. Ainda a perturbava pensar que tinha em sua casa um objeto que estava relacionado com aquele lugar e com a morte horrível de pessoas que foram queimadas vivas. Ela não sabia o porquê, mas tinha a certeza de que Martha não era a dona daquele diário. Pertencia a outra pessoa. Mas, quem? Enquanto pensava nisso, seu celular tocou. Era Estêvão:

— Lavínia, como você está? Tentei falar com você no fim de semana, mas seu celular estava desligado. – disse ele.

— Eu tive um problema com a bateria. – mentiu ela. A verdade era que ela tinha deixado o celular em casa, desligado, para não ter que atender Logan, caso ele tentasse encontrá-la.

— Eu estou ligando, porque sábado é aniversário do Roger, e eu gostaria de convidá-la para a festa, que será aqui na minha casa. Você poderia passar o fim de semana conosco novamente, se estiver disponível. O que você acha? Pode me responder depois, se preferir. – disse Estêvão.

— Eu adoraria, Estêvão. Pode contar com a minha presença. – respondeu imediatamente, animada.

— Ótimo, então vou pedir a Saulo para combinar com você depois o horário para ele buscá-la. – respondeu Estêvão.

— Combinado.

— Nos vemos no sábado, então. Um abraço. – despediu-se Estêvão.

Desligou o telefone sentindo-se muito mais animada. Passar o fim de semana em Castelo seria perfeito para esquecer o que tinha visto na ilha. Torceu para que o resto da semana passasse bem depressa.

CAPÍTULO 10:
FESTA PARA RELEMBRAR

ᚠᛖᛋᛏᚨ ᚲᚨᛚᚨ ᚺᛟᛚᛖᛗᛒᚱᚨᚱ

CAPÍTULO 10

Logan só voltou de viagem na terça-feira à noite, de modo que Lavínia só o encontrou novamente na quarta-feira. Foram a um restaurante mexicano. Enquanto ele contava, em detalhes, a viagem aborrecidíssima que havia feito, ela se concentrava nos tacos à sua frente. Não estava muito disposta a fingir que estava interessada no que ele dizia, mas ele pareceu não perceber ou se importar. Conseguiu sobreviver a mais um encontro, mas não sem uma discussão. Começou quando contou a ele seus planos para o fim de semana, em Castelo. A fisionomia dele mudou completamente, em segundos, e ele a questionou rispidamente:

— Você vai passar o fim de semana com essa gente de novo? Você sabe que não precisa ir, não sabe? Quer dizer, ele deve ter convidado por educação, você não deve se sentir obrigada a ir.

Sentiu o sangue ferver. Ele não sabia do que estava falando. Respondeu no mesmo tom:

— Eu não acho que ele me convidou só por educação e também não me sinto obrigada a ir. Eu vou porque quero. Porque me senti bem com eles. Que problema há nisso?

Ao invés de responder, Logan pareceu mais irritado ainda, quando perguntou em um tom de voz mais baixo, desafiador:

— Não basta salvar a vida da patricinha, tem que fazer parte dela também? Uma patricinha e um par de velhos, Lavínia. Você não vai me convencer de que realmente gosta da companhia dessa gente.

Lavínia sentiu vontade de atirar o copo à sua frente no rosto dele, ao ouvir isso, mas se conteve. Não queria fazer uma cena.

— Você não tem ideia do que está falando. E também não tem nada a ver com a minha vida. – disse a ele.

Ela o olhou fixamente enquanto dizia isso. Tinha vontade de ir além, dizer a ele que saísse de sua vida e fizesse o favor de não aparecer nunca mais. Mas se lembrou da conversa com Alanis, e do que haviam concluído a respeito de Logan. Era melhor mantê-lo por perto, por enquanto. Enquanto o encarava, ele mudou totalmente a expressão. O olhar dele se tornou o mesmo olhar frio que ele lançara enquanto ela olhava o símbolo na casa de pedra. Lavínia se sentiu como se estivesse de volta à ilha. Um arrepio passou pelo seu corpo.

— Então me deixe ir com você. – disse ele, com a voz bem mais calma, quase doce.

— Não. – respondeu ela, automaticamente.

— Por que não? – perguntou ele.

Lavínia pensou um segundo antes de responder. A resposta mais honesta seria: "Porque eu quero ficar longe de você", mas achou melhor dizer uma meia-verdade:

— Estêvão não me disse para levar companhia. Não acho que seria educado da minha parte.

— Tem certeza? Ou você tem algum outro motivo para ir à esta festa sozinha? – disse ele, em um tom doce e, ao mesmo tempo, ameaçador. Isso realmente a assustou. Lavínia não sabia mais quem era o homem à sua frente.

— Eu não sei o que você está insinuando, mas você está sendo grosseiro e inconveniente. E eu já me cansei desta conversa. Boa noite.

Ela disse isso e se levantou da mesa. Não olhou para trás, apenas saiu rapidamente do restaurante e parou o primeiro táxi que viu na rua. Foi embora pensando na expressão de Logan. Não importava o que Alanis dizia, ela começava a pensar que talvez não fosse uma boa ideia tê-lo por perto.

Lavínia não teve mais notícias de Logan pelo resto da semana, e esperava que continuasse assim. Combinou com Saulo que ele passaria na sexta-feira à noite para buscá-la. Ela estava tão ansiosa para ir, que deixou tudo pronto já na quinta-feira. Sabia que uma vez que chegasse à casa de Estêvão, nem pensaria mais em Logan. Na verdade, nem precisou ir tão longe.

Só de ver Saulo, quando ele chegou à sua casa, como sempre pontual, já fez com que ela descartasse Logan totalmente de seus pensamentos. Como da outra vez, ele tocou o interfone e ela desceu. Ele a abraçou ao vê-la e, ao fazer isso, ela sentiu um frio na barriga e uma dormência na ponta dos dedos, que nada tinham a ver com o vento fresco da noite. Tinha mais a ver com o perfume maravilhoso que ele usava.

As ruas estavam mais movimentadas por ser sexta-feira, de forma que acabaram demorando um pouco mais para chegar a Castelo. Quando finalmente chegaram à casa de Estêvão, o encontraram na beira da piscina com Roger, tomando drinques e dando risadas. Saulo e Lavínia os acompanharam. Ela subiu para o quarto de hóspedes à uma da manhã, quando o sono e o cansaço a venceram.

Ao descer para o café da manhã, no dia seguinte, Lavínia percebeu que os preparativos para a festa já haviam começado. Era grande o entra-e-sai de pessoas que carregavam coisas, davam ordens, falavam ao telefone, freneticamente. Encontrou Estêvão parecendo perdido no meio da confusão de pessoas que não paravam de lhe fazer perguntas. Um palco começava a ser montado no salão principal, enquanto móveis eram retirados e uma equipe se preparava para começar a fazer a decoração.

Lavínia escapou para a piscina, onde encontrou Saulo tomando café e lendo um jornal.

— Não sabia que dava tanto trabalho preparar uma festa para um astro do *rock*. – disse ela.

— Você não tem ideia – respondeu ele, sorrindo.

— Roger ficou aqui esta noite? – perguntou Lavínia.

— Não. Lúcia, a esposa dele, o mataria. Mas ele saiu bem tarde daqui. Vai vir mais tarde com ela e os filhos.

— Não sabia que ele tinha filhos. – disse ela.

— Tem dois. Ângela tem 18 anos e Vítor tem 20. Você vai conhecê-los na festa.

— E você, não teve filhos? – perguntou ela, curiosa.

— Não, mas pretendo ter. Ainda tenho idade para isso. – respondeu ele, rindo.

— Certamente que sim. Mas, você nunca se casou? – prosseguiu Lavínia.

— Eu quase me casei uma vez. Foi um pouco antes de Klaus morrer. Quando a banda acabou, ela me deixou. Acho que ela estava mais atraída pela fama do que por mim. Foi melhor assim.

Lavínia não soube o que dizer. Achou melhor mudar de assunto.

— E Alice? Não virá para a festa? – perguntou Lavínia, lembrando-se de que a esta altura ela já estava tendo aulas na faculdade.

— Ela queria vir, mas não pôde. Parece que já tem uma porção de coisas para estudar. – respondeu Saulo.

Enquanto servia-se de suco de frutas e torradas com geleia, Lavínia resolveu contar a Saulo algo que estava a perturbando:

— Eu não comprei nenhum presente. Não consegui pensar em nada que eu pudesse comprar...

— Que ele provavelmente já não tivesse? – completou Saulo.

— Você leu a minha mente.

— Você fez bem então. Roger não é apegado às coisas materiais, e como você pode imaginar, ele realmente tem tudo de que precisa. Para alguém como ele, a presença dos amigos é o presente mais valioso que ele pode ganhar. Não perca mais nenhum minuto pensando nisso.

— Não consigo imaginar como seria ter tudo o que se pode querer. – disse ela.

— Pode ser uma maldição ou uma benção. Mas Roger sabe lidar com isso muito bem. Ele nunca se deixou dominar pelo dinheiro. Isso é algo que poucos sabem fazer. – explicou Saulo.

Depois de alguns segundos em silêncio, ele continuou:

— Acredito que seja igual comigo e com Estêvão. Não deixamos o dinheiro e a fama mudar quem somos. Foi diferente com o Klaus. Ele mudou.

Enquanto dizia isso, Saulo adquiriu um olhar distante, pensativo. Lavínia não quis insistir no assunto, pois percebeu que o perturbava, então começou a fazer-lhe perguntas sobre a festa. Algum tempo depois, foram "expulsos" da piscina pela equipe de decoração que, aparentemente, tinha planos para a casa inteira. Saulo tinha assuntos a resolver na cidade, e Lavínia foi para o jardim, tentando encontrar algum lugar menos conturbado, onde não houvesse a ameaça iminente de ser atropelada por alguém ou por algum móvel.

Dando a volta pelas laterais da casa, encontrou Estêvão vindo em sua direção, conversando em voz baixa com alguém, enquanto caminhavam devagar. Seu acompanhante levantou os olhos e ela viu, com surpresa, que era o Dr. Barros. Ele a viu e acenou com a mão. Estêvão a viu também e a chamou para acompanhá-los.

— Caminhe um pouco conosco, Lavínia. Você deve ter notado que a casa está inabitável no momento.

— Será um prazer. O senhor veio para a festa também, Dr. Barros? – perguntou ela.

— Não, eu estava na vizinhança para uma visita de rotina, e resolvi passar aqui para ter notícias de Alice. Eu gosto de acompanhar meus pacientes de perto. – respondeu ele.— Aliás, aproveitando a oportunidade, como você está? Tem se sentido bem?

— Eu estou ótima. – respondeu.

Estêvão interveio na inspeção médica, que o Dr. Barros parecia não conseguir evitar:

— Barros também é um velho amigo da família, Lavínia. Cuidou da minha ex-esposa durante a gravidez e viu Alice crescer. Ele vem nos visitar quando pode. O que significa muito esporadicamente.

Intimamente, ela imaginava por que um médico tão ocupado como ele, iria dirigir por mais de uma hora só para uma visita médica de rotina, mesmo sendo um velho amigo da família, mas guardou estes pensamentos para si. Acompanhou os dois até a frente da casa, quando o Dr. Barros decidiu ir embora, pouco tempo depois. Ele abraçou Estêvão e, em seguida, abraçou também Lavínia, meio sem jeito, dando tapinhas em suas costas.

Depois que ele se foi, Lavínia subiu para o quarto e ficou por lá, lendo um livro. Mais tarde, uma das empregadas levou o almoço. Como Estêvão estava muito atarefado com os preparativos para a festa, ela achou melhor permanecer por ali, onde não podia atrapalhar.

No fim da tarde, Lavínia tomou um longo banho e se preparou para descer. Estava ansiosa e, ao mesmo tempo, receosa pela festa. Saulo havia dito que haveria alguns artistas famosos, pessoas do meio musical. Ela não tinha a menor ideia de como deveria agir perto dessas pessoas. Ainda bem que ele estaria por lá, para lhe fazer companhia.

Já havia escurecido completamente, quando Lavínia desceu. Viu pela sacada do quarto quando os primeiros convidados começaram a chegar, Saulo, entre eles. Uma diligência interminável de limusines e carros importados parava em frente à entrada da mansão. Parecia uma cerimônia de entrega do Oscar.

Quando desceu ao salão, Lavínia ficou surpresa. Estava transformado, magnificamente decorado. O palco estava pronto e alguns músicos afinavam seus instrumentos. Vários garçons já começavam a circular, em meio aos convidados que já haviam chegado. Procurou por Saulo com o olhar e encontrou-o perto da porta, recebendo os convidados ao lado de Estêvão. Aceitou uma taça de champanhe que um dos garçons oferecia, e ficou em um canto, observando o movimento. Não demorou muito para Roger chegar, acompanhado da esposa e filhos. Roger cumprimentou a todos os convidados, e apresentou Lavínia à família. Lúcia parecia radiante, cumprimentando a todos com entusiasmo. Seus filhos, em comparação, pareciam completamente indiferentes e entediados. Para o alívio de Lavínia, Roger assumiu seu lugar na recepção aos convidados e Saulo ficou livre para lhe fazer companhia.

— Você está linda. – disse ele, ao se aproximar.

Ela estava usando um vestido claro, que não era particularmente estonteante, mas no qual ela se sentia bem. Ouvir de Saulo que ela estava linda, a fez realmente sentir-se assim. Decidiu não deixar que ele reparasse em seu rubor ao ouvir seu elogio, e tratou de desviar logo sua atenção. Apontou para um canto do salão, onde Ângela e Vítor estavam bebendo e olhando em volta, como se estivessem em um velório, em vez da festa de aniversário do próprio pai.

— Não parecem estar se divertindo muito, aqueles dois. – comentou com Saulo.

— Não se engane. Este é o jeito deles se divertirem. Sendo arrogantes e mostrando o quanto são superiores. Só não deixe que o Roger saiba que eu lhe disse isso. – disse Saulo, rindo.

— Pode ter certeza de que não direi. Mas, não entendo. Por que eles agem assim? – perguntou ela.

— Entenda uma coisa, Lavínia. Eles não são como você. Em vários sentidos. Nasceram como dizem, em "berço de ouro", depois que a banda já era um sucesso mundial. Estão acostumados ao luxo e a serem tratados como se fossem especiais, desde que nasceram. Não é culpa do Roger, nem da Lúcia. Sei que eles não queriam que isso acontecesse. Mas é difícil evitar quando seus filhos são tratados como heróis na escola por serem filhos de um astro do *rock* mundialmente conhecido. O meio em que vivem os tornou assim. Uma pena.

MICHELLY GASSMANN

Ela não sabia o que dizer, mas concordou com Saulo em um ponto. Era mesmo uma pena que eles vissem o mundo desta forma, como se o universo girasse em torno de seus umbigos.

— Eles não fazem ideia da sorte que têm. Deviam ser gratos por isso. – disse ela.

— Eu sei. Mas mesmo tendo tudo o que se pode desejar, algumas pessoas nunca estão satisfeitas. – disse Saulo.

Ela não queria que a conversa tomasse o mesmo rumo de antes, então o convidou para ir até a piscina. Ali estava mais vazio, com poucas pessoas. Também estava decorada no mesmo estilo que o salão, e mesmo ali havia garçons. A essa altura, a banda já havia começado a tocar. Como de praxe, música suave para receber os convidados.

Ficaram ali em volta da piscina, conversando por muito tempo. Às vezes, aparecia alguém para conversar com Saulo, e desta forma, acabou sendo apresentada a muitas estrelas do meio musical, que só tinha visto na televisão. Nunca havia se imaginado em uma situação como aquela, mas estava se divertindo muito. Quando estavam sozinhos, Saulo lhe contava histórias que qualquer jornalista de revistas de fofoca mataria para saber.

A festa foi ficando cada vez mais animada, e a banda contratada tocava músicas mais agitadas. Lavínia entrou em pânico, quando Saulo lhe arrastou para a pista de dança, mas assim que percebeu que a maioria dos convidados estavam bêbados demais para reparar em qualquer coisa, relaxou. Só pararam de dançar, quando Roger subiu ao palco e chamou Saulo e Estêvão para um *"revival"*. Os convidados foram ao êxtase, quando cada um assumiu seu lugar e tocaram meia dúzia de sucessos da Sétima Ordem.

Por volta da meia-noite, um bolo gigante foi trazido ao meio do salão e a banda contratada tocou o tradicional "parabéns para você", acompanhada pelos quase 200 convidados. Os convidados foram chamados ao jardim, em seguida, para uma apresentação de fogos de artifício, que durou mais de 15 minutos. Já passava das quatro da manhã, quando os primeiros convidados começaram a ir embora. A banda começou a tocar música suave novamente, tipicamente de final de festa. Lavínia já estava cansada e pensava em subir para o quarto, quando um dos convidados se aproximou. Era um cantor de música pop muito famoso, que ela estava acostumada a ver nas capas das revistas, cada vez que trocava de namorada, o que fazia com muita frequência. Obviamente alterado, começou a puxar uma conversa aborrecidíssima sobre o novo disco que ia lançar no próximo mês, e uma ideia absurda de querer que ela participasse de um vídeo. Foi salva de ter que responder a esta proposta por Saulo, que veio em seu socorro e lhe chamou para dançar.

— Está cansada? – perguntou ele.

— Meus pés estão um pouco doloridos – respondeu.

A música que a banda tocava era lenta, e ela encostou a cabeça em seu ombro, enquanto Saulo a guiava no ritmo da música. Parecia algo natural a fazer. Quando a música terminou, ela levantou a cabeça e disse a ele que precisava dormir. No fundo, ela queria mesmo era continuar ali, dançando com ele, mas o cansaço estava realmente vencendo-a. Em vez de soltá-la, ele a abraçou mais forte e passou a mão direita entre seus cabelos. Ele estava tão próximo agora, que ela podia sentir seu coração bater.

Ele ficou olhando seu rosto por quase um minuto, sem dizer nada, e então desviou o olhar para algum ponto além do salão, soltou-a e disse apenas:

— Durma bem, Lavínia.

Ela se sentia anestesiada, mas percebeu que podia falar. Não conseguiu dizer nada além de "boa noite", e se afastou em direção às escadas, do outro lado do salão. Já no alto das escadas, arriscou olhar para trás, rapidamente. Ele ainda estava parado no mesmo lugar, no meio do salão, aparentemente perdido em pensamentos.

Apesar do banho quente, dos pés doloridos e do cansaço, Lavínia demorou a dormir naquela noite.

Como resultado da sua insônia, acordou muito tarde no dia seguinte. Quando abriu os olhos, viu que o sol entrava por uma fresta entre as cortinas e se lembrou de que era domingo, dia de ir embora. Tentando afastar a sensação ruim de ter que voltar para o apartamento, ficou na cama relembrando os fatos da noite anterior. Tinha sido realmente uma bela festa. Então se lembrou de Saulo, e se animou. Ele tinha prometido que a levaria para casa.

Tentando não pensar nos sentimentos recém-despertos, Lavínia levantou de um salto e tomou uma ducha. Encontrou Estêvão lendo o jornal, em sua habitual mesa ao lado da piscina.

— Bom dia! Dormiu bem? – perguntou ele, animadamente.

Lavínia notou que ele parecia exausto, com olheiras profundas, o que não era de se admirar. Lembrou que a própria aparência também não devia ser das melhores.

— Muito bem. A festa foi maravilhosa, Estêvão. – respondeu ela, reprimindo um bocejo. — Você parece cansado.

— Estou exausto. Saulo me ajudou a me despedir dos últimos convidados. No final, ele foi o último a sair, às cinco e meia da manhã. – disse Estêvão.

— Então ele não ficou aqui? – perguntou ela, tentando soar casual.

— Não, ele voltou para a casa dele, mas disse que virá mais tarde para levar você de volta a Chantal. – disse Estêvão.

— Que pena.

— O quê? – quis saber Estêvão.

— Ter que voltar para casa. – respondeu ela. — Eu ficaria aqui em Castelo, se pudesse.

Estêvão pareceu radiante ao ouvir isso:

— Você sabe que pode ficar aqui se quiser. Fique o resto da semana. Ou até sentir vontade de ir embora.

— Eu ficaria se pudesse, mas tenho que trabalhar. – respondeu. Ela realmente preferiria ficar em Castelo, mas ainda tinha contas a pagar. Isso a fez lembrar-se de Ângela e Vítor. Não tinham esse tipo de preocupação. Eles realmente não faziam ideia de como a vida tinha sido generosa com eles.

Lavínia ficou com Estêvão na área da piscina, enquanto a casa era limpa e os móveis eram postos de volta a seus devidos lugares. Saulo só chegou ao fim da tarde. Ele parecia cansado, mas fora isso, absolutamente normal. Mas havia algo diferente na forma como agia com Lavínia. Uma proximidade que não existia antes. Ou talvez fosse só impressão.

No caminho de volta a Chantal, conversaram a maior parte do tempo sobre a festa. Falaram dos convidados, da situação constrangedora dos que passaram do limite, da banda, da música, dos fogos de artifício, de tudo... Menos da última dança.

Ao chegar, ele desceu do carro como sempre, para despedir-se. Dessa vez, ele a abraçou por mais tempo que de costume. Como na noite anterior, ele passou a mão pelos seus cabelos, mas parou logo. Apenas se despediu dizendo:

— Não demore a voltar a Castelo. Você sabe que só precisa ligar e eu venho buscá-la.

A SÉTIMA ORDEM

— Está bem. Obrigada mais uma vez. – respondeu ela.

Lavínia ficou parada na frente da porta do prédio, olhando ele entrar no carro e se afastar. Não queria admitir para si mesma, que gostaria que a despedida tivesse sido um pouco diferente.

Subiu as escadas devagar, pensativa. Seus pés pareciam não querer seguir em frente. Já havia algum tempo que o apartamento deixara de ser assustador, e tinha voltado a ser apenas o velho apartamento, solitário e embolorado, impregnado de velhas lembranças. Nenhum som estranho a acordava à noite, nada de anormal acontecia. Mas isso não era motivo suficiente para fazê-la querer subir. Seus pés simplesmente queriam voltar ao local de onde tinham acabado de vir. E não somente seus pés, ela tinha que admitir.

CAPÍTULO 11: REVELAÇÕES

CAPÍTULO 11

Ao entrar no apartamento, Lavínia percebeu logo que havia algo de errado. Não se lembrava de ter deixado a lâmpada do abajur da sala acesa. Todo o apartamento estava escuro, exceto por aquela luz. Além disso, sentia um forte cheiro de rosas. Fechou a porta atrás de si e pôs a mochila no chão, ao lado da porta. Ficou parada, com os ouvidos apurados. O silêncio era completo. Ela podia ouvir o som da própria respiração. Sentiu um vento frio bater em seu rosto e se assustou. Viu a cortina se mover e percebeu que a janela da sala estava aberta. Ela também não se lembrava de ter deixado a janela aberta. Normalmente, ela tomava o cuidado de fechar tudo antes de sair. Atravessou a sala em direção à janela, fazendo o mínimo barulho que pôde. Fechou a janela com as mãos levemente trêmulas. Ao fazer isso, ouviu alguém entrar na sala, vindo do corredor. Virou-se rapidamente e soltou um grito, por instinto. Havia um homem parado, observando-a na penumbra. Ele deu um passo à frente e a luz do abajur iluminou seu rosto. Lavínia sentiu o medo instantaneamente se dissipar:

— Logan! – disse ela, surpresa.

Ele permaneceu quieto, sorrindo. Parecia estar se divertindo com a situação. Todo o medo que ela sentira um instante atrás parecia ter se convertido em raiva.

— O que você está fazendo aqui? Como entrou aqui? – perguntou.

— Convenci o porteiro a me emprestar a cópia das chaves. – disse ele, exibindo o molho de chaves para que ela visse.

— O que quer, Logan? O que pensa que dá a você o direito de entrar no meu apartamento sem ser convidado?

Ele parou de sorrir e respondeu, sem se mover do lugar onde estava:

— Senti sua falta, Lavínia. Estava com saudades. Vim até aqui fazer uma surpresa e você me recebe deste jeito. Eu até trouxe flores.

Ele apontou para um vaso que estava a um canto, e ela entendeu de onde vinha o cheiro forte de rosas. Qualquer um que o ouvisse falar, teria a certeza de que ele estava sinceramente decepcionado e bem-intencionado. Mas ela o conhecia bem demais para isso. Aquele discurso soava como sarcasmo.

— Saia daqui. Eu não quero mais vê-lo. Achei que isso estivesse claro. – disse ela, rispidamente.

Ele deu um passo à frente. Ela levantou a voz:

— Não se aproxime. Ou eu começo a gritar e os vizinhos vão vir até aqui ver o que está acontecendo.

Ele pareceu não dar atenção. Continuou andando e se sentou confortavelmente em uma poltrona de frente para ela. Em seguida, disse calmamente:

— Vi pela janela quando você chegou. Quem era o sujeito com você, lá embaixo? O tal de Estêvão?

Ela se sentia atordoada com a frieza dele. Continuou onde estava, ao lado da janela, agora fechada. Respondeu vagamente:

— Não. Era um amigo.

— Parecia ser um amigo bem próximo. Por que nunca fomos apresentados? – disse ele, sem olhar para Lavínia.

A cada instante que passava, ela ficava mais incomodada e mais irritada com a presença e audácia dele. Em vez de responder às suas provocações, insistiu:

— Vá embora, Logan. Esta é a minha casa, e eu estou pedindo para que você saia.

Ele se levantou e a encarou. Continuou fingindo que não estava escutando.

— Não se esqueça de que eu sou seu namorado, Lavínia. Se você estiver me traindo, eu vou ficar muito magoado.

— Você não está me entendendo? Não existe mais nada entre nós. Para mim acabou naquele dia, no restaurante. Eu

não quero mais vê-lo. Acabou. – disse ela, enfatizando a última palavra.
Ele finalmente pareceu ouvi-la:
— Acabou? Você está terminando comigo? – disse ele, calmamente.
Sua frieza parecia se alimentar da irritação dela.
— Sim, estou! Quer sair da minha casa agora? – respondeu, alterada.
Ele lhe lançou um olhar indecifrável, e disse apenas:
— Se você prefere assim, eu vou. Voltaremos a conversar quando você estiver mais calma.
Em seguida, deu meia-volta e saiu, largando as chaves em cima da mesa. Ela permaneceu de pé onde estava, tentando convencer-se de que aquilo realmente tinha acontecido. Olhou pela janela e viu quando ele pegou um táxi em frente ao prédio e foi embora. Foi então que ela se lembrou do diário. Correu para o quarto. Tudo parecia intacto. Procurou pelo diário, no lugar onde o havia escondido. Sentiu um alívio imenso ao perceber que continuava lá, exatamente como o havia deixado.
Depois de se acalmar um pouco, Lavínia desceu para tirar satisfação com o porteiro. Logo viu que era inútil:
— Desculpe-me, Dona Lavínia. Mas ele me disse que queria fazer uma surpresa para a senhora, e trouxe um buquê gigante de flores. Eu já tinha visto ele com a senhora, pensei que fosse seu namorado. Eu não tive a intenção, me desculpe mesmo. – justificou-se o homem.
Lavínia sabia o quanto Logan podia ser persuasivo e também sabia que o pobre homem tinha boas intenções ao deixá-lo subir. Era inútil argumentar.
— Está bem, eu acredito em você. Mas, preste atenção, nunca mais deixe este homem subir. Ele é um sujeito perigoso, se ele voltar, chame a polícia, – disse ela ao porteiro.
— Pode deixar, Dona Lavínia. A senhora pode ficar descansada que eu não deixo mais ninguém subir sem sua autorização. Isso não vai acontecer nunca mais.
— E mais uma coisa. Amanhã, quero que chame o chaveiro bem cedo. Quero trocar as fechaduras, de novo. – disse ela.
— Sim senhora, eu vou cuidar disso bem cedinho. Deixa comigo. E me desculpe mais uma vez.

Subiu, arrasada. Logan conseguiu, mais uma vez, estragar um fim de semana perfeito. Pela segunda vez, seu apartamento havia sido invadido! Ela se sentia violada, exposta, desprotegida. Sentiu lágrimas de raiva e frustração molharem seu rosto, mas as limpou rapidamente. Não valia a pena. Não por Logan.

Lavínia voltou ao trabalho no dia seguinte, sem muito entusiasmo. Ainda sentia bastante raiva de Logan e, ao mesmo tempo, estava um pouco assustada, com medo de que ele voltasse a procurá-la. Não sabia do que ele era capaz. Ela se encontrou com Alanis no meio da semana. Enquanto almoçavam juntas, ela contou à amiga tudo o que havia se passado.

— Você foi à polícia dar queixa? – perguntou Alanis.

— Não, não havia do que. Ele não entrou à força no meu apartamento, ele usou a chave. E também não ouve um roubo, nada de ilegal aconteceu. – respondeu ela.

— É, você tem razão. – concordou Alanis.

— Mas se ele voltar a me procurar, talvez seja uma boa ideia prestar queixa. Só para garantir que ele mantenha distância. – ponderou Lavínia.

— Talvez seja sim. Mas, conte-me sobre o tal de Saulo. Você está apaixonada por ele? Foi por isso que terminou com Logan? – quis saber Alanis.

Sentiu o rosto queimar ao ouvir isso. Ela sabia que era verdade, só não queria admitir.

— Não foi só por isso que eu terminei com Logan. Eu não suportava mais aquela encenação. Não aguentava mais fingir que queria estar com ele. Ele mudou muito, Alanis. Não é a mesma pessoa que eu conheci e você sabe disso. Ele me assusta. Independentemente de qualquer coisa, eu saí daquele restaurante decidida a ficar longe dele. Não importa o que você me diga, não quero mantê-lo por perto por motivo nenhum.

— Não quer? Tem certeza de que não quer ir a fundo nesta história? Não quer descobrir o que aconteceu na noite em que 30 pessoas foram queimadas vivas naquela ilha? Não quer saber como aquele diário foi parar nas coisas da Martha e que ligação ele tem com a tal seita? – perguntou Alanis, parecendo horrorizada.

— Isso não importa mais. Não quero me envolver com isso, Alanis. Talvez eu queime este diário maldito. – respondeu, irritada.

— Desde quando isso não importa mais? Quer dizer que fomos até Gales por nada?

Lavínia sentiu uma onda de remorso invadi-la ao ouvir isso. Alanis tinha ido até lá também, e ela então se lembrou que não tinha nem ao menos agradecido.

— Desculpe-me, eu só estou nervosa por causa de Logan. Apenas entenda que eu não posso voltar a tê-lo por perto. Eu disse que vou à polícia se ele voltar a me procurar, e eu vou mesmo. Acho que ele é um homem perigoso e imprevisível. Deve haver outros meios de desvendar esta história. – disse a ela, fazendo o possível para soar mais calma do que realmente estava.

Ficaram ambas caladas por alguns minutos, não ousando interromper os pensamentos. Alanis, por fim, quebrou o silêncio:

— Lavínia, você me disse que tanto o Saulo quanto o Estêvão faziam parte da banda Sétima Ordem. Nós éramos crianças quando a banda começou. – disse Alanis.

— Sim, mas e daí? – perguntou ela, sem entender onde a amiga queria chegar.

— Isso significa que o Saulo deve ter pelo menos o dobro da sua idade. O suficiente para ser seu pai, pelo menos. Quer dizer, isso não é da minha conta, nem estou a julgando por isso, mas isso não a incomoda?

Lavínia ficou um pouco chocada com a pergunta de Alanis, mas compreendia. Ele realmente era bem mais velho, mas não fazia a menor diferença para ela.

— Para ser sincera, eu não sinto como se ele fosse mais velho. Nós somos muito parecidos, temos opiniões e gostos semelhantes. Ficamos horas conversando. E ele também não aparenta ter a idade que tem. Quando o conheci, não dei a ele mais do que 35 anos, mas sei que ele tem uns dez anos a mais do que isso. Ele é muito atraente, e a maturidade foi, provavelmente, uma das coisas que me atraiu nele. – confessou a Alanis.

Alanis apenas sorriu. Depois de algum tempo ela disse:

— Talvez eu precise viajar por algumas semanas. Quero ter certeza de que ficará bem. Espero que Logan não volte a te incomodar.

— Eu ficarei, não se preocupe. Mas, por que você vai viajar?

— É uma viagem a trabalho, quando souber mais detalhes eu aviso. Agora, me conte como foi a festa. Quero saber em detalhes! – perguntou ela, empolgada.

Lavínia aproveitou o tempo que sobrou do almoço para contar-lhe sobre a festa e afastar Logan da conversa.

Logan não voltou a procurá-la nos dias seguintes, mas, apesar disso, ela verificava com o porteiro todos os dias para saber se ele o tinha visto na vizinhança. Ana, sua supervisora, havia alertado de que um estranho estava novamente rondando o escritório, como havia acontecido meses atrás. Na época, ela acreditava que a mulher estivesse imaginando coisas, pois a polícia jamais encontrou ninguém. Ela rezava para que, agora, Ana estivesse apenas sendo neurótica novamente, mas, no fundo, temia que Logan a estivesse vigiando.

Alanis viajou de repente, poucos dias após terem almoçado juntas. Ela ligou rapidamente e disse que estava com pressa, pois não queria perder o voo. Pediu-lhe para ficar atenta e disse apenas que não sabia quando voltava. Na pressa, não disse para onde estava indo, apenas que manteria contato.

Saulo ligou algumas vezes, o que diminuiu um pouco seu nervosismo por conta de Logan, da ausência de Alanis e das suspeitas de Ana. Ele ligava no intervalo entre seus compromissos. No momento, estava às voltas com a divulgação de uma turnê de um artista novo, por isso nem conseguia ficar muito tempo em Castelo. Tudo o que Lavínia mais gostaria de fazer no momento era refugiar-se em Castelo por alguns dias, mas a verdade (que ela teimosamente receava em admitir) era que sem Saulo por perto, não fazia o menor sentido.

Foi quando ela se viu sem Alanis, sem Saulo e (para seu alívio) sem Logan, que decidiu voltar a pesquisar sobre o diário. Tomou esta decisão, em partes, por causa de Alanis. Sentia remorso por tê-la feito ir a Gales e achou que era egoísmo de sua parte simplesmente querer esquecer toda a história. Ela também havia estado lá e tinha se envolvido. Ela merecia saber a verdade sobre o diário, ainda que Lavínia não desejasse saber, ou não fizesse questão.

Lavínia retomou suas pesquisas pelo meio mais fácil e disponível que havia, a *Internet*. Encontrou registros do incêndio na Ilha das Almas, mas nada além de uma nota de jornal, provavelmente a mesma fonte que Alanis havia encontrado quando estiveram lá. Não havia nenhuma grande novidade na notícia, não citava mais detalhes do que já sabiam. Algo, porém, chamou-lhe a atenção. Algo que Alanis provavelmente não deu importância.

No rodapé da reportagem havia um *link* para outra página, onde havia uma cópia digitalizada de um manuscrito da lista de vítimas identificadas do incêndio, não mais do que dez, nem metade do número de mortos. Lavínia passou os olhos, displicentemente, pela lista, quando viu um nome familiar: Klaus Rocha.

A princípio, não deu importância, continuou lendo a lista de vítimas, mas o nome ficou ecoando em sua cabeça. Voltou a olhar a lista. A caligrafia não era das melhores, mas estava bem nítido. Por curiosidade, fez uma nova busca, dessa vez mais específica. Encontrou outras reportagens que falavam sobre o incêndio. Algumas também tinham a lista das vítimas identificadas, mas, para sua surpresa, o nome Klaus Rocha não constava de nenhuma delas. Ficou intrigada e, então, fez outra busca, dessa vez pelo nome.

Encontrou várias referências, todas elas diziam essencialmente a mesma coisa: Klaus Rocha, guitarrista da banda Sétima Ordem. Algumas citavam seu falecimento, supostamente em um acidente de carro. Outras eram reportagens sobre a banda em si. Lavínia se sentiu bombardeada por milhares de dúvidas. Por que o nome do Klaus estava naquela Lista? Mais importante ainda, por que aparecia na lista manuscrita e não nas outras? Teria sido erro de digitação? Ou alguém teria se dado ao trabalho de retirar o nome dele?

Intimamente desejando que fosse apenas um homônimo, Lavínia resolveu comparar as datas da morte oficial de Klaus e do incêndio. Para sua decepção e espanto, eram iguais.

Afastou-se do computador sem ousar acreditar no que havia acabado de descobrir. Foi até a janela. Olhou para fora sem prestar atenção ao que via. Repassava mentalmente o que tinha acabado de ler. A lista em que o nome de Klaus aparecia era manuscrita. Poderia ser uma fraude, ou poderia ser a original. Lembrou-se de quando Saulo havia mencionado sua morte: "uma morte repentina... as circunstâncias da morte de Klaus nunca foram bem esclarecidas", foram suas palavras.

Ele nunca disse o motivo, e ela não perguntou. Mas, agora, ela precisava perguntar. Precisava, desesperadamente, saber se ele tinha realmente morrido naquele incêndio. E se fosse ele, o que isso significaria? Que ligação poderia haver entre Klaus e a ilha? E quem sabe... Logan. Ela tinha medo de concluir aquela linha de raciocínio, mas havia uma chance, ainda que remota, de que mesmo Saulo e Estêvão tivessem algum tipo de ligação com Logan. Não, ela não podia conceber esta possibilidade.

A SÉTIMA ORDEM

Lavínia tomou um grande copo de café para acalmar os nervos e voltou às pesquisas. Já passava muito do seu horário de expediente, quando desistiu de continuar. Não encontrou mais nenhuma informação que fosse relevante. Tirou o telefone do gancho e o segurou durante algum tempo, tentando decidir se deveria ou não ligar para o número de telefone que Saulo havia lhe deixado. Depois de muito relutar, discou os números. Caiu na caixa postal. Decidiu esperar que ele ou Estêvão a procurassem para então fazer a pergunta que a perturbava. Não conseguia parar de pensar que Alanis devia estar com ela, pois precisava contar a alguém sobre isso.

Lavínia não conseguiu pensar em outra coisa pelo resto da semana. Esperava impacientemente pela ligação de Saulo. Todas as tentativas de falar com ele neste período foram frustradas. Aliás, esperava também pela ligação de Alanis. Desde o dia em que viajou, ela não havia mais entrado em contato. Lavínia não conseguia deixar de se preocupar, mesmo sabendo que ela devia estar muito ocupada para ligar. Onde quer que estivesse. Algumas perguntas não saíam da sua mente. Onde estava Alanis? Por que Saulo não ligava? E, acima de tudo, teria Klaus Rocha, o músico, morrido naquela ilha?

Era quinta-feira pela tarde quando o telefone tocou. Era Estêvão. Lavínia sentiu-se agitada diante da possibilidade de discutir a morte de Klaus. Ela esperava ansiosa por esta oportunidade desde o início da semana, mas não sabia como iniciar o assunto sem parecer rude ou inconveniente. Havia ensaiado muitas vezes em como fazer a pergunta, mas não havia nenhuma forma de fazê-la sem ter que explicar como ela sabia do incêndio, e qual o seu interesse naquele assunto. Acabou decidindo que não podia falar por telefone. Por outro lado, o que Estêvão tinha a dizer acabou a distraindo de quaisquer dúvidas.

— Lavínia, estou ligando para fazer um pedido. Eu e o Dr. Barros queremos conversar com você no hospital de Chantal, se possível, dentro de uma hora. Eu estou a caminho. – disse Estêvão, fazendo uma pausa antes de acrescentar — Por favor, é importante.

— Não entendo. Por que quer que eu vá ao hospital? Há algo de errado com você? Está se sentindo bem? – perguntou, aflita.

— Não, não há nada de errado. Estou ótimo. Não posso adiantar o assunto por telefone, mas garanto que não é nada com que você tenha que se preocupar. Apenas venha até o hospital e explicaremos tudo.

— Você está me assustando, Estêvão. Diga-me o que está acontecendo. – pediu a ele.

— Não há nada de errado, eu prometo. Eu explico assim que chegar.

Ela percebeu que seria inútil argumentar pelo telefone, então foi até o hospital como pedira Estêvão. Estava tão ansiosa para saber qual era o assunto, que acabou chegando com 15 minutos de antecedência. Resolveu esperar na recepção. Havia poucas pessoas aguardando. Sentou-se em uma das cadeiras frias, desconfortáveis. Olhou para um relógio que estava pendurado na parede oposta. O tempo passa devagar quando se espera.

Olhou vagamente para as poucas pessoas que aguardavam na recepção. As expressões em seus rostos variavam de entediadas a ansiosas. Podiam estar à espera de uma notícia, do resultado de um exame, de um horário de visita. Havia duas recepcionistas. Uma delas estava ao telefone, enquanto a outra verificava alguma coisa no computador, entediada.

O som de vozes vindas do corredor quebrou o silêncio e chamou a sua atenção. Viu que se tratava de um médico que conversava com uma enfermeira e lhe passava instruções. Lavínia nunca tinha visto aquele médico e não o reconheceu. A enfermeira, em compensação, tinha algo de muito familiar. Ela tinha certeza de que a conhecia, mas não conseguia lembrar-se de onde. Os dois estavam parados em um dos lados do corredor que atravessava a recepção. A enfermeira estava de costas para Lavínia. Ela ficou observando-os, tentando puxar pela memória de onde a conhecia. Foi somente quando o médico deu a conversa por encerrada, que a enfermeira se virou e Lavínia pôde ver seu rosto.

Era uma mulher já de certa idade. Ela passou pela recepção caminhando a passos rápidos, em direção ao corredor do lado oposto. Ela não virou o rosto na direção da garota, nem fez qualquer sinal de que havia lhe visto, mas, quando já havia alcançado o final do corredor, Lavínia se lembrou. O nome dela era Rose. A enfermeira com quem Martha havia trabalhado durante vários anos naquele mesmo hospital. A última vez que ela a tinha visto fora no enterro de Martha.

Passados tantos anos, nem imaginava que ela ainda trabalhasse ali. Sem saber por qual motivo, Lavínia levantou-se com a intenção de ir até ela. Parou no meio do caminho, quando ouviu seu nome. Era o Dr. Barros. Esquecendo-se totalmente de Rose, Lavínia acompanhou o médico, intrigada com o motivo de estar ali.

Ele a conduziu até sua sala, no segundo andar. Dr. Barros parecia muito calmo para uma emergência, mas não quis dizer o motivo de tê-la chamado. Estêvão já esperava em sua sala. Ao contrário do Dr. Barros, parecia um pouco agitado, mas sorriu quando Lavínia entrou na sala. Ela se sentou na cadeira ao lado de Estêvão, ambas em frente à mesa do Dr. Barros. Esperou até que ele se acomodasse para perguntar:

— Estêvão, está tudo bem com você? Por que você me chamou aqui?

Ela dirigiu a pergunta a Estêvão, mas olhou também para o Dr. Barros, em busca da resposta. Ele sorriu e respondeu simplesmente:

— Eu estou ótimo. Eu chamei você aqui, porque... Tem um assunto que eu preciso conversar com você. Tem algo que eu preciso contar, e acho que não conseguiria fazer isso sozinho, por isso pedi ao Barros para me ajudar.

O Dr. Barros permaneceu em silêncio de onde estava. Ela também não disse nada, esperando que Estêvão continuasse. Ele parecia não encontrar as palavras para dizer o que quer que fosse que ele tinha para contar. Ele então se levantou e foi até a janela. Estava de costas para Lavínia, quando recomeçou a falar:

— Para que você entenda o que eu tenho para falar, antes, eu preciso explicar algumas coisas. Preciso contar uma história antiga.

Ele respirou fundo antes de continuar. Ela ficou intrigada, ansiosa para ouvir logo o que ele tinha a dizer.

— Antes de conhecer a Carmen, mãe de Alice, eu fui casado. Eu era muito mais jovem e estava completamente apaixonado. Nós tínhamos acabado de montar a banda, estávamos começando a fazer sucesso e eu tinha conhecido a mulher da minha vida, Elizabeth. Um ano depois de nos conhecermos, já estávamos casados. Quando ela engravidou, logo depois de nos casarmos, eu não posso dizer como estava feliz.

Estêvão parou novamente a narrativa. Lavínia permaneceu quieta, esperando. Quando ele continuou, sua voz soava tensa, exasperada:

— Na noite em que... Na noite em que Liz deu à luz, eu tinha um compromisso com a gravadora, urgente. Não estava com ela.

Klaus levou-a para o hospital e ficou com ela até eu chegar. Infelizmente, eu cheguei muito tarde.

Sua voz falhou. Ele se virou para olhar para Lavínia e para o Dr. Barros, mas permaneceu em pé, junto à janela.

— Foi o próprio Klaus quem me contou que Liz teve problemas no parto. Ele me disse que a criança havia morrido logo depois de nascer, e que Liz morrera em seguida, devido a complicações. Eu fiquei desesperado, não queria acreditar. Eu perdi o controle. Klaus cuidou de tudo, do enterro, da papelada. Eu nunca vi a criança. Apenas soube que era uma menina.

Estêvão tornou a sentar-se, mas agora olhava para as mãos, sobre a mesa. Tinha os olhos muito vermelhos e parecia não confiar na própria voz. Lavínia pôs uma mão sobre seu ombro. Não estava entendendo onde ele queria chegar lhe contando aquela história, mas sentia um aperto ao vê-lo naquele estado. Seu sofrimento pelas lembranças era quase palpável.

— Durante muitos anos, eu me martirizei, arrependido pela minha covardia. Eu não vi a minha filha, nunca vi seu rosto. Hoje em dia, me pergunto por que. Por que foi que eu me ausentei naquela noite, por que não entrei naquela sala e exigi ver a minha filha? Acima de tudo, por que Klaus mentiu para mim?

Estêvão estava visivelmente transtornado agora. Ela não encontrava palavras para consolá-lo. Lavínia estava completamente confusa agora, queria que ele concluísse logo a história, para que fizesse algum sentido. Percebeu que ele não conseguia mais continuar. Ele olhou para o Dr. Barros como se suplicasse apoio, e seu amigo entendeu o pedido. Foi o médico quem terminou de contar a história:

— Os fatos que aconteceram há mais de 20 anos atrás não podem ser mudados. Nós só podemos imaginar. Mas, o que é certo é que Alice esteve muito doente há alguns meses, e sua única esperança era encontrar um doador de medula compatível. Nós tivemos muita sorte encontrando você, Lavínia. Só que nós não encontramos apenas uma doadora. Encontramos muito mais do que esperávamos.

Estêvão encontrou novamente a voz e o interrompeu:

—Você se parece tanto com ela, Lavínia, que era como se eu tivesse voltado no tempo. Como se estivesse olhando para o rosto de Elizabeth, quando a conheci.

Ele finalmente olhava para Lavínia, agora. Ela tinha consciência apenas da cara de boba que devia estar fazendo, com a boca semiaberta por pura perplexidade.

— Eu procurei o Barros, e tive que persuadi-lo, pois ele não queria acreditar no início... – continuou Estêvão.

— Não queria acreditar no quê? – ela finalmente perguntou, desesperada para saber. Foi o Dr. Barros quem respondeu.

— Lavínia, as chances de um parente consanguíneo direto ter uma medula compatível são muito pequenas, por isso não quis acreditar no início. Mas, o Estêvão me mostrou uma fotografia de Liz, naquele dia, no aniversário de Roger, e eu não tive mais dúvidas.

— Do que é que vocês estão falando? – ela perguntou, mas sua voz era praticamente um sussurro.

— Eu peguei alguns fios de cabelo seus para um exame de DNA. Foram repetidos três vezes, é o procedimento padrão. Todos deram positivos.

Lavínia sentiu o coração disparar ao ouvir estas palavras. Seu cérebro fazia as conexões, mas ela não se permitia acreditar. Estêvão disse em voz alta o que ela pensava nos cantos mais distantes da sua mente:

— Você é minha filha, Lavínia. Eu não sei explicar como isso é possível, mas é verdade. Minha filha, que eu achei que havia perdido há 21 anos.

Lavínia não podia se lembrar com exatidão do que foi dito depois disso. Entrou numa espécie de torpor, um frenesi para assimilar o que havia sido dito. Esperou que alguém dissesse que era brincadeira, mas, ao mesmo tempo, ela sabia que ninguém, muito menos Estêvão ou o Dr. Barros faria uma brincadeira tão absurda assim. Lavínia não encontrou palavras para dizer absolutamente nada, apenas olhava de Estêvão para o Dr. Barros, sem saber o que pensar. A única informação de que se lembrava de haver assimilado foi um convite de Estêvão para passar alguns dias em sua casa.

Lavínia saiu do hospital sem pensar no que estava fazendo ou para onde ia. Depois de andar a esmo, chegou ao escritório, mas não conseguiu trabalhar. Era como se estivesse em uma realidade paralela. Em algum momento, lembrou-se de que estava ansiosa para perguntar sobre a morte de Klaus, e descobriu que isso não importava naquele momento.

Perdeu a noção do tempo naquela noite. Permaneceu deitada na cama, completamente vestida, por horas, pensando. Durante anos, ela havia tentado imaginar quem eram seus verdadeiros pais. Imaginava como seriam seus rostos, os olhos, os cabelos... Quando criança, às vezes, pegava um espelho de mão e examinava suas feições. Inventava rostos parecidos com o seu. Imaginava que tinha os olhos da mãe, o nariz do pai. Acreditava que um dia voltariam para buscá-la e levariam também a Martha para viver com eles, e então seriam uma grande família feliz. O passar dos anos trouxe desapontamento à medida em que ela entendia que ninguém apareceria. Com o tempo, o desapontamento tornou-se raiva, mágoa. Quando olhava no espelho, não tentava mais adivinhar seus rostos. Na adolescência, quando pensava em seus verdadeiros pais, ela os detestava por não terem lhe oferecido a chance de saber quem eram, como se pareciam, de que forma haviam se conhecido, se estavam apaixonados quando foi gerada. A maturidade finalmente lhe ensinou a entender que o ser humano pode ter milhões de motivos, mas ninguém pode dizer quais são mais justos ou corretos. Quem pode julgar uma mãe que abandona o próprio filho? Quem será capaz de entender seus motivos?

Havia tantas explicações possíveis, e Martha não foi capaz de fornecer nenhuma, mas ela não a culpava mais. Nunca teve raiva, não lhe cobrou a verdade. O que sabia sobre Martha era que ela a havia dado uma casa, amor e proteção. Deus sabe o que poderia ter acontecido à Lavínia, se não fosse por ela. Martha a acolhera num gesto de absoluta generosidade, e este tinha sido o seu motivo.

Ou, pelo menos era nisso que Lavínia acreditava.

Se era verdade o que diziam Estêvão e o Dr. Barros havia uma grande falha na história que ela conhecia. Diferentemente do que contara Martha, ela não havia sido abandonada no hospital, ela nasceu lá. E depois foi dada como morta. Por que? Por quem? Martha teria forjado a morte de um bebê cuja mãe tinha acabado de falecer? Teriam seus motivos, afinal, sido totalmente egoístas?

Estas perguntas não podiam ser respondidas no momento. Por outro lado, pensar em Estêvão como pai não era difícil. Desde que o conhecera, sentia por ele uma grande simpatia e um enorme carinho. Chegou mesmo a invejar Alice por tê-lo como pai. Pensar em Alice lhe deu um sobressalto. Ainda não tinha pensado nisso, mas ela seria sua irmã! Uma irmã! Ela nunca ousara pensar que pudesse ter uma irmã. Por um instante, desejou que ela não tivesse ido para uma faculdade tão distante. Queria conhecê-la melhor.

    Lavínia passou o resto da noite dividida entre sentimentos contraditórios, que se alternavam entre euforia, raiva, tristeza e vazio. Em algum momento, ela finalmente caiu no sono. Ao acordar, já sabia o que tinha que fazer.

CAPÍTULO 12:
UM PASSO ADIANTE

CAPÍTULO 12

Ao chegar no escritório, foi direto à sala de Ana. A porta estava entreaberta, mas mesmo assim ela deu uma leve batida antes de abri-la, o suficiente para olhar no interior da sala. Ana estava ao telefone, mas fez sinal para que entrasse.

Lavínia se sentou na cadeira em frente à sua mesa e aguardou. Não precisou se esforçar para não prestar atenção ao que Ana dizia ao telefone. Sua mente simplesmente não estava ali, estava focada no que tinha a dizer.

Ana se desvencilhou rapidamente do telefonema e dirigiu-se a Lavínia:

— Desculpe-me por fazê-la esperar, mas estou tentando fechar um contrato com um novo fornecedor há semanas, e este é, particularmente, complicado de lidar. Mas enfim, como você está? Aceita um café?

— Não, obrigada. Eu estou bem, mas vim aqui porque preciso fazer um pedido – disse ela.

— Pode dizer, Lavínia. Tenho notado que você anda um pouco diferente ultimamente. Está passando por algum problema que eu possa ajudar? Se eu puder fazer alguma coisa por você, é só pedir. – disse Ana, prontamente.

Por melhor que fosse seu relacionamento com Ana, Lavínia jamais mencionava a ela certos detalhes da sua vida pessoal, sempre achou que a mulher já tinha problemas demais com os quais lidar, sem ter que se preocupar com os dela.

— Não precisa se preocupar, Ana. Na verdade, eu tenho alguns assuntos de família para cuidar, e estou precisando de alguns dias livre. Já tem dois anos que eu não saio de férias, mas agora eu gostaria de sair. Se não houver nenhum problema, é claro.

Ana levantou as sobrancelhas quando ouviu a palavra "família", mas não fez nenhum comentário. Ela sempre soube que Lavínia não tinha família, por isso era compreensível a sua surpresa. Apesar disso, ela não fez nenhuma pergunta, por isso Lavínia não sentiu necessidade de dar mais explicações. A habilidade de saber o momento de permanecer em silêncio era uma de suas qualidades que Lavínia mais admirava.

Combinaram então que ela colocaria seu trabalho em ordem naquele dia, e sairia de férias na segunda-feira. Apesar de isso tê-la mantido ocupada o dia inteiro, não conseguiu afastar os pensamentos de tudo o que ocupava sua mente. A descoberta sobre Estêvão, suas dúvidas em relação à morte de Klaus, a falta de notícias de Alanis, o aparente sumiço de Logan e, principalmente, a ausência de Saulo a preocupavam o tempo todo, alternadamente, não deixando espaço livre para pensar em mais nada.

Ao fim da tarde, ela terminou o trabalho que tinha pendente, organizou todos os papéis que estavam sobre a mesa, e verificou as gavetas em busca de algo que pudesse sentir falta durante as férias. Não encontrando nada, passou a verificar o computador. Decidiu imprimir os artigos sobre Klaus e as fotos que havia tirado na Ilha das Almas. Ainda que, até então, não fizessem o menor sentido, poderiam se tornar mais esclarecedoras algum dia. Enviou um *e-mail* para Alanis, na esperança de que, dessa vez, ela respondesse e a tranquilizasse com notícias.

Feito isso, retornou ao seu apartamento, refletindo sobre Logan. Por mais que fosse um alívio o fato de ele não tê-la procurado nos últimos dias, ela não podia deixar de se sentir apreensiva. Ela tinha a sensação, ou talvez fosse apenas medo, de que sua ausência, na realidade, significasse apenas que ele estava à espreita, vigiando, montando uma estratégia e aguardando o melhor momento para voltar a ameaçá-la com seus truques e sua intimidação. Este era apenas mais um motivo para que ela se afastasse da rotina e dos lugares comuns onde ele poderia facilmente encontrá-la.

Ela ainda não sabia exatamente como chegaria a Castelo, mas daria um jeito. Ao virar a esquina da Rua Narbonne, o que viu em frente ao prédio foi como uma resposta intuitiva às suas dúvidas.

— Estava esperando por você. – disse o homem encostado ao carro ao vê-la chegar. Exatamente a pessoa que Lavínia mais ansiava para ver nos últimos dias.

— Saulo! O que faz aqui? Pensei que estivesse no exterior. – respondeu-lhe entre sorrisos, abraçando-o. Ela estava tão feliz e surpresa em vê-lo, que não se importou se seu gesto seria ou não conveniente. Ele também não pareceu se importar, já que a abraçou demoradamente.

— Cheguei ontem à noite a Castelo. Estêvão me pôs a par dos acontecimentos. – disse ele, mais sério.

— Suba comigo e conversaremos melhor. – convidou-o automaticamente. Ultimamente, não se sentia segura nas ruas, após o anoitecer.

Saulo concordou prontamente e juntos subiram até o terceiro andar. Ela abriu as cortinas da sala e lhe ofereceu uma bebida, que ele recusou. Sentaram-se no sofá e ela esperou que ele começasse o diálogo.

— Como está se sentindo? – começou ele.

Ela não respondeu prontamente. Ainda não tinha pensado nisso. Estava surpresa, assustada, confusa.

— Acho que não há uma forma fácil de resumir. – respondeu finalmente.

— Imaginei. Foi por isso que eu vim.

— Estêvão lhe pediu para vir? – perguntou a ele.

— Não. Na verdade, ele me pediu para esperar até que você decidisse o que fazer. Mas, eu não lhe dei ouvidos.

Ela sorriu. Estava feliz por ter alguém com quem conversar. Depois de alguns instantes de silêncio, em que ele parecia ponderar se devia ou não dizer algo, ele continuou:

— Eu sinto como se conhecesse Estêvão desde sempre. Quando nos conhecemos, eu tinha dez anos. Fui eu quem dei a ideia de montar a banda. Estava do lado dele, quando Klaus nos apresentou à Elizabeth. Vi como ele olhou para ela e, naquele momento, eu soube que ficariam juntos. Uma semana depois, estavam namorando.

Ele se calou novamente. Lavínia achou que ele estava dando-lhe tempo para dizer alguma coisa. Mas, ela não queria falar. Queria ouvir. Queria mais detalhes dessa história. Sua história.

— Ele é um ótimo pai, isso eu posso garantir. Ele sofreu muito quando a Carmen morreu, mas nada se compara ao que ele passou quando perdeu Elizabeth. Achei que ele não fosse suportar. Ter encontrado a filha que ele julgava perdida é como se recebesse a chance de, finalmente, superar o passado.

Lavínia podia imaginar a extensão de seu sofrimento, pois pôde sentir enquanto ele falava, no hospital.

— Também não tem sido fácil para mim. – disse ela, sentindo a voz embargar.

— Não precisa me dizer. Tenho tentado imaginar como deve ter sido para você, desde que Martha morreu. Viver sozinha neste apartamento, sem saber que seu pai está vivo este tempo todo.

Ela concordou com a cabeça, limpando depressa o rosto.

— É, realmente, muita coincidência termos nos encontrado. – ela disse, referindo-se ao transplante.

— Uma chance em um milhão, eu diria. Talvez não seja coincidência. Prefiro acreditar em interferência. Talvez, Deus tenha resolvido dar a vocês uma segunda chance. Não desperdice o milagre, Lavínia.

Dessa vez, ela não se importou que ele a visse chorando. Ele se sentou mais perto e passou um braço em torno dos seus ombros.

— Vem comigo para Castelo? – ele perguntou.

— Sim. Mas antes preciso fazer uma pergunta.

Ela alcançou a pasta que estava sobre a mesa de centro e retirou dela alguns papéis que havia imprimido aquela tarde. Mostrou a ele o artigo de jornal, sobre o incêndio na Ilha das Almas, e a lista de mortos. Ele pareceu surpreso.

— Sei que não é o momento mais adequado para falar sobre isso, mas não quero desperdiçar a oportunidade. Este Klaus Rocha que aparece nesta lista é o mesmo Klaus do Sétima Ordem? Foi assim que ele morreu?

Saulo olhou outra vez para a cópia da lista manuscrita e para o artigo do jornal. Por fim disse:

— Sim. Foi assim que ele morreu. Até hoje, ninguém conseguiu explicar o que ele fazia naquela ilha. Onde você conseguiu esta lista?

— Na *Internet*. Esta, aparentemente, é a única lista que tem o nome dele. Acho que deve ser a lista original. Todas as outras que eu encontrei omitiam esta informação.

— Sei que a gravadora tentou encobrir os detalhes de sua morte, com medo do que a imprensa sensacionalista diria.

Aparentemente, conseguiram fazer um bom trabalho, mas deixaram passar isto aqui. Na época, inventaram que tinha sido um acidente de carro.

— Li sobre isso também. Mas tem mais uma coisa.

Ela foi até o quarto e retirou o diário de dentro do esconderijo. Sentou-se outra vez a seu lado no sofá, e abriu em uma página qualquer.

— Encontrei este diário entre os pertences de Martha, logo depois que ela faleceu. Eu nunca dei muita atenção, mas acho que está, de alguma forma, ligado a morte de Klaus.

Saulo mostrou-se intrigado com a informação e ela passou a contar-lhe tudo que sabia sobre a ilha, inclusive sobre sua ida até lá com Logan e, recentemente, com Alanis.

— Devíamos contar à polícia. Sem dúvidas há uma conexão. Poderia ajudar a esclarecer o que houve. – disse Saulo.

— Eu já pensei nisso, mas tenho minhas dúvidas. Estamos falando de algo que aconteceu há dez anos. Este diário só tem símbolos, poderia levar anos até que alguém o decifrasse.

— Concordo. E dado o esforço que tiveram para abafar a notícia quando aconteceu, não duvido que tenham eliminado os registros policiais. Entregar o diário à polícia pode ser um desperdício. – concluiu Saulo, resumindo sua linha de raciocínio.

— Então, o que faremos? – perguntou Lavínia.

Ele não respondeu, estava folheando o diário ao acaso, até que parou subitamente em uma página específica, e ficou olhando com uma expressão de surpresa. Ela se aproximou para ver o que ele estava olhando, e viu que era a página inicial, em que havia a data e o nome, praticamente a única coisa compreensível naquele diário.

— Vamos levar o diário a Estêvão. – disse ele, por fim.

— Por que? – perguntou ela, sem entender o motivo.

Ele apontou com o dedo a linha onde se lia Liz, Edimburgo, Dezembro, 1985.

— Fizemos uma turnê europeia em 1985. Lembro-me de que tiramos alguns dias de folga, por conta das festas de final de ano, mas uma nevasca nos impediu de voltar para casa e, por isso, tivemos que passar o Natal em Edimburgo. Ela estava conosco. Liz era como chamávamos Elizabeth. Ela tinha acabado de descobrir sobre a gravidez.

Ao ouvir isso, Lavínia sentiu como se um choque elétrico percorresse o seu corpo.

— Você está dizendo que este diário pertenceu à minha mãe? – perguntou ela.

— Estou dizendo que há uma grande possibilidade. Talvez, Estêvão reconheça o diário e a caligrafia, se forem realmente dela.

Ela sentiu o coração disparar de ansiedade. Precisava descobrir, ir mais a fundo. Enquanto Saulo esperava na sala, foi até o quarto separar algumas roupas para levar à viagem. Preparou uma mala, incluindo o diário e as impressões. Como não sabia exatamente quanto tempo ficaria em Castelo, separou também a tela inacabada, algumas tintas e pincéis. Quem sabe a inspiração não lhe voltasse durante sua estadia. Voltou à sala. Saulo estava sentado, olhando sua foto com Martha, que ficava sempre na mesa de centro. Ela sentou-se a seu lado, mais uma vez, depois de deixar a mala perto da porta, e a tela apoiada sobre ela.

— Esta é a Martha? – perguntou ele.

— Sim, em nossa última viagem juntas. Foi alguns meses antes de ela falecer. – respondeu, olhando para o porta-retratos em suas mãos.

— Sabe, isso é muito estranho. – disse ele, de repente, colocando o porta-retratos de volta no lugar, e olhando para Lavínia.

— O quê?

— Pensar em você como filha do Estêvão. Eu o ajudei a criar Alice depois da morte de Carmen, e ela é como uma filha para mim. Eu não consigo ver você da mesma forma. – disse ele.

De certa forma, Lavínia sentiu um alívio ao ouvir isso, mas não o expressou em voz alta.

— Está pronta para ir? – disse ele, por fim.

Ela balançou a cabeça afirmativamente, mas não se levantou. Ele também não fez menção de se levantar. Ao invés disso, no silêncio que se seguiu, ele levou uma das mãos aos cabelos dela e se aproximou um pouco mais. Lavínia não hesitou nem se afastou quando ele a beijou. Durante alguns minutos, deixou que todos os problemas e dúvidas desaparecessem.

CAPÍTULO 13:
O TESOURO DE ESTEVÃO

CAPÍTULO 13

Chegaram à imponente residência de Estêvão, quase à meia-noite. Saulo estacionou na frente da casa e segurou seu braço, levemente, quando Lavínia fez menção de abrir a porta do carro.

— Antes de entrarmos, eu preciso pedir duas coisas. – disse ele. – A primeira é sobre o diário. Gostaria que não o mostrasse a Estêvão imediatamente. Dê-lhe alguns dias. Ele já deve estar revivendo o passado, por conta dos últimos eventos. Espere o momento certo, está bem?

— Está bem. – respondeu ela, mesmo sem ter a menor ideia do que Saulo entendia como momento certo. Mas ela concordava que era melhor não apressar as coisas.

— A outra coisa que eu preciso pedir a você é sobre nós. Estêvão é meu melhor amigo há mais de 30 anos, portanto, é no mínimo justo que eu converse com ele antes que ele saiba do nosso envolvimento de outra forma. Ele é seu pai, afinal de contas. Não sei como ele irá reagir.

Novamente ela concordou, mas não disse nada. Ela tinha apenas consciência de como a situação era estranha, meio desconfortável. Sem dúvida seria mais fácil deixar que Saulo cuidasse disso.

Enquanto aguardavam a porta ser aberta, pela primeira vez, ela se sentia nervosa. Um dos empregados abriu a porta, e Lavínia viu que Estêvão vinha logo atrás. Ele estava visivelmente surpreso em vê-los, mas parecia também feliz. Sem dizer nada, veio ao encontro de Lavínia e a abraçou.

— Olá. – foi tudo o que ela conseguiu dizer.

— Escute, não precisa me chamar de pai, por enquanto. Estêvão está ótimo para mim.

Ela sorriu, agradecida. Precisava digerir as novidades, aos poucos.

— Sinto muito por acordá-lo, Estêvão. – disse Saulo.

— Não se desculpe, eu não estava dormindo. Vi do meu quarto quando você chegou. Só não imaginei que estivesse acompanhado. Fique aqui esta noite, está tarde para dirigir.

— Obrigado, vou aceitar a oferta.

— E você, Lavínia. Parece cansada. Por que não sobe ao seu quarto e descansa? Teremos muito tempo amanhã para conversar.

Lavínia subiu, mas demorou a dormir aquela noite. Ficou acordada durante muito tempo, olhando pela sacada do quarto. Era estranho estar ali não como convidada, mas como parte da família. Família era uma coisa com a qual ela não estava acostumada.

Com o passar dos dias, a sensação inicial de desconforto foi se amenizando gradativamente. Lavínia adquiriu uma rotina de explorar a cidade de Castelo, e também a imensa casa. Estêvão passava muito tempo com ela, conversando. Ele queria saber tudo sobre sua infância, suas lembranças, sua relação com Martha. Parecia querer montar um quebra-cabeças por meio de suas lembranças, como se, ao unir as peças, ele pudesse resgatar o passado que lhe fora negado.

A paisagem de Castelo era realmente inspiradora. No terceiro dia, após ter chegado, ela apoiou a tela na sacada de seu quarto e arriscou algumas pinceladas. Estêvão entrou no quarto para trazer-lhe chá e ficou impressionado.

— Não sabia que você pintava. – disse ele.

— É só um passatempo. Não chega a ser uma obra de arte. – respondeu ela.

— Você está enganada. Eu já visitei dezenas de galerias de arte e exposições. Conheço muitos estilos. Isto é arte. – concluiu ele, enfatizando a última frase.

— Não sei...

— Aproveite que agora terá mais tempo para aprimorar sua técnica.

— Estêvão, eu tirei férias do trabalho para passar mais tempo com você, para nos conhecermos melhor. Não vou passar os próximos dias pintando, eu só faço isso nas horas vagas. – ponderou ela.

— Escute... – começou Estêvão. Ele mediu as palavras, antes de continuar. — Eu não sei se você já pensou no assunto, mas você não precisa voltar ao trabalho. – ela fez menção de interrompê-lo, mas ele fez sinal para que ela ouvisse.

— O que eu quero dizer é que você pode se dedicar a trabalhar no que gosta, a partir de agora. Se você gosta de pintar e, obviamente, tem talento para isso, aproveite a oportunidade para investir em uma nova carreira. Eu fiquei longe de você por 21 anos, não acho que um mês seja o suficiente para nos conhecermos. E você também não precisa se preocupar com dinheiro. Acho que podemos concordar neste ponto.

Lavínia pensou um pouco, antes de responder. Ela realmente não tinha cogitado esta possibilidade. Sentiu-se tola por isso.

— Vou pensar no assunto. – disse por fim.

— Ótimo. E agora vou deixar você continuar. Eu voltarei mais tarde. – disse Estêvão, sorridente.

Cerca de uma semana após a conversa, amanheceu um dia escuro e chuvoso. Pela tarde, a chuva caía forte e ininterruptamente, como se anunciasse um dilúvio. No fim da tarde, já estavam acesas as luzes dos corredores e de alguns cômodos. Por culpa da chuva incessante, Lavínia não pôde sair da casa nem para caminhar pelos jardins. Estêvão havia passado a manhã fora de casa, resolvendo alguns negócios, e chegara por volta da hora do almoço, encharcado, por isso ela achou conveniente deixá-lo sozinho, para que descansasse à tarde. Por consequência, passou o dia praticamente só, assistindo à televisão e vendo vídeos da coleção de Estêvão em seu quarto. Foi no fim da tarde, que ela cansou da morosidade, e seus olhos começaram a arder, que resolveu andar pela casa.

Além de imensa, a casa era repleta de quadros e objetos de arte, que levavam um bom tempo para ser apreciados. A própria arquitetura e a decoração eram de encher os olhos. Resolveu começar sua exploração pelo terceiro andar, com o intuito de ir até a biblioteca, caso estivesse destrancada. Era praticamente o único cômodo da casa ainda desconhecido para Lavínia. Algo, porém, a deteve. Ao chegar ao último degrau da escada, ouviu uma música vinda de um dos cômodos. Chegando ao terceiro andar, do lado direito do corredor estavam as portas que davam para os cômodos e, do lado esquerdo, janelas altas de vidro, semicerradas por cortinas de tecido claro, permitiam uma visão panorâmica dos jardins e do bosque que também fazia parte da propriedade. Essas janelas provinham alguma luz ao corredor deserto, somente quando um relâmpago cruzava o céu lá fora. As pesadas portas duplas da sala de música estavam abertas, e uma fraca luz escapava por elas, iluminando o corredor na penumbra. Lavínia passou direto pela porta da biblioteca, sem nem ao menos verificar se estava aberta ou não, e parou em frente à porta da sala de música. Estêvão estava sozinho na sala, tocando piano. A única luz do aposento vinha de um abajur ao seu lado. Ela deu uma batida leve na porta, para anunciar sua presença. Ele interrompeu a música por um instante e lhe pediu para entrar, indicando um assento ao lado do seu, junto ao instrumento.

Ele recomeçou a música interrompida, e ela apenas o observou enquanto tocava. Achou fascinante o movimento rápido e preciso de suas mãos ao longo das teclas.

— Chopin? –perguntou ela quando a música parou.

— Sim. – respondeu ele, sorrindo. — Você toca?

— Não, nunca aprendi. Mas gosto dos clássicos.

— Como sua mãe. – uma sombra de tristeza passou por seus olhos, mas ele ainda sorria.

— Ela também apreciava os clássicos, além der ser uma exímia pianista. Ensinou-me muita coisa. Se você quiser, posso ensiná-la.

— Eu adoraria, obrigada.

Ele recomeçou a tocar, mas, dessa vez, ela não prestava tanta atenção na música. Observava a partitura. Quando criança, por algum tempo, teve aulas de música na escola em que estudava. Isso foi na época em que as escolas públicas de Chantal ainda mantinham um padrão de qualidade quase aceitável. Ela detestava as aulas teóricas, pois a teoria musical é complexa e exige paciência para ser compreendida. Paciência, afinal, é um dom que as crianças não possuem em abundância, e ela não era exceção. Por outro lado, achava as partituras tão fascinantes e misteriosas quanto mapas do tesouro.

Lavínia forçou a memória para lembrar-se das aulas. Clave de Fá, Clave de Sol... Uma linguagem universal. Dó Maior, Si, Ré bemol... Música escrita que qualquer pessoa, em qualquer parte do mundo, não importa o idioma, é capaz de entender. Compassos, acordes... Música em símbolos... Símbolos substituindo som e ritmo. Substituindo palavras...

Quando Estêvão terminou de tocar o último acorde, Lavínia se levantou e pediu a ele que esperasse um instante.

— Tem algo que eu preciso mostrar a você. Vou buscar em meu quarto, volto em um minuto.

Quando chegou ao seu quarto, vasculhou dentro da mala procurando pelo diário. Era um dos poucos itens que ela não havia retirado da mala. Retirou-o da caixa onde o havia encerrado e o folheou por hábito. Abriu na página que procurava. O nome e a data. Estêvão saberia se fosse dela.

Sem perder mais tempo, subiu as escadas pulando os degraus de dois em dois e entrou novamente na sala de música. Ele a esperava ainda ao piano, mas não mais tocava. Lavínia sentou-se novamente ao seu lado e pôs o diário em suas mãos.

— Quero que olhe este livro. Encontrei-o há alguns anos entre os pertences de Martha. Nunca consegui desvendar seu conteúdo, mas há uma linha legível no começo. - ela abriu na página correta e apontou a inscrição. Observou sua reação sem dizer nada por algum tempo. Ele apenas olhava a página com uma expressão indecifrável.

— Eu mostrei isso ao Saulo e ele me pediu para mostrar a você. Ele achou que você poderia reconhecer... – perguntou, esperançosa. Seu silêncio apenas aumentava a ansiedade. Quando ele começou a falar, seus olhos pareciam fora de foco, como se estivessem perdidos em outra época, muito longe dali.

— Nevava muito naquele dia, e ela parecia aflita com alguma coisa. Eu não entendia o que poderia incomodá-la, pois estávamos radiantes com a recente notícia da gravidez. Ela me disse que estava ansiosa para voltar para casa.

Estêvão levantou os olhos do diário e olhou para Lavínia enquanto falava:

— Eu sugeri a ela que comprasse um livro para passar o tempo. Fomos a uma livraria naquela tarde, mas ela não se interessou por nada. Havia uma seção de papelaria, e ela me disse que precisava de uma agenda. Depois de muito procurar, ela escolheu um diário simples, de capa preta. Este diário. Era dezembro, 1985. – ele fez uma pausa na narração. Parecia voltar no tempo, buscando detalhes na memória.

— Eu só a vi escrevendo aqui uma vez. Exatamente estas linhas que você mostrou para mim. Mesmo que não a tivesse visto escrever, eu reconheceria sua caligrafia em qualquer lugar. Acho que eu não me lembraria mais disso se você não me trouxesse este diário. Foi apenas um dia comum, um fato cotidiano. O que me intriga é como isto foi parar em suas mãos, ou melhor, nas mãos de Martha.

— Sim, isso me intriga também, mas e os símbolos? Você os reconhece? Entende o significado deles? – perguntou Lavínia, sem poder mais se conter. — Se pudermos decifrar o que está escrito, muitas perguntas talvez sejam respondidas.

— Infelizmente, eu sei tanto quanto você sobre estes símbolos. Posso dizer que a única coisa que sou capaz de entender aqui é esta linha. Não sou capaz de traduzi-los, mas já os vi antes.

— Onde? Onde você os viu? – ela sentia que a qualquer momento ia explodir de ansiedade.

Ele fechou o diário e se levantou. Antes de lhe devolver o diário, disse:

— Eu também tenho algo para mostrar a você. Por favor, venha comigo.

Ela o acompanhou porta afora, mas não foram longe. Ele parou em frente à porta da biblioteca. Procurou nos bolsos e encontrou um molho de chaves. Escolheu uma delas e encaixou na fechadura.

A biblioteca era um aposento amplo. As paredes laterais eram compostas inteiramente por estantes de madeira escura, repletas de livros. À primeira vista, parecia não haver espaço vazio para novos livros. A parede dos fundos tinha uma janela alta coberta por cortinas pesadas. Havia uma única mesa, com um computador, uma cadeira confortável e uma luminária. Um tapete espesso e um lustre antigo davam um ar aconchegante ao lugar.

— Depois do enterro de sua mãe, por muito tempo, eu não tive coragem de me desfazer de seus pertences. Apenas alguns anos mais tarde foi que eu consegui deixar o egoísmo de lado e doei roupas e sapatos. Documentos, objetos pessoais, fotos e outras coisas, eu guardei comigo. Entre estes objetos há uma pasta e folhas soltas com anotações em símbolos. Eu quase joguei fora a princípio. Não sei por que os guardei, não faziam sentido. Agora estou feliz por tê-los guardado.

Estêvão disse estas coisas enquanto retirava alguns livros de uma das prateleiras mais altas e os punha de lado. Lavínia logo entendeu o porquê. Atrás destes livros havia uma espécie de porta falsa que escondia um cofre. De dentro do cofre ele retirou uma caixa de papelão retangular, que não tinha mais do que 30 centímetros de lado e 20 de altura, muito semelhante a uma caixa de presente.

— Apesar de manter isto escondido no cofre, acho que este é o principal motivo para eu manter a porta da biblioteca trancada. Sei que parece uma tolice, um cuidado exagerado. Mas o que está aqui dentro é o maior tesouro que possuo, e não suportaria perdê-lo.

Estêvão depositou a caixa sobre a escrivaninha, bem à frente de Lavínia, e se sentou na cadeira atrás dela. Ela permaneceu de pé, apenas observando a caixa, sem ousar tocá-la. Percebendo sua hesitação, Estêvão disse:

— Por favor, abra-a. O conteúdo desta caixa pertence tanto a mim quanto a você, por direito.

Diante disso, ela abriu a tampa e a depositou ao lado. Estava quase que completamente cheia. No topo dos pertences, viu alguns documentos e envelopes, mas o que lhe chamou a atenção foi uma pequena caixa aveludada. Ao abri-la, surpreendeu-se ao olhar para o anel mais bonito que já havia visto. Uma meia-aliança de brilhantes que Lavínia supôs serem diamantes verdadeiros, com pequenas pedras de rubi e um diamante maior ao centro.

— Esta foi a primeira joia que dei a ela, quando a pedi em casamento. Foi também a única joia que guardei comigo, pois todas as outras que ela possuía estão, hoje, seguras em um banco. Naturalmente, pertencem a você, agora. Você as terá no tempo devido. – explicou Estêvão.

A ideia de possuir joias e riquezas fabulosas a incomodava um pouco. Essas coisas não lhe faziam falta, pois ela estava acostumada a um tipo de vida muito diferente. Somente o fato de estar ali, vivendo naquela mansão magnífica, acostumando-se à ideia de ter uma família, já era muito mais do que ela poderia desejar.

Lavínia fechou a caixa do anel e a colocou ao lado, sobre a escrivaninha. Pegou um documento de identidade e se surpreendeu ao ver a foto de sua mãe. Até aquele momento, ela só tinha ouvido falar como se parecia com ela, mas ainda não tinha visto nenhuma fotografia. Censurou-se em silêncio por não ter pedido isso a Estêvão antes. Atentou-se a certos detalhes como sua data de nascimento (para lembrar-se de seu aniversário). O próximo documento que olhou foi seu passaporte. Folheando-o rapidamente, viu que havia muitos carimbos. Ao restante não prestou muita atenção, pois se sentia impelida a continuar buscando, entre os objetos ali contidos, algo que ajudasse a decifrar o diário.

Logo depois dos documentos, havia alguns envelopes de cartas e cartões postais. Imaginando que seu conteúdo pudesse ser muito pessoal. Em vez de abri-los, juntou-os todos e entregou a Estêvão, dizendo:

— Guarde-as com você. Se algum dia, ao reler estas cartas, você encontrar alguma coisa que julgar merecedora de minha atenção, então eu lerei. Até lá, acho que só interessam a você, e a mais ninguém.

Ele não disse nada, mas recebeu as cartas. Lavínia prosseguiu então com a sua busca. O próximo item era um álbum de fotografias. Ao olhar as primeiras páginas, percebeu que somente uma olhada rápida não seria suficiente. Aquelas fotografias mereciam tempo e atenção, duas coisas de que ela não dispunha imediatamente. Deixou o álbum de lado, pensando ansiosamente em olhar com mais calma, mais tarde, naquele mesmo dia. Embaixo do álbum, encontrou por fim o que estava procurando. Dentro de uma pasta escura que jazia no fundo da caixa havia vários papéis amarelados, a maioria manuscritos. Alguns eram tão antigos que estavam meio apagados pelo tempo. Mas, naquelas folhas, sem dúvidas, estava a chave para decifrar o diário. Vários símbolos, muitos dos quais ela reconheceu imediatamente estavam descritos naquelas páginas amareladas, alguns com explicações claras logo abaixo, outros nem tanto. O que ela tinha em mãos parecia ser uma espécie de mapa para a leitura dos símbolos. Havia observações e diagramas por toda parte. Lavínia logo viu que precisaria de algum tempo para compreender tudo o que havia ali descrito.

— Posso ficar aqui na biblioteca para olhar melhor estas coisas?

— Tome o tempo que quiser. – respondeu Estêvão, levantando-se e caminhando em direção à porta. – Se precisar de mim, estarei no meu quarto.

Depois de ouvir a porta sendo fechada, ela se sentou na cadeira antes ocupada por Estêvão. Ainda segurava a pasta dos símbolos. Deixou-a de lado e pegou o álbum de fotografias.

Quando retornou ao seu quarto, já havia passado há muito a hora do jantar, mas apesar de ter perdido a refeição, Lavínia não sentia fome. A chuva havia parado de cair e dado lugar a uma névoa densa. Nublados eram também seus pensamentos naquela noite. Depois que Estêvão a deixara na biblioteca, nas horas que se seguiram, ela se dedicou somente a estudar os objetos pessoais de sua mãe, que não estavam relacionados aos símbolos. Era um tesouro que tinha em mãos. Fragmentos de um passado desconhecido, uma parte da própria história que lhe fora negada até então. Ao mesmo tempo, ela queria decifrar o mistério que era Elizabeth, pois sentia que, de alguma forma, aquilo a ajudaria a entender os símbolos, ao mesmo tempo em que a compreensão destes era a chave para descobrir os segredos de Elizabeth, encerrados naquele diário. A compreensão de uma parte era a chave para a compreensão da outra parte.

Enquanto aqueles objetos estavam em suas mãos, ela se sentia como uma criança que deseja um brinquedo durante anos, e quando finalmente seu desejo é atendido, ela não sabe o que fazer com ele. Por onde começar? Ela não podia analisar friamente. Sentia a carga emocional de tantos anos de dúvidas e de angústia perguntando-se onde estaria a mulher a quem deveria chamar de mãe. E era como se a visse agora, por meio das fotos sorrindo, como se fosse possível ouvir sua voz e aprender seus gestos. Que segredos teria ela encerrado naquele diário, guardados por mais de 20 anos, impronunciados? A única certeza que tinha, ou talvez fosse apenas um palpite, era a de que no diário ela encontraria muitas respostas que procurava. E se Elizabeth havia deixado um mapa, era porque desejava que alguém o seguisse. E Lavínia estava disposta a segui-lo. Mas não naquela noite. No momento, nada era mais importante do que aquele álbum de fotografias.

CAPÍTULO 14:
O ASGARD

ᛉᚠᚢᚷᚨᚱᛇ

CAPÍTULO 14

No dia seguinte, Lavínia acordou cedo e faminta. Estêvão, novamente, saíra nas primeiras horas para cuidar de seus negócios. Depois de um desjejum um pouco rápido demais, Lavínia subiu correndo à biblioteca. Estava ansiosa para começar.

Na noite anterior, ela teve o cuidado de guardar todo o conteúdo da caixa de volta à posição original. Foi por isso que antes de encontrar seu objetivo original, que era a pasta de manuscritos, seus dedos fecharam-se nas bordas do álbum de fotografias. Abriu em uma página qualquer, e encontrou uma de suas fotos preferidas. Estêvão ao centro abraçado a Elizabeth, Saulo ao lado de Estêvão com uma das mãos em seu ombro. Toda a paisagem em torno deles estava coberta de neve, e os três usavam grossos casacos, luvas e gorros. Pareciam estar se divertindo.

O Saulo da foto não estava muito diferente do Saulo atual, mais de duas décadas depois. Pensar nele causava uma sensação de aperto no peito. Sentia falta dele. Na última semana, Saulo aparecera em apenas duas breves ocasiões, em que não puderam trocar mais do que poucas palavras e carinhos furtivos. Aparentemente, ele ainda não reunira coragem para falar com Estêvão sobre seu envolvimento, e ela não pretendia pressioná-lo.

Deixando de lado estes pensamentos, concentrou-se na tarefa adiante. Fechou o álbum e, colocando-o ao lado, retirou da caixa o conteúdo que interessava. Antes de começar a análise dos manuscritos, separou algumas folhas em branco para fazer anotações. A leitura inicial das folhas foi desanimadora. Logo ela percebeu que sua mãe não tinha simplesmente escrito um tradutor de símbolos claro e objetivo. Parecia ter feito um esforço para dificultar ao máximo sua compreensão. As folhas pareciam desorganizadas e fora de ordem, sendo que algumas continham apenas palavras soltas, outras apenas um símbolo qualquer rabiscado. Por fim, ela encontrou uma página que lhe chamou a atenção. No alto da página estava escrito: "O Asgard". E logo abaixo havia o trecho de um texto ou livro que dizia:

> *Livraram-se os olhos da sombra que os cobriam;*
> *A luz que agora enxergo me aquece,*
> *mas não como a chama anterior;*
> *Minhas mãos se recusam a usar a chave,*
> *meus lábios se recusam a proferir o segredo;*
> *Esta luz já me impede de voltar para a escuridão.*
>
> *Eyvindur Sigwart Eiriksson*

Lavínia leu algumas vezes o trecho, tentando encontrar algum sentido para ele. Não lhe eram familiares, nem o texto, nem o autor. Olhou em volta. Prateleiras e mais prateleiras cheias de livros. Ela poderia tentar encontrar o autor ali, mas seria loucura. Levaria dias e ela poderia acabar não encontrando absolutamente nada. Finalmente, a lógica a alcançou quando seus olhos encontraram o computador. Ainda se sentindo levemente estúpida por ignorar os meios mais fáceis, ligou o aparelho e aguardou até que terminasse a inicialização por completo. Rapidamente, fez uma busca pelo autor na rede mundial. Não demorou muito para descobrir que se tratava de um escritor islandês, e que o citado trecho fazia parte de um poema. O título do poema era Gjöf, e tratava da conversão do autor, outrora ateu, ao cristianismo. Lavínia ficou tentando imaginar se aquilo poderia, de alguma forma, ajudá-la na compreensão dos símbolos, ou se estava ali apenas para confundi-la.

Desviou sua atenção do computador e procurou entre os documentos da caixa pelo passaporte. Uma suspeita formava-se em sua mente, e logo se provou verdadeira. Olhando atentamente entre os inúmeros carimbos já semiapagados pelo tempo, era notável a repetição de um destino em especial. Reykjavík, capital da Islândia. Olhando mais de perto, notou que havia mais de dez carimbos com este destino, em um intervalo menor do que cinco anos. Menos de seis meses de intervalo entre cada viagem, portanto. O tempo de estadia variava entre três dias e três semanas. Achou curioso. O que levaria alguém a fazer uma longa viagem para ficar por alguns dias apenas? Negócios, talvez. Difícil dizer. Notou mais um detalhe. A última viagem à Islândia havia ocorrido em dezembro de 1978. Portanto, segundo o relato de Estêvão, um ano antes de ela descobrir que estava grávida. Depois disso, havia muitos carimbos, mas nenhum com este destino.

Lavínia colocou o passaporte de volta na caixa, e voltou sua atenção, novamente, para o computador. Fez uma pesquisa sobre a República da Islândia. Para ela, apenas uma ilha gelada no noroeste da Europa. Sua pesquisa trouxe informações mais interessantes, que foi anotando em folhas de rascunho: *"Uma grande ilha vulcânica no Atlântico Norte"*, mais uma informação geográfica. *"O Estreito da Dinamarca separa a Islândia da Groenlândia"*. Não achou esta informação de grande utilidade. *"Possui alta qualidade de vida, sendo o maior índice de desenvolvimento humano do mundo"*. Interessante. Mas o que lhe chamou a atenção foi a história da ilha:

"A Islândia foi colonizada por celtas provenientes da Escócia e da Irlanda, e por escandinavos, principalmente, da Noruega". Vikings, pensou ela. *"Devido ao isolamento geográfico, tem como característica uma sociedade fechada. Uma das consequências disto foi o fato de a língua 'íslenska' (islandês) ter sido pouco alterada com o passar dos séculos. O alfabeto íslenska possui 32 letras. Antes da cristianização, utilizava-se o alfabeto rúnico, que se pode encontrar ainda em inscrições de túmulos, pedras etc."*

Runas. Sentiu o estômago dar um salto. Por que não pensou nisso antes?

Anotou uma última informação que lhe pareceu importante: *"Apesar de cerca de 90% da população pertencer à Igreja Evangélica Luterana, a Islândia possui completa liberdade religiosa"*.

Por último, havia um pequeno dicionário de islandês, o íslenska. Procurou pela palavra Geöf. Estava lá, e queria dizer "presente". Talvez, o autor se referisse à conversão como um presente divino, pensou ela. Lembrou-se da palavra Asgard. Não estava lá.

Estava pensando em iniciar uma pesquisa por Runas, quando Estêvão entrou na biblioteca com uma bandeja na mão. Ele pôs a bandeja sobre uma mesinha ao lado da escrivaninha em que ela trabalhava. Imediatamente, sentiu o aroma de biscoitos feitos em casa e chocolate quente.

— Trouxe isto, caso você se esqueça de alguma refeição outra vez. Como está indo? – perguntou Estêvão, apontando para os papéis sobre a mesa.

— Fiz pouco avanço por enquanto. Nada está muito claro, e tenho agora mais perguntas do que antes. Talvez você possa me ajudar.

Tirou da caixa o passaporte de Elizabeth e o entregou a Estêvão.

— Eu gostaria de saber o motivo de tantas viagens à Islândia. Há uma citação de um escritor islandês entre os manuscritos e uma palavra islandesa, *geöf*. Você sabe me dizer que ligação ela tinha com este país?

Enquanto Estêvão folheava o documento, ela pegou um biscoito. Estava delicioso.

— O pai dela morava em Reykjavík. Chamava-se Andréas Anduff. Ele não era islandês, mas morava lá havia muitos anos. Ela sempre ia visitá-lo. Eu o conheci no nosso casamento, muito brevemente. Depois que nos casamos, ela foi visitá-lo apenas uma vez. Ele estava muito doente.

— Olhe, ela ficou com ele quase um mês. - Estêvão mostrou-me o visto correspondente.

— Ela ficou ao seu lado até ele partir. Estava ao lado dele no momento de sua morte.

— Por isso ela não voltou mais. Ela não tinha mais nenhum parente lá?

— Não que eu saiba. A mãe dela era daqui mesmo, de Castelo, mas eu não a conheci. Só sei que se chamava Suzan, e que faleceu antes de Andréas. Eles se separaram quando Liz era muito pequena. Suzan não queria que Liz tivesse muito contato com o pai, mas ela sempre foi mais apegada a ele do que à mãe. Por isso tantas viagens.

— Entendo. Mas, por que ela não queria que minha mãe tivesse contato com ele? Era o pai dela, afinal de contas.

— Isso eu não posso responder. Como disse, não cheguei a conhecê-la. Não sei o que Liz pensava a respeito disso, porque nunca falamos muito sobre este assunto.

— Bem, isso ainda não me ajuda a entender os símbolos. - disse ela, servindo-se de mais biscoitos.

— Posso ajudá-la em mais alguma coisa?

Olhou para suas anotações. O único elo que parecia existir podia ser resumido em uma única palavra.

— Pode, se você souber alguma coisa sobre Runas.
— Runas? – disse ele, como se falasse mais para si mesmo do que para ela. — Sim, acho que eu posso ajudar.

Ele foi até uma das prateleiras do lado direito da biblioteca. Sabia o que estava procurando. Retirou um livro de capa dura e entregou-lhe, sem abrir.

— Liz me deu este livro de presente. Foi no meu aniversário, o último que passamos juntos. Lembro-me de que ela estava com quase oito meses de gravidez.

Ela pegou o livro e olhou a capa. Era sobre os *vikings*, sua história e cultura.

— Lembro-me de ter achado o presente um pouco estranho, pois eu nunca tinha demonstrado interesse no assunto. Mas é um livro bem interessante. Tem um capítulo inteiro sobre Runas, que pode ajudar você.

— Obrigada. Está me ajudando muito.
— Por nada. Eu preciso sair daqui a pouco. Mais tarde passo aqui para ver o seu progresso.

E dizendo isso, saiu. Lavínia abriu o índice do livro e encontrou o que interessava. Foi direto ao capítulo sobre Runas. A história da origem mitológica das Runas trouxe mais uma descoberta importante:

"Contam os vikings que os deuses moravam em um lugar chamado Asgard, que ficava no centro do mundo. Neste lugar, crescia uma árvore cujas raízes profundas serviam de comunicação entre a Terra e o paraíso. Esta árvore chamava-se Yggdrasil, a Árvore do Mundo. Nela, o deus Odin ficou pendurado por nove dias e nove noites, sem comer nem beber. Seu sacrifício foi recompensado com o conhecimento e a sabedoria das Runas."

"As Runas não representavam um alfabeto comum, mas cada símbolo era sagrado. O conhecimento das Runas era reservado e passado a homens e mulheres sábios iniciados para isso. Apesar disso, os símbolos nunca foram monopolizados por um grupo de pessoas, eram e são até hoje alcançáveis por quem quer que se interesse por elas. As runas são consideradas um portal para o subconsciente."

Estas foram as anotações que Lavínia fez em relação às Runas. O capítulo do livro dedicado a elas, porém, era muito mais extenso. Ao final do capítulo, havia algumas páginas dedicadas aos símbolos rúnicos. Sentiu um grande desapontamento, ao constatar que os símbolos rúnicos não eram iguais aos do diário. Por outro lado, pensou, Liz não teria deixado o livro para Estêvão à toa. Olhando bem para as Runas, concluiu que a simbologia do diário devia ser algum tipo de escrita com base nelas. E, provavelmente, parte da história que se aplicava às runas devia se aplicar àqueles símbolos.

Porém, nada disso lhe trazia ainda a resposta ao que estava procurando. Levantou-se com a intenção de devolver o livro à prateleira, sentindo-se frustrada. Ao fazer isso, sentiu algo cair sobre seus pés. Era uma espécie de marcador de páginas que estava dentro do livro que ela segurava. Não era um marcador de páginas comum, pois era feito de um tecido fino, porém, resistente, lembrando couro. Havia uma única inscrição no tecido, e foi isso que lhe chamou a atenção. Não era uma Runa. Era um dos símbolos do diário.

Trouxe o marcador mais para perto da luminária, para examiná-lo melhor. Procurou com atenção, mas não encontrou nenhuma outra inscrição sobre o tecido. Examinando as bordas, viu que era feito de um tecido duplo, colado ou costurado por dentro. Em uma das bordas estreitas, percebeu que havia algo entre os dois tecidos. Parecia um pedaço de papel de seda. Puxou-o com cuidado e devagar, para que não rasgasse. Aos poucos, foi retirando todo o papel, até que ele saiu por completo e, por sorte, inteiro. Olhou o papel contra a luz. Era transparente, mas não estava limpo. Escrito com algum tipo de instrumento muito fino e de tinta clara, continha vários símbolos desenhados. Contou 26 símbolos, todos diferentes entre si. Ela não precisava olhar o diário para saber que eram os mesmos símbolos. Provavelmente, todo o alfabeto estava ali.

Estava tão distraída, que se sobressaltou quando o telefone celular tocou.

— Alô. – atendeu ela, ainda atrapalhada.

Mal disse isso, uma voz feminina e conhecida do outro lado da linha respondeu:

— Lavínia, sou eu. Não diga meu nome.

Era Alanis. A ligação estava ruim e a amiga parecia aflita, pelo tom de sua voz.

— Como assim? Você está bem? Onde está? O que está acontecendo? – perguntou Lavínia, atônita.

— Não posso dizer por telefone, precisamos nos ver pessoalmente. Amanhã, às sete horas, na Catedral de Chantal. – respondeu apressadamente Alanis.

— Está bem, mas não entendo...

— Por favor, venha e eu explicarei tudo. – e, dizendo isso, desligou.

Lavínia permaneceu parada, olhando para o aparelho por alguns segundos. Semanas sem uma única notícia de Alanis, e agora isso? Levantou-se e saiu da biblioteca na direção do quarto de Estêvão, torcendo para encontrá-lo ainda em casa. Ao aproximar-se da porta, ouviu sua voz, mas ele não estava sozinho. Reconheceu também a voz de Saulo. Fez menção de bater na porta, mas desistiu ao perceber que havia algo de errado. Eles pareciam estar discutindo. Pensou em dar meia-volta, mas então ouviu o seu nome. Não pôde resistir à curiosidade e aproximou-se da porta para ouvir ao que diziam:

— Será que você entende que eu não planejei isso? – era a voz de Saulo.

— Ela é minha filha! E você é como um irmão para mim. Não posso aceitar isso. Não tem cabimento. – foi a resposta consternada de Estêvão. Ele continuou, após alguns segundos de silêncio:

— Alice sempre foi como uma filha para você. Por que tem que ser diferente com ela?

— Alice é completamente diferente, Estêvão. Eu a vi nascer. Acompanhei o crescimento dela e ajudei você, depois que a Carmen morreu. Meus sentimentos por ela não poderiam ser diferentes. – disse Saulo, em uma voz bastante controlada.

— Entenda o quanto isso é estranho para mim, Saulo. Eu acabei de reencontrar uma filha que, até um mês atrás, eu achava que estivesse morta! Ainda estou me acostumando com isso, e você vem dificultar tudo.

— Será que é tão difícil para você entender que eu não tive culpa? Você mesmo acabou de dizer, Estêvão. Não tínhamos ideia de que ela fosse sua filha. Foi um choque para mim tanto quanto foi para você. – neste momento, Saulo interrompeu sua fala, e quando tornou a falar, a voz saiu mais fraca.

— Você não tem ideia de como me senti quando o Dr. Barros nos contou o resultado dos exames. Eu me apaixonei por Lavínia muito antes de você descobrir que ela é sua filha.

O som de uma cadeira sendo arrastada dentro da sala trouxe Lavínia de volta à realidade. Afastando-se da porta, decidiu que já ouvira demais. Retornou, silenciosamente, à biblioteca, momentaneamente esquecida de Alanis, a voz de Saulo ecoando em sua cabeça.

Subiu as escadas para a biblioteca, mecanicamente, com um plano se formando em sua cabeça. Pegou o diário sobre a escrivaninha, reuniu todas as anotações, guardou de volta na caixa os outros pertences de sua mãe. Colocou a caixa de volta dentro do cofre, na prateleira certa. Voltando ao seu quarto, jogou os papéis e o diário dentro da mochila com algumas roupas. Sentou-se na cama, pensando. Precisava ir ao encontro de Álanis. Depois da discussão que presenciara, parecia mesmo ser um bom momento para partir. Dar um tempo para acalmar os ânimos.

Permaneceu sentada esperando, sem pressa. Sabia que Estêvão viria procurá-la. Antes que pensasse em ir ao seu encontro, ouviu uma batida na porta e a voz de seu pai:

— Lavínia, você está aí?

— Sim, entre. – respondeu ela, incerta sobre o que esperar da conversa iminente.

Ela não se moveu enquanto ele abria a porta devagar.

— Com licença. – disse Estêvão, soando um tanto sem graça. Lavínia não saberia dizer se era por estar em seu quarto, ou pela discussão com Saulo. Ele se aproximou da porta-balcão e permaneceu ali em pé, de frente para a garota, olhando para o chão. Ela pensou em convidá-lo para se sentar, mas desistiu. Achou que ele não aceitaria, de qualquer forma.

— Saulo esteve aqui... – começou Estêvão. Ela não deixou que ele terminasse a frase.

— Antes de falarmos sobre isso, preciso fazer um pedido. Tenho que ir a Chantal amanhã cedo. Uma amiga precisa de mim.

Estêvão parecia estar processando a informação. Só então viu a mochila sobre a cama.

— Desculpe-me, não estou entendendo. – disse ele. — Por que tem que ir?

— Tenho uma amiga que estava desaparecida. Ela viajou e, depois disso, não tive mais notícias. Eu estava muito preocupada, mas ela me ligou e preciso vê-la. Não posso dizer mais nada, pois ainda não tenho mais detalhes. Eu pretendo voltar para cá, em no máximo, dois dias.

— Você precisa de companhia? Posso pedir para um dos seguranças acompanhá-la. – perguntou Estêvão, preocupado.

— Não é necessário, obrigada. Eu prefiro ir sozinha.

— Deixe que o motorista a leve, então. – disse ele.

— Está bem.

Estêvão ficou em silêncio. Lavínia achou que sabia o que viria a seguir. Ele não estendeu o silêncio por muito tempo:

— Preciso fazer uma pergunta. Sobre Saulo.
— Ouvi vocês discutindo, por acidente. Desculpe-me, mas não tive a intenção de ouvir sua conversa. – interrompeu Lavínia.
— Sei o que quer saber, e serei totalmente sincera com você. Nossos sentimentos são correspondidos. Foi algo que aconteceu naturalmente, muito antes de conhecermos o resultado daqueles exames. Gostaria que você compreendesse...

Estêvão respirou fundo e se virou de frente para a porta balcão, dando as costas para a filha. A cortina estava aberta e uma fresta de sol entrava no aposento. Uma leve brisa movimentava as cortinas, e trazia o cheiro de grama recém-cortada do jardim. Lavínia deixou-se distrair, momentaneamente, pelo doce aroma. A voz de Estêvão quebrou o silêncio:

— Eu compreendo, sim. Mas preciso de tempo para me acostumar com a ideia.
— Eu sei. E também quero que saiba que entendo você. – disse ela.

Estêvão balançou a cabeça positivamente e se virou para sair. Antes, porém, disse à Lavínia:
— Eu preciso sair agora. Consulta de rotina com Dr. Barros. Vejo você no jantar. – e, dizendo isso, ele saiu, deixando Lavínia sozinha com seus pensamentos.

CAPÍTULO 15:
A TRAIÇÃO DE ALANIS

CAPÍTULO 15

Lavínia acordou muito cedo no dia seguinte. Ainda estava completamente escuro, quando ela desceu à cozinha. Como não queria incomodar ninguém, comeu apenas uma fruta e tomou um copo de suco que encontrou na geladeira. Saiu então para o jardim, onde o motorista a esperava. O horizonte apenas começava a clarear, quando atingiram a autoestrada. Apesar do horário, Lavínia estava totalmente acordada. Estava preocupada com Alanis. Intimamente, sentia-se culpada por não ter ido atrás da amiga antes. Ela sabia que havia algo de errado. Alanis não era de desaparecer daquele jeito.

Lavínia pediu ao motorista para ligar o rádio, enquanto passavam pelo trecho mais arborizado da estrada. Agora já havia uns poucos raios de sol, que fugiam do horizonte e cortavam os galhos das árvores. Lavínia reconheceu os acordes da música que começava. Era um dos primeiros sucessos do Sétima Ordem. Pediu para aumentar o volume, deixando que a música aliviasse o peso que sentia.

Lavínia chegou ao centro de Chantal com alguns minutos de folga. O motorista estacionou o carro sob a sombra das árvores da praça que ficava em frente à catedral. Lavínia pediu a ele que esperasse ali, e atravessou a avenida, sem pressa, chegando às portas da imensa igreja quando os sinos dobravam-se à primeira das sete badaladas. Lavínia caminhou devagar pelo corredor central. Seus passos quebravam o silêncio quase absoluto, ecoando nas paredes e no teto abobadado por onde entrava uma luz suave.

A SÉTIMA ORDEM

As imagens sacras, postadas às paredes laterais, estavam na penumbra, empunhando suas espadas, braços e mãos em direção aos frios bancos de madeira, como se fossem pedintes silenciosos, vigias mudos e perpétuos da dor, do medo e do desespero daqueles que ocupavam aqueles bancos. Mas não havia ninguém ali àquela hora, com exceção de uma figura solitária, quase uma sombra, sentada no primeiro banco. Lavínia apertou o passo ao avistá-la. Apesar do som de seus passos, Alanis não se virou.

Lavínia sentou-se ao seu lado. Só então Alanis virou-se em sua direção, cumprimentando-a com um abraço apertado. Lavínia sentiu que o rosto da amiga estava molhado. Ela, então, se desvencilhou do abraço e a encarou.

Por onde você andou? O que está acontecendo? – perguntou Lavínia, quase aos sussurros. O silêncio e o vazio da catedral ampliavam até o mínimo som.

— Eu tenho muita coisa para contar, mas antes eu preciso que entenda meus motivos. Você precisa entender o porquê de eu ter feito as coisas que fiz. – respondeu Alanis.

— Que coisas...?

— Por favor, deixe-me explicar desde o início.

Alanis respirou fundo e limpou o rosto com as mãos. Quando voltou a falar, sua voz expressava raiva e angústia. Lavínia deixou-a falar sem interromper, escutando atentamente cada palavra.

— Tenho mentido para você há muito tempo. Não posso mais. A razão de eu mentir para você se chama Logan. Tudo começou em uma noite de domingo. Foi antes do nosso acidente. Eu estava chegando em casa, quando fui abordada na rua por alguém que me abraçou pelas costas e me obrigou a entrar em um carro. Logan estava dentro do carro. Ele me mostrou fotos da minha família e disse que a mataria se eu não fizesse o que ele queria. Para minha surpresa, ele me disse que queria conhecer você. Queria que eu desse um jeito de fazer vocês se encontrarem de uma forma que parecesse um acaso. A princípio, não entendi, achei a proposta absurda. Disse a ele que cooperaria, mas acho que não o convenci, pois ele passou a me perseguir e ligar para a minha casa.

— Por que você não foi à polícia?

— Por medo. A esta altura eu já temia o que ele seria capaz de fazer. Ele sabia tudo sobre mim e minha família. Lugares que frequentávamos, horários, tudo. Fiquei apavorada. Não sabia o que fazer. Cheguei a pensar que o acidente de carro tivesse sido provocado por ele, mas ele não faria isso. Ele não tentaria matar você.

Alanis respirou fundo antes de continuar. Falar parecia lhe causar um enorme esforço.

— Eu precisava dar a ele o que ele queria, para me deixar em paz. Foi por isso... Por isso que sugeri a você que fosse à biblioteca pesquisar sobre os símbolos do diário. Eu disse a ele onde encontrar você. Achava que ele me deixaria em paz depois disso e, por algum tempo, até que foi assim... Mas, então, ele começou a agir de forma estranha e você tentou se afastar. Ele me pressionou novamente e eu tentei convencê-la de que era melhor ficar perto dele. Sinto muito por isso.

Alanis parou novamente a narrativa, desta vez, para enxugar o rosto lavado de lágrimas silenciosas que insistiam em cair enquanto ela falava.

— Foi quando você começou a se envolver com o Saulo. Eu sabia que aquilo estava indo longe demais. Eu não podia mais ajudar o Logan com aquela tortura psicológica, não podia mais continuar a trair a sua amizade. Sei que fui covarde durante muito tempo, mas então decidi que precisava tomar uma atitude. Eu não podia simplesmente ir à polícia, nem podia dizer a ele que não o ajudaria mais. Então, forjei a viagem a trabalho. Na realidade, eu pedi uma licença e fugi.

— Você não devia ter feito isso! Arriscou sua vida e de sua família, ele poderia querer vingança! – interrompeu-a, finalmente, Lavínia, indignada.

— Sei disso! Tinha consciência disso, quando tomei esta decisão, mas eu sabia também que ele não me deixaria em paz, de qualquer jeito. Tive que arriscar.

— Mas, para onde você foi? O que esteve fazendo? – perguntou Lavínia, ansiosa.

— Eu decidi investigar a vida de Logan. Eu precisava descobrir o que eu pudesse sobre ele, qualquer coisa que pudesse usar contra ele, para me deixar em paz ou colocá-lo na prisão. Para começar, fui até o hangar onde você me disse que ele guarda o avião. Levou certo tempo, mas não foi muito difícil encontrar algumas pessoas dispostas a falar por algum dinheiro. Não descobri muita coisa. Descobri que ele não anda muito por lá, e, ao contrário do que ele disse, nunca trabalhou como piloto comercial. Ele apenas aluga o hangar, mas raramente leva o avião para lá. Parece ser algo de fachada, na verdade. Difícil mesmo foi conseguir o endereço dele. Tive que pagar uma boa quantia para o segurança me deixar entrar na sala de arquivos por tempo suficiente, mas valeu a pena. A casa dele fica em Gales, na parte mais alta da cidade. É uma casa imensa, mais parece uma fortaleza. Eu fui até lá. Da colina onde está a casa, é possível ver a ilha. Há uma pista de pouso anexa à casa, onde vi o bimotor. Na parte mais baixa da colina há um povoado em que fiquei escondida por mais de uma semana, saindo apenas à noite, procurando um meio de entrar naquela fortaleza. Encontrei um ponto do muro ao sul, onde havia uma depressão no solo, grande o suficiente para eu passar rastejando. Ainda assim, eu precisava de um sinal, precisava ter certeza de que ele não estava lá para tentar minha entrada. No décimo dia, eu tive o sinal. Do meu esconderijo no vilarejo, acordei, ainda de madrugada, com o ronco do bimotor decolando da pista particular. Sabia que era o momento certo, que eu poderia ter apenas algumas horas para entrar. Subi correndo a colina, feliz por ainda estar escuro. Precipitei-me através da falha no muro e corri pelo jardim. Escondi-me atrás das estufas e observei para ver se não vinha ninguém. Apenas um segurança fazia a ronda por ali, passando pelo lado oposto ao que eu estava. Percebi que havia uma porta, aparentemente, aberta, em frente à piscina, a alguns metros dali. Por sorte, estava realmente aberta, e foi por ali que eu tive acesso à casa. Fui andando pelos corredores às cegas, sem a menor ideia de qual direção tomar. Andei por aquela casa nas pontas dos pés, parando para escutar antes de entrar nos cômodos, prendendo a respiração ao menor ruído. Acho que era cedo demais para os empregados estarem de pé, por isso dei sorte de não encontrar nenhum. Depois de abrir muitas portas em vão, cheguei finalmente ao quarto dele. Fiquei assustada com o que vi. Havia fotos suas lá, acredito que devem ter sido tiradas antes de vocês se conhecerem. O mais estranho eram as paredes. Veja isto. Estava escrito várias vezes em tinta vermelha.

Lavínia observou enquanto Alanis retirava de um dos bolsos da jaqueta uma folha de papel amarrotado. Havia várias anotações em letra corrida, certamente, escritas com pressa. Alanis apontou para o primeiro parágrafo onde se lia:

"A morte não será o fim, mas, sim, o começo de uma nova vida em que apenas os escolhidos do filho da luz exercerão o poder sobre a face da Terra, e onde a foice não os alcançará."

— Mas, o que isso quer dizer? – perguntou Lavínia.
— Não tenho a menor ideia. Mas tem mais.
Lavínia leu a próxima linha:
"Filho da herdeira."
— Estava escrito abaixo de uma foto sua. Se estiver se referindo a você, então acredito que ele precisa de você por algum motivo.
— Ainda não consigo entender, Alanis. Precisa de mim para que?
— Também não sei, ainda. Tem mais uma coisa que eu peguei de lá, antes de sair.
Alanis retirou do bolso uma pequena caderneta de capa preta e entregou a Lavínia:
— Isto estava sobre uma mesa. Tem telefones e algumas anotações. Não sei se terá utilidade, mas foi o que consegui pegar antes de ouvir uma das empregadas chegando. Nem sei como foi que eu escapei. Só sei que voltei para a aldeia e fiquei escondida por mais dois dias, decidindo o que fazer. Foi aí que decidi voltar e procurá-la. Acho que você corre um grave perigo, por isso precisa ter o máximo de informação que puder.
— Alanis, Logan não me procurou mais. Acho que não há motivo para você se preocupar.
— Não se engane, Lavínia. Ele pode não ter procurado por você abertamente, mas, com certeza, sabe de todos os seus passos. Ele quer você por algum motivo, só não sei dizer qual. Não desistiria assim tão facilmente. Agora que ele está fora, pode ser uma boa oportunidade para você tentar descobrir.
— E o que você vai fazer agora? – perguntou Lavínia, aflita.
— Vou tentar manter minha família a salvo, tentar protegê-la. Parece-me claro que ele não está me vigiando, ou eu não teria conseguido entrar naquela casa. Preciso aproveitar esta vantagem e escondê-la, caso ele venha atrás de mim novamente. Depois que minha família estiver segura, irei à polícia.
— Meu Deus, Alanis. Você está correndo todo este risco, por minha causa. Preciso fazer alguma coisa!

— Não é só por sua causa, foi minha culpa também. Se você quer ajudar, então use estas informações para descobrir o que Logan está pretendendo. E tem uma coisa muito importante. Você já decifrou os símbolos do diário?

— Estou quase lá. Acho que falta pouco agora.

— Ótimo. Continue tentando, então. Tudo parece estar conectado a eles, se você conseguir traduzi-los, talvez isso nos traga muitas respostas. E agora é melhor você ir. Eu sairei depois de você.

— Você ficará bem? Quando nos veremos novamente?

— A resposta de ambas as perguntas é "não sei". Mas, me faça um favor. Mantenha os olhos abertos. Agora vá, não podemos perder tempo.

Lavínia hesitou, mas fez o que a amiga pediu. Deu-lhe um abraço breve de despedida, levantou-se e deixou a catedral. Perdida em pensamentos, quase foi atropelada ao atravessar a rua em direção à praça, onde o carro estava estacionado. Sem saber exatamente o que fazer ou para onde ir, pediu ao motorista que a deixasse no velho apartamento, sempre olhando para todos os lados, como se esperasse que Logan fosse aparecer como um fantasma ao lado dela, sentado no banco do passageiro, quando ela menos esperasse.

Quando o carro parou em frente ao prédio, Lavínia ficou em dúvida se devia seguir ou não. Ela queria voltar para Castelo, continuar tentando decifrar o diário. Por outro lado, seu apartamento estava abandonado há dias, e ela se sentiu tentada a subir. Dispensou então o motorista e entrou no prédio. Atravessou o *hall* de entrada e subiu os degraus, praticamente, sem fazer barulho. Ficou feliz por não cruzar com ninguém. Ao abrir a porta do apartamento, deteve-se por um instante, para verificar se não havia ninguém lá dentro. Como se tudo estivesse, aparentemente, da forma como havia deixado, entrou, trancando a porta atrás de si. Sentou-se no sofá e jogou a mochila a um canto. Retirou de dentro dela a folha que Alanis lhe havia dado, a caderneta, também o diário e suas próprias anotações. Ela tinha duas coisas a fazer. Não sabia por onde começar. Pegou a caderneta e a folheou. À primeira vista, parecia uma simples agenda comum de telefones. Por um momento, chegou a pensar que Alanis tinha se arriscado à toa entrando naquela casa, mas mudou de ideia assim que examinou melhor o objeto.

Não se tratava, exatamente, de uma agenda telefônica. Eram listas de nomes, mas não estavam em ordem alfabética. Alguns nomes estavam riscados, outros continham observações. Lavínia sentiu uma excitação se formar, quando notou que vários deles tinham a mesma observação: Islândia.

Será que aquilo significava que Logan também tinha contatos na ilha? Isso precisaria de mais investigação. Observando com mais atenção os nomes que estavam riscados, Lavínia pôde perceber que a maioria apenas soava familiar, mas não saberia dizer se já os lera ou ouvira antes, exceto por um: Klaus Rocha. Seria Logan responsável ou cúmplice de sua morte? Teria ele participado de alguma forma do assassinato de 30 pessoas?

Ela sabia que havia um meio fácil de responder a esta pergunta, comparando a lista de mortos que retirara da *Internet*, com aquela lista da caderneta. Claro que somente isso não provaria que Logan era o responsável pelas mortes, mas provaria que havia uma conexão. Mais para o final da caderneta, Lavínia reconheceu mais um nome. Era, com certeza, uma anotação mais recente, meio borrada: Eric Balfour. Ela teve que forçar um pouco a memória, mas então se lembrou: era o homem que dirigia o carro que provocou o acidente que quase a matou e aos amigos no verão.

O homem que foi encontrado assassinado em um quarto de hotel. Abaixo do nome riscado, havia um endereço: Rua das Magnólias, 42. Lavínia conhecia uma rua com este nome, que ficava na periferia, mas não havia nenhuma indicação a respeito da cidade ou bairro. Mesmo assim, pensou, valia a pena checar. Antes disso, porém, tinha algo mais importante e mais urgente a fazer. Espalhou sobre a mesa de centro as anotações que juntara de qualquer jeito no dia anterior. Os papéis de Elizabeth, suas próprias anotações, o diário... E o marcador de páginas. Olhou-o novamente contra a luz. Não havia nada, exceto os símbolos. Lavínia reparou que a disposição dos símbolos era, no mínimo, curiosa. Estavam separados, à primeira vista, aleatoriamente, mas havia algo de metódico.

Lavínia tomou um susto quando o telefone tocou. Apanhou o aparelho de dentro da mochila, e respondeu mecanicamente, sem prestar atenção ao número de origem da ligação. Com os olhos ainda presos ao marcador de páginas, respondeu sem entusiasmo:

— Alô...

— Lavínia, sou eu, Saulo.

A garota sentiu o magnetismo do pedaço de papel à sua frente se desfazer por completo. Ele continuou:

— Acabei de chegar a Chantal, Estêvão disse-me que estava aqui. Quer almoçar comigo?

— Claro. Estarei pronta em dez minutos. – respondeu ela, sem titubear. Olhou para os objetos sobre a mesa. Ficou em dúvida entre sair para encontrar Saulo e concluir a tarefa que havia acabado de começar. Decidiu que os papéis podiam esperar.

CAPÍTULO 16: O SEGREDO DE ELIZABETH

CAPÍTULO 16

Dez minutos depois, ela desceu ao ver o carro de Saulo estacionar em frente ao prédio, largando os papéis que examinava sobre a mesa de centro, displicentemente, momentaneamente deixados em segundo plano.

No restaurante, Lavínia deixou para discutir após a sobremesa o assunto que a incomodava:

Então, o que realmente o trouxe a Chantal?

Ele pareceu surpreso com a pergunta, mas respondeu mesmo assim:

— Você. Primeiro, porque não tem me sobrado muito tempo, ultimamente, para ficarmos juntos, mas estou livre nos próximos dias, e também... Bem, hoje pela manhã quando estive com Estêvão, ele me contou que você nos ouviu discutindo.

— Sim, é verdade. Então você esteve lá hoje?

— Estive sim, logo depois que você saiu. Não gostei do tom como nossa discussão terminou ontem, então fui até lá para tentar obrigar Estêvão a ter um pouco de bom senso. Quando ele me disse que você tinha vindo para cá, fiquei preocupado. Ele não soube me explicar direito o motivo de sua viagem, e eu acabei imaginando que tivesse a ver com a discussão que você ouviu.

— Então ele já aceitou? Vocês já estão bem outra vez?

Saulo riu levemente da pergunta:

— Mais ou menos. Você tem muito que aprender sobre o seu pai. Ele precisa de tempo. Mas vai acabar aceitando. – assegurou a ela.

Saulo terminou de comer a sobremesa, antes de continuar o assunto:

— Você não vai me contar o que a traz de volta à Chantal assim tão de repente?

Lavínia pensou um pouco, e então abaixou o tom de voz, antes de responder:

— É uma longa história. Vamos ao meu apartamento. Eu explicarei tudo.

De volta ao apartamento, Lavínia sentou-se ao lado de Saulo no sofá da sala e o pôs a par de toda a história, desde o acidente de carro até a conversa com Alanis naquela manhã.

— E agora estou apreensiva, com medo do que Logan possa estar planejando, e também estou preocupada com Alanis. Todo o risco que ela tem corrido... – concluiu Lavínia.

— E no qual ela colocou você também. – ponderou Saulo.

— Mas, ela estava sofrendo ameaças. O que você teria feito em seu lugar?

— Confesso que não sei. Mas isso também não importa agora. O que podemos fazer?

— Acho que o primeiro passo é conferir a lista de nomes da agenda. E decifrar o diário.

Lavínia nem precisou levantar-se do lugar onde estava. Todos os papéis estavam jogados sobre a mesa de centro. Ela apanhou a agenda e mostrou a ele a lista de nomes. Depois, lhe mostrou o papel retirado do marcador de páginas e as anotações.

— Estou tentando encontrar um sentido para os símbolos do marcador. Quem sabe você não consegue enxergar algo que eu tenha deixado passar.

Saulo olhou o marcador contra a luz e o examinou. Em seguida, pegou os papéis e as anotações e os estudou também. Depois de alguns minutos, deteve-se na página que continha a citação do escritor islandês.

— Veja isto. – disse ele.

Lavínia olhou para o papel em sua mão. Saulo pegou o papel transparente e colocou sobre o texto. Lavínia entendeu o que ele quis dizer. Os símbolos ficavam perfeitamente sobrepostos a algumas letras do texto, como se tivessem sido desenhados sobre elas.

— Se você observar bem, nenhuma letra se repete. Cada símbolo deve representar uma letra diferente. – completou Saulo.

Lavínia viu que ele estava certo. Pegou uma folha de papel em branco, e escreveu as letras do alfabeto, verticalmente, em sequência. Em seguida, e com a ajuda de Saulo, copiou cada símbolo na frente da respectiva letra. Ao final, ela vibrou ao perceber que tinham aparentemente traduzido os símbolos. Pegou o diário e abriu na primeira página. Em outra folha de papel, começou a traduzir as primeiras linhas, sob o olhar atento de Saulo. Mas, assim que começou a fazê-lo, percebeu que havia algo de errado.

— Não é possível. Nada disso faz sentido. Veja. – disse ela, sentindo a alegria de momentos antes indo embora tão rapidamente quanto veio. O trecho traduzido dizia:

"xeendfufaeig étiseoairqmmo artv ztiu b s aaae ooieu ef n m dr".

Saulo leu o trecho supostamente traduzido. Ele franziu a testa e devolveu-lhe a folha dizendo:

— Ou nós deixamos escapar algum detalhe, ou este diário está escrito em alguma língua maluca.

— Íslenska, talvez? Eu realmente espero que não. Apesar de que as vogais se repetem demais, não parece ser um idioma comum. E quanto a este símbolo? Ele não está no marcador.

Saulo verificou. O símbolo que aparecia no início do parágrafo.

— Mas este símbolo me parece ser um simples pentagrama. E tem mais um detalhe, percebe que ele só aparece aqui no início?

— Sim. Lavínia já havia enxergado mais além. — Ele aparece no início de cada parágrafo, a cada cinco linhas exatamente.

— Ainda não vejo sentido. – disse Saulo. Lavínia riu:

— Você é um músico, certamente lembra-se do que é um pentagrama para uma partitura.

— Sim, eu me lembro. Representa um conjunto de cinco linhas, uma pauta. Então, me diga o que foi que você viu e que eu perdi.

Lavínia puxou pela memória as lições de música.

— Acho que temos que ler em conjuntos de cinco linhas. Talvez...

Lavínia escreveu novamente o trecho traduzido, tomando o cuidado de alinhar verticalmente as letras. Quando percebeu o que tinha feito, mal pôde acreditar.

— Consegui! Veja isto!

Saulo acompanhou seus dedos e entendeu o motivo de tanta empolgação. Quando o trecho era lido na vertical, as palavras se formavam naturalmente, necessitando apenas de alguns acentos para completá-las:

"É sexta-feira. Está nevando e faz muito frio aqui em Edimburgo".

Saulo sorriu para ela, devolvendo-lhe a folha e sinalizando para que prosseguisse. Ela não precisou de mais nenhum incentivo, e continuou trabalhando na tradução. Ao final de muitos minutos, parou para contemplar o primeiro texto, a primeira anotação de Elizabeth.

22 de dezembro de 1985

É sexta-feira. Está nevando e faz muito frio aqui em Edimburgo. A nevasca nos impediu de voltar para casa para as festividades, mas não tem importância. A cidade é linda, Estêvão está comigo e nada pode estragar minha felicidade. Este é o segundo Natal que passaremos juntos, e a segunda vez na minha vida em que eu comemoro esta data. Estêvão não sabe disso, é claro. Não tive coragem de contar-lhe sobre a minha vida antes de conhecê-lo. Ele mudou completamente minha visão sobre o mundo. Sinto como se antes eu vivesse nas trevas, e agora me tirassem a venda e eu pudesse enxergar uma nova realidade, completamente distinta.

Estêvão não foi o único responsável por esta transformação. A descoberta da minha gravidez me fez tomar uma decisão importante. Destruirei os segredos da Ordem. No que depender de mim, não permitirei a libertação da nova ordem. Deixarei registrado apenas aqui, de forma que apenas Estêvão seja capaz de traduzir este diário se algo me acontecer. Deixo uma ressalva caso o Asgard seja traduzido, de que os símbolos não devem ser olhados fixamente. Ao fazer isso, espíritos escuros podem ser libertados. Entrarei em detalhes a respeito disto depois.

Sei que não conseguirei jamais contar a ele sobre a vida que tenho levado, sobre o propósito da Ordem e o meu papel dentro dela. Mas se um dia ele ler este diário, espero que compreenda. E que saiba que, neste momento, eu me sinto absurdamente feliz, casada com Estêvão, esperando nosso filho, e liberta, por decisão minha, de meu propósito sombrio.

Lavínia sentiu os olhos arderem. Saulo estava sentado ao lado dela, lendo junto com ela a carta, e deixando as memórias virem à tona lentamente, lembranças que traziam saudades.

Ele terminou de ler a carta e disse:

— Sua mãe foi uma das pessoas mais doces que eu conheci. Não consigo imaginar que ela tenha tido algum segredo obscuro.
— Não sei o que pensar. Só sei que preciso continuar traduzindo. – respondeu ela. — Mas, este pequeno trecho já me trouxe pelo menos uma resposta. A ressalva que ela fez em relação aos símbolos. Acho que foi isso que me aconteceu há algum tempo. Senti uma presença no apartamento. Devo ter libertado os tais espíritos escuros por acidente.
— Do que você está falando? – questionou ele.
— Eu contarei a você, depois. Preciso continuar a tradução.
— Vou fazer uns sanduíches para nós dois, enquanto você trabalha nisto.
— Está bem.
Lavínia trabalhou nas traduções por todo o final de semana, Saulo ao seu lado. Depois de algumas horas, ela já sabia os símbolos de cor, o que acelerou muito o trabalho. Ao final da noite de domingo, ela e Saulo sentaram-se lado a lado no sofá para reler a obra completa, a tradução final do diário de Elizabeth, por fim revelado:

15 de janeiro de 1986

Hoje fui ao ensaio da banda com Estêvão, no estúdio. Eu não queria ficar sozinha no hotel. Klaus aproveitou-se de um momento de distração, para me fazer perguntas sobre a Ordem. Queria que lhe desse instruções. Eu fiquei irritadíssima com ele, disse que não falo sobre a Ordem quando há não-membros por perto, principalmente, Estêvão. Obviamente, Estêvão não perdeu tempo em contar a todos da banda sobre a gravidez. Klaus, certamente, está pensando que o grande momento está próximo. Eu não posso contar a ele meus planos. Não sei se posso confiar nele. Preciso manter-me longe dos membros da Ordem. Sei que a esta altura estão todos se preparando para a cerimônia.

Na noite passada, demorei a pegar no sono. Fez muito frio esta noite, mais do que o normal para esta época do ano. Isso me fez lembrar de minha mãe. Ela sempre me contava que o ano em que eu nasci foi o mais frio da história de Gales. Segundo ela, fez um frio anormal, quase sobrenatural, às vésperas do meu nascimento. Ela me dizia que, enquanto os fazendeiros desesperavam-se com as colheitas que se perdiam e os rebanhos que morriam de frio, ela só conseguia pensar em tricotar casaquinhos, meias e luvinhas de lã, obstinadamente, como se disso dependesse a minha decisão de vir ao mundo.

A SÉTIMA ORDEM

Segundo ela, no dia em que eu nasci, nevou em Gales pela primeira e, possivelmente, última vez. Nos dias subsequentes, o tempo começou a melhorar gradativamente. Para minha mãe, a única coisa que havia de interessante nesta história era o fato de que ela teve que doar toda sua massiva produção do meu enxoval, pois a maior parte nunca foi usada. Meu pai, por outro lado, contava esta história de uma forma diferente. Para ele, o frio era um sinal. Primeiro, veio a devastação, e depois que eu nasci, tudo se normalizou. Segundo ele dizia, isso era uma pequena amostra do que estava por vir, uma olhada no futuro do que seria desencadeado por mim. Isso somado ao fato de que eu era a primeira mulher da linhagem dos Anduff a nascer em muitas gerações. Durante alguns anos, eu não entendi o que isso queria dizer.

Nossa casa em Gales ficava no ponto mais alto da cidade, sobre o morro de onde se podia ver os vilarejos abaixo e o mar. Também tínhamos uma vista privilegiada da ilha que pertencia ao meu pai. Ele me levava de barco até lá, quando o tempo estava bom e me ensinou a pescar e a nadar em alto-mar.

A não ser pelas excursões à ilha, e por viagens esporádicas ao exterior, meu pai não permitia que eu e minha mãe saíssemos da propriedade. Eu recebia educação particular, em casa. Minha mãe não concordava com isso. Ela queria que eu frequentasse uma escola comum, e também não gostava de viver naquela espécie de prisão domiciliar. Por isso, eles brigavam muito. Ele dizia que fazia aquilo para me proteger. Só não explicava do que.

23 de fevereiro de 1986

Esta tem sido uma semana turbulenta. Estêvão insiste para que eu esteja presente em praticamente todos os compromissos da banda. Eu também quero ficar com ele o tempo todo, mas o problema é que isso dá mais oportunidades para Klaus aproximar-se e bombardear-me com perguntas. Acho que ele está começando a desconfiar das minhas intenções. Não sei até quando vou conseguir fugir de seus questionamentos. Klaus é insistente demais.

Ontem foi um dia incrível. Fomos ao hospital para um exame pré-natal. A obstetra, Dra. Selma, pôde nos dar uma notícia que diminuiu um pouco nossa ansiedade em relação ao bebê. Ela afirmou, com o exame, que teremos uma menina. Estêvão ficou radiante com a notícia, apesar de que eu desconfio que sua reação a um menino seria exatamente a mesma. A única coisa que conseguiu estragar meu dia foi um telefonema de Logan. Ele ligou para me parabenizar pela gravidez e avisar que ficará hospedado em nossa antiga casa em Gales até o fim da gravidez. Sei que isso foi, ao mesmo tempo, uma provocação e uma ameaça. Não me agrada em nada saber que ele está em nossa casa. Sei que ele estará me vigiando, mas posso apenas imaginar quais são suas intenções.

MICHELLY GASSMANN

Hoje, passei toda a manhã me recordando do ano em que Logan entrou em nossas vidas. Foi quando eu completei sete anos, logo que meu pai iniciou minha educação dentro da Ordem. Minha mãe não fazia ideia de nada, e também nunca fez parte da Ordem, nem chegou a compreender seus reais propósitos. A princípio, meu pai me ensinou o Asgard, que é o nome do alfabeto de símbolos. O Asgard é um tipo de escrita evoluída das Runas, e seu nome tem origem na história mitológica delas. Ele me dizia que aprendera o Asgard com meu avô, em Reykjavík, onde vivera boa parte de sua juventude. Nós usávamos o alfabeto de símbolos para passar mensagens um ao outro.

No verão deste mesmo ano, meu pai saiu um dia para caçar no bosque próximo à nossa propriedade, nos limites de Gales. Minha mãe abominava a caça, por isso jamais permitiu que eu o acompanhasse. No anoitecer daquele dia, ele trouxe para casa um troféu bem diferente. Meu pai chegou com um embrulho nos braços, e ficou parado em frente à porta da sala, como se esperasse nossa reação ao ato de pura rebeldia que representaria trazer o cadáver de um animal inocente para dentro de casa. A princípio, achei mesmo que fosse um pequeno animal abatido, e soltei um grito abafado de exclamação. Minha mãe pensou o mesmo, pois se levantou consternada da poltrona onde estivera antes descansando e se aproximou dele a passos rápidos, pronta para extravasar sua revolta. Ao chegar perto o suficiente, surpreendi-me ao vê-la estancar. Ela ficou parada a um passo de distância dele, olhando com espanto para o pequeno embrulho. Aproximei-me, cuidadosamente, e então compreendi. Meu pai tinha nos braços não um animal, mas um bebê adormecido, enrolado em trapos sujos. Lembro-me de meu pai dizendo:

— Encontrei-o na floresta. Nem quero pensar no que seria dele se um animal selvagem o tivesse encontrado antes.

— Selvagem é alguém que abandona um bebê no meio de uma floresta. – respondeu minha mãe.

— Vamos ficar com ele? – lembro-me de ter perguntado, esperançosa.

— É claro que sim – respondeu de imediato meu pai.

— Não acha que devíamos ir à polícia? – perguntou minha mãe.

— Não. Acho que ele já sofreu muito e não precisamos nos expor. Esta criança vai ter o lar que merece agora. – foi sua palavra final, categórica.

E foi assim que ganhei um irmão. Decidimos seu nome em conjunto e o batizamos de Logan. Algumas semanas após a chegada do pequeno Logan, meu pai decidiu que era o momento de dar o próximo passo na compreensão do que exatamente era a Ordem e seus propósitos. Para estas aulas, ele me levava até a ilha onde mandara construir um templo de pedra. Foi lá que aprendi que a Sétima Ordem, ou simplesmente A Ordem, era uma organização secular, criada com o objetivo de estabelecer uma evolução.

A SÉTIMA ORDEM

A suposta evolução era baseada no extermínio de grande parte da raça humana, que seria conseguido com a deflagração da Sexta Extinção. Meu pai contou-me que na história do planeta houveram cinco grandes extinções, e, segundo ele, a sexta era iminente, maior e mais avassaladora do que as anteriores. Segundo contam os historiadores, as cinco primeiras extinções ocorreram há milhões de anos, todas elas resultantes de catástrofes geológicas como vulcões, sismos, queda de meteoros gigantes etc., que resultaram no desaparecimento de mais de metade dos seres vivos. Meu pai me dizia que isso era um ciclo natural, uma forma de o planeta alcançar o equilíbrio perdido, e que agora novamente se fazia necessário.

Aos olhos de qualquer um, todo o assunto Sexta Extinção poderia parecer pesado demais para uma criança, assustador até. Mas não era, pelo menos não da forma como meu pai colocava. Ele falava em renovação e libertação, dizia que haveria poucos eleitos para recomeçar a nova ordem, a Sétima Ordem, e que nós dois, meu pai e eu apenas, seríamos os líderes e guias, senhores do novo Reino. Ele dizia tudo isso com entusiasmo e paixão nos olhos, e eu não podia deixar de confiar nele. Somente hoje eu compreendo que aquele entusiasmo e aquela paixão eram sinais da loucura e do fanatismo que o dominavam. Mas então eu era inocente demais para saber. Para mim, ele era apenas meu pai, de infinita sabedoria, alguém que eu jamais admitiria que pudesse estar errado.

10 de abril de 1986

Tive uma conversa definitiva com Klaus esta manhã. Estávamos no estúdio, no intervalo das gravações. Ele me pressionou tanto, que eu perdi a cabeça. Fiquei irritada e acabei confessando a verdade. Disse que não farei a vontade de meu pai, e no que depender de mim, os segredos da Sétima Ordem morrerão comigo. Ele parecia não acreditar no início. Adquiriu uma expressão de perplexidade, como se achasse que eu estava fazendo algum tipo de brincadeira de mau gosto. Em seguida, quando se convenceu de que eu falava mesmo a sério, ficou enfurecido, possesso. Abandonou o estúdio no meio da gravação. Ninguém entendeu sua atitude, é claro. Tiveram que adiar as gravações. Eu estou, ao mesmo tempo, aliviada, mas muito arrependida pelas coisas que disse, apesar de ser a mais pura verdade. Tenho certeza de que Klaus foi direto a Logan. Klaus é inofensivo, mas não tem muito juízo. Logan é outra história. Por mais que eu deteste admitir, tenho medo do que ele possa fazer. Não a mim, mas a minha filha. Eu conheço a maldade de Logan, desde que éramos apenas crianças.

Quando Logan atingiu a idade de quatro anos, meu pai começou a levá-lo conosco em nossas viagens à ilha. Ele ouvia quieto as histórias sobre a

Sétima Ordem, mas meu pai não dirigia as aulas a ele, e, sim, a mim. Ele nunca aprendeu o Asgard, pois nosso pai dizia que apenas eu deveria sabê-lo, e ninguém mais. Ele dizia que eu precisaria do Asgard no momento certo.

Logan foi crescendo e se tornando obscuro. Com cinco anos de idade, minha mãe já o temia. Eu a ouvia dizendo apavorada que via coisas horríveis em seus olhos e, ao mesmo tempo, que ela sofria, se culpava por ver maldade em uma criança. Eu não tardei em descobrir seu segredo, mas não contei a ninguém. Aos olhos de todos, ele agia como uma criança inocente, mas uma noite eu o escutei sair da cama no meio da madrugada, e sair por uma janela. Eu o segui até o bosque, sem que ele me visse. Escondi-me atrás de uma árvore, quando ele entrou em uma clareira. A noite estava muito fria e não havia nuvens, de modo que a lua cheia tornava desnecessário o uso de lanternas. Apesar do céu limpo, havia bastante neblina, que não me impediram de ver o que Logan fazia. Eu o vi caçando ratos silvestres entre as árvores como uma raposa, vi quando ele os estraçalhou com as próprias mãos e brincou com as entranhas ensanguentadas.

Vendo aquilo, eu fugi o mais rápido que pude, e passei a acreditar em minha mãe, mas nunca contei o que tinha presenciado no bosque. Passei a vigiá-lo mais de perto e, uma vez, eu flagrei o olhar que ele guardava apenas para minha mãe. Aos cinco anos de idade, ele já era um dissimulado, manipulando a própria mãe para duvidar de si, enlouquecendo-a aos poucos.

Poucas semanas após este episódio, minha mãe encontrou entre os cadernos de Logan uma agenda onde ele havia anotado supostas aulas na ilha. Ele descrevia relatos sobre a Ordem, que ouvira de meu pai. Apesar de verdadeiros, suspeito de que Logan sabia muito bem o que estava fazendo ao deixar os relatos em um local de fácil acesso. Acho que ele queria que ela os encontrasse. A briga que se seguiu foi a pior que presenciei em nossa casa. Minha mãe acusou meu pai de corrompê-lo, alegou que a maldade de Logan vinha ou era alimentada por esses terríveis ensinamentos.

Ele não negou as acusações, nem tentou se defender. Deu-se por vencido. Acho que ele acreditava que Logan havia se descuidado, por pura inocência. Ele também aceitou sem discutir quando minha mãe pediu o divórcio, dias depois. Ela fez uma única exigência, a de que fosse embora e levasse o menino junto. Ela não suportava mais a sua presença perturbadora. Meu pai relutou em me deixar, mas não teve opção a não ser ceder. Ela ameaçava fugir comigo, caso ele se recusasse a ir embora com Logan. Ela não queria que eu ficasse perto dos dois. Mas o que ela não desconfiava era que eu já havia sido iniciada.

Eles deixaram o país, para ir viver na Islândia. Meu pai e eu nos correspondíamos, secretamente, por cartas em código, usando o Asgard. Foi dessa forma que ele continuou minha educação sobre a Ordem.

A SÉTIMA ORDEM

25 de maio de 1986

Como eu temia, Logan tem me procurado. Ele está vigiando meus passos, sei disso porque já o vi me seguindo de carro. Dois dias atrás, ele me seguiu quando entrei sozinha em uma loja de roupas de bebês. Deu-me apenas um recado, de que ficará de olho em mim e não deixará que eu desista de tudo. Ele ameaçou contar a Estêvão sobre a Ordem caso eu desista. Não quero que ele saiba sobre a Ordem. Tenho medo de que ele me abandone quando souber do meu passado, do terrível destino que me foi incumbido, e que eu aceitei até meses atrás, antes que Estêvão me abrisse os olhos para todas as possibilidades da vida que podemos levar juntos. Não sei qual seria sua reação ao saber qual era minha missão. Eu soube quando completei 15 anos, e meu pai me contou qual era exatamente minha missão na Sétima Ordem, e de que forma eu a executaria.

Para começar, ele me explicou que a Sexta Extinção era para os seguidores da Sétima Ordem o que o Armagedon representa para os cristãos. O julgamento final, a batalha entre o bem e o mal, o domínio de anjos e demônios sobre a Terra. Exceto que, para nós, este acontecimento não representa o fim da vida sobre a Terra, mas, sim, o começo de um novo ciclo. Diferentemente dos cristãos, não seguimos a bíblia. Nosso livro de revelações é um texto apócrifo, escrito mil anos antes de Cristo, encontrado nas geladas terras do leste europeu, escrito em Runas.

Estes textos narram os eventos que viriam antes e após a grande extinção, contando em detalhes de que forma as forças destruidoras seriam libertadas sobre a Terra, para dar início ao grande evento. Os textos também mencionam a existência de um grupo de pessoas que seria responsável pela deflagração da Sexta Extinção e que, ao final de tudo, seriam os líderes da Nova Ordem que seria instaurada, senhores de toda a humanidade.

O texto original diz o seguinte:

A morte não será o fim, mas sim o começo de uma nova vida onde apenas os escolhidos exercerão o poder sobre a face da Terra, e onde a foice não os alcançará.

Para que isso aconteça, é necessário um sacrifício. O sacrifício do filho da herdeira das terras do leste. É como está descrito. A família Anduff é uma linhagem muito antiga cujo poder chegou a estender-se por toda a Europa, séculos atrás. Na época em que os escritos foram encontrados, nossos antepassados eram considerados senhores do Leste, por serem donos de grande parte do território que hoje é chamado de Leste Europeu. A lenda diz que foi um próprio Anduff quem encontrou os manuscritos, muitos séculos atrás. O problema é que, desde então, não nasceu nenhuma mulher na família Anduff, sendo que o texto profético cita, especificamente, uma herdeira do sexo feminino. Não havia até mim.

Eu sou a herdeira. O meu filho ou filha é que deverá ser sacrificado, e o ritual de sacrifício será o deflagrador do caos.

Por todos estes motivos, meu pai acreditava que o momento estava próximo. Bastava que eu gerasse a criança e tudo estaria completo. Mas, agora tudo mudou. Ele se foi, o que significa que a decisão é inteiramente minha.

01 de julho de 1986

Estêvão e eu fomos ao Hospital Geral de Chantal, para mais uma visita de acompanhamento com a Dra. Selma. Ela disse que nossa filha está ótima, se desenvolvendo muito bem. Outro fato me deixou ainda mais feliz. Tive a grata surpresa de encontrar no hospital uma velha amiga, Martha. Ela foi minha babá durante anos, e depois cuidou de minha mãe quando ela ficou doente. Agora está trabalhando no hospital geral como enfermeira. Ela é uma pessoa muito amável e de coração imenso e, acima de tudo, muito confiável. Se ela já não estivesse trabalhando como enfermeira no hospital, eu a convidaria para cuidar de minha filha. Minha filha. Está na hora de escolher um nome para ela. Estive pensando em Lavínia, mas ainda não decidi.

Tenho sentido muitas saudades de minha mãe, ultimamente. Gostaria que ela estivesse aqui para me ajudar com a gravidez. Às vezes, fico pensando se eu não tivesse ido embora, será que ela ainda estaria aqui?

Quando completei 18 anos, eu decidi ir ao encontro de meu pai, na Islândia. A única coisa que me faltava aprender era o ritual em si. Obviamente, minha mãe foi contra a minha viagem. Ela ficou chocada quando confessei que mantinha contato com meu pai nos últimos oito anos, quando ela nem sequer sonhava com esta possibilidade. Ela o temia e o detestava. Acho que minha rebeldia foi um choque grande demais para ela. Ela nunca teve a saúde perfeita, e piorou muito nesta época. Ela não viveu muito, depois da minha primeira viagem. Começou a adoecer constantemente, de modo que eu nunca ficava muito tempo com meu pai, logo voltava para ficar com ela. Quando ela faleceu, eu não estava com ela. Estava em Reykjavík. Acho que nunca me perdoarei por isso.

Voltei ao país logo após a morte da minha mãe. Dessa vez, meu pai e Logan vieram comigo. Eles decidiram não assistir aos funerais, e acho que foi melhor assim. Ela não teria gostado da presença deles.

Meu pai aproveitou a visita ao país, para pôr em prática alguns planos. Ele achava que a nossa ilha em Gales era o lugar perfeito para o ritual de libertação. Ele mesmo talhou nas paredes de pedra do templo, os textos que deverão ser lidos durante a cerimônia, no momento do sacrifício. Esta é a parte mais importante do ritual.

A SÉTIMA ORDEM

Logan tornou-se muito rebelde nesta época, pois meu pai continuava negando-lhe o conhecimento necessário para o grande evento. Em vez disso, ele foi incumbido de outra missão: a de reunir os antigos seguidores da Sétima Ordem e converter novos. Os seguidores, em geral, eram pessoas escolhidas a dedo por meu pai. Pessoas influentes, poderosas. Políticos, empresários, nobres. Eram, em geral, pessoas ambiciosas, que desejavam estar entre os poucos líderes da Nova Ordem. Como Logan tinha apenas 15 anos, meu pai decidiu que ele seria útil para recrutar membros jovens. Um dos novos seguidores recrutados por Logan foi Klaus Rocha. Quando o conheci, Klaus era apenas um músico rico, filho de um dos maiores empresários do país. Ele possuía mais influência do que talento, devo admitir. Mas, ele também tinha paixão pela música, e estava montando uma banda com alguns amigos. Por influência da seita, nomeou a banda de Sétima Ordem. Até hoje eu me pergunto como foi que ele conseguiu convencer os outros músicos a aceitarem o nome, já que não faziam parte da Ordem. Eles nem poderiam fazer parte se quisessem, pois não se encaixavam no padrão exigido por meu pai. O único motivo real de ele ter aceitado o Klaus era porque ele pretendia que a banda recrutasse outros membros, por meio de mensagens subliminares. Aparentemente, Klaus não tinha talento para escrever letras de música, de forma que nenhuma música subliminar chegou a ser gravada. Meu pai não ficou contente com isso.

Por outro lado, Klaus fez por mim algo que eu jamais poderei retribuir. No outono de 1983, o tempo em Gales estava perfeito. Fazia sol, mas um vento frio cortante lembrava que logo chegaria o inverno. Eu saí uma tarde para caminhar sozinha no porto de Gales. Eu caminhava pela orla sem pressa, olhando os barcos que saíam e chegavam, quando encontrei, por acaso, Klaus. Ele estava sentado em uma mesa de um restaurante, de óculos escuros e bebericando uma marguerita. Era um dos restaurantes do porto que servem mariscos em mesas do lado externo, voltadas para o mar. Fiquei surpresa em vê-lo ali, pois a banda já estava fazendo sucesso a essa altura. Aproximei-me de sua mesa, apenas para cumprimentá-lo, mas acabei aceitando seu convite para tomar uma bebida. Tomei um cappuccino, enquanto ele me contava a respeito das recentes apresentações da banda, e do sucesso que estavam fazendo. Ele então me contou que estavam na cidade para uma apresentação única, naquela mesma noite, e me convidou para assisti-la. Aceitei seu convite e fui vê-los. A apresentação foi ótima e, ao final, fui encontrá-los nos bastidores. Ele apresentou-me aos outros músicos: Roger, o vocalista; Saulo, o baterista; e Estêvão Murdoc, o baixista. No momento em que vi Estêvão, senti que ele era especial. Nos encontramos outras vezes, depois disso. Eu nunca havia me apaixonado antes. Acho que, em partes, *isso foi devido aos ensinamentos da Ordem. Eu via os homens como instrumentos de fecundação para cumprir meu destino. Não sabia como era amar alguém, até conhecê-lo.*

Começamos a namorar, mais ou menos na época em que meu pai decidiu voltar a Reykjavík. Tudo estava preparado para o grande momento, todas as lições já haviam sido dadas, e ele achou que devia voltar à Islândia, para reunir os antigos membros da Ordem e aguardar o momento certo. Logan o acompanhou, como sempre fazia. Eu não. Decidi ficar ao lado de Estêvão, acompanhá-lo em sua turnê que estava para começar. Meu pai não me questionou a respeito. Acho que ele queria que eu me envolvesse com alguém o quanto antes, como se gerar um filho fosse algo tão simples quanto escolher uma roupa de uma vitrine.

Passei a ir a Reykjavík, periodicamente, para visitá-los. A cada viagem, eu notava que Logan estava se tornando mais estranho. Outrora obediente, agora passava a questionar cada ordem ou conselho de meu pai. Eu o flagrava vigiando nossas conversas, como se pensasse que íamos, a qualquer momento, começar a discutir o Asgard. Dividi minhas suspeitas com meu pai, mas ele não me deu ouvidos. Sei que Logan queria e ainda quer ser o Senhor da Nova Ordem, mas ele não tem o que é preciso. Não sabe o Asgard. Não é o herdeiro.

01 de agosto de 1986

Faltam cerca de 20 dias para o nascimento da minha menina. Na semana passada, Estêvão me ajudou a terminar os últimos detalhes do quarto dela. Minha barriga está tão grande e pesada agora, que tenho dificuldades para fazer coisas simples, de forma que já não posso acompanhar Estêvão por toda parte. Ele tem se ocupado em cumprir todos os compromissos da banda, para poder estar ao meu lado na hora do parto. Eu tento não demonstrar a ele, mas estou muito nervosa. Estou com medo de que algo saia errado, que Logan se aproxime de mim e da minha filha. Acho que está na hora de terminar de contar alguns fatos que considero relevantes.

Algumas semanas depois de meu casamento com Estêvão, meu pai começou a adoecer. Fiquei com ele por algumas semanas até ele começar a melhorar. Eu não sabia o que estava causando sua doença misteriosa, mas sabia que estava prejudicando não só seu corpo, mas também sua mente. Ele ficava distante no meio de uma conversa. Às vezes, parecia não me reconhecer. Tornava-se agressivo sem motivo. Chamei os melhores médicos do país para examiná-lo, mas ele se recusava a ir ao hospital para realizar os exames. Alguns médicos acharam que fosse algum tipo de doença nervosa degenerativa. Eu não sabia mais o que fazer. Ao final de quase um mês de angústia, ele piorou muito. No momento da sua morte, eu estava ao seu lado, segurando sua mão. Ele não me reconhecia mais.

A autópsia revelou que ele havia sido envenenado. Pouco a pouco, provavelmente em doses diárias bem dosadas. Eu sei que foi Logan. Tenho certeza. Só não posso provar. Ele tinha motivos. Estava amargurado, frustrado. Tinha raiva do meu pai, por negar-lhe conhecimento. Não aceitava ser coadjuvante. Ele é mau, quanto a isso não tenho dúvidas. Soube disso desde o dia em que o vi na floresta. Ele mostrou sua maldade para minha mãe, e foi capaz de matar o homem que o encontrou na floresta e o levou para casa, criando-o como filho e o salvando de um destino terrível. Ele o matou com requintes de crueldade, aos poucos, para vê-lo sofrer, talvez com esperança de que, em sua loucura, meu pai revelasse os segredos que confiara apenas a mim.

Durante muito tempo, me culpei, arrependida por não ter levado meu pai para longe de Logan. Podia ter salvado sua vida. Hoje, tudo o que quero é vê-lo pagar por seu crime. Mas não posso permitir que ele se aproxime de mim.

Ele nunca me ferirá, pois sabe que precisa de mim para que a profecia se cumpra. Mas, este é exatamente o problema. Ele sabe que precisa do filho da herdeira. Não posso jamais permitir que ele chegue perto da minha filha.

15 de agosto de 1986

Tenho sentido algumas dores hoje, durante todo o dia. Liguei para a Dra. Selma e ela me disse que isso é normal, visto que a hora está chegando. Esperamos que o bebê venha dentro de, no máximo, uma semana. E justo agora, Estêvão teve que viajar. Ele foi ontem à noite para assinar alguns contratos com a gravadora, mas me prometeu que estará de volta amanhã à noite. Eu espero que depois do nascimento, ele fique alguns dias somente comigo. Tenho me sentido muito sozinha ultimamente. Não vejo a hora de segurar minha pequena no colo. No momento, tudo que posso fazer é repousar, esperar que Estêvão chegue logo, e rezar para que dê tudo certo. A partir de agora, manterei o diário junto com as coisas que vou levar para a maternidade. Se algo acontecer a mim, preciso ter certeza de que o diário ficará seguro. E, principalmente, longe de Logan.

CAPÍTULO 17:
SOFIA BALFOUR
ᚾᛟᚢᛁᚠ ᛒᛖᛚᚠᛟᚢᛚ

CAPÍTULO 17

Já era quase madrugada, quando Saulo e Lavínia terminaram de ler, juntos, a última passagem do diário de Elizabeth. Lavínia não disse nenhuma palavra de imediato. Estava perplexa diante das descobertas. Saulo também não tinha palavras.

— Não posso acreditar. Nada disso parece real. Não posso imaginar sua mãe envolvida em uma seita como esta. E não me lembro de ela jamais ter mencionado um irmão...

— Eu não me surpreendo. – disse a garota, em um sussurro rouco. — Com um irmão como este... Meu Deus, eu me envolvi com este homem, este assassino psicopata. Ele envenenou o próprio pai...

— Ele a enganou. Aproximou-se de você para concluir a obra desta seita, esta tal Ordem. – ponderou Saulo.

— Mas, então por que não me matou? Ele me levou até a ilha. Eu estive lá naquele altar. Não havia mais ninguém, apenas nós dois.

— É verdade, mas você não sabia ler os símbolos. E nem ele. Pelo que diz o diário, não há sacrifício sem ritual. Ele deve ter levado você para testá-la, para saber se podia ler os símbolos. Ou por simples prazer doentio.

— Você está certo. Mas, e agora, por que ele sumiu? Ele não desistiria assim facilmente. Ele já esperou tempo demais. – disse Lavínia. Ela continuou após uma pausa. — Ele deve estar esperando que eu os decifre. Talvez, suponha que eu descubra, agora que estou na casa de meu pai.

— Então, seria uma suposição perfeitamente acertada. Nesse caso, ele não pode nem ao menos sonhar que você decifrou os símbolos. Você corre perigo. Vamos sair logo da cidade. Agora mesmo.

Lavínia não respondeu de imediato. Pensava na amiga Alanis.

— Não tão rápido. Preciso esclarecer algumas coisas em Chantal. Dizendo isso, Lavínia levantou-se e começou a retirar alguns objetos da mochila, colocando-os sobre a mesa. Saulo a acompanhou.

— Estas são as fotografias que tirei em Gales. Como você pode ver, confere com a descrição do diário. Suponho que o sacrifício será feito aqui. – disse Lavínia, apontando o altar nas fotografias. — Veja os símbolos nas paredes.

— Você consegue decifrá-los? – perguntou Saulo.

— Somente esta parte mais visível. – disse Lavínia, examinando em detalhes as fotografias. Depois de alguns minutos, concluiu: a primeira parte é uma invocação, mas não consigo ler do que. Depois, diz... Eu sou o escolhido... E, então, algo sobre o sacrifício. As palavras são: "meu sacrifício voluntário...".

— Voluntário? Quer dizer que você teria que querer ser sacrificada?

Lavínia franziu a testa ao ouvir estas palavras. Ainda não conseguia aceitar o fato de que era a filha da herdeira, o objeto a ser sacrificado.

— Acho que sim. E isso serve de consolo, de certa forma. Logan jamais vai conseguir fazer com que eu concorde com isso.

— Consegue ler mais alguma coisa? – quis saber Saulo.

— Não. Estava muito escuro. A maioria dos símbolos está ilegível.

Lavínia deixou as fotos de lado, e procurou entre as folhas a lista manuscrita das vítimas que encontrou na *Internet*. Em seguida, pegou a caderneta de Logan e começou a comparar os nomes. Não se surpreendeu ao constatar que todos os nomes das vítimas apareciam lá, riscados, inclusive o de Klaus. Mas não eram os únicos nomes. Havia muitos outros. Inclusive, o que chamara sua atenção da primeira vez: Eric Balfour.

— Precisamos descansar um pouco. Estou exausta. Amanhã temos coisas a fazer.

— Sim, eu sei. Vamos dormir um pouco. O que pretende fazer amanhã? – perguntou Saulo.

— Preciso que você faça uma pesquisa por meio de seus contatos. Quero saber quem são estas pessoas cujos nomes não estão riscados. Talvez ainda tenham ligação com Logan e a seita.

— Certo. Acredito que não será difícil descobrir. E você, o que vai fazer?

— Preciso ir a um lugar. – e, dizendo isso, Lavínia apontou com o dedo a anotação logo abaixo do nome de Eric Balfour: Rua das Magnólias, 42. — Talvez lá eu consiga algumas respostas.

Apesar do sono, resultado de uma noite mal dormida, Lavínia levantou-se cedo na manhã seguinte. Preparou um café rápido, enquanto Saulo tomava uma ducha, ao mesmo tempo em que repassava mentalmente as informações descobertas por meio do diário. Lavínia imaginava a história contada naquelas páginas como se visse um filme. A maior parte daquele mistério parecia resolvido, porém, ainda restavam várias lacunas a serem preenchidas. Ela não queria perder mais tempo para descobri-las. Depois de comer, Saulo deixou Lavínia na Rua das Magnólias, e seguiu em direção ao escritório da gravadora em Chantal, de onde tentaria localizar os nomes da caderneta.

Lavínia desceu a Rua das Magnólias a pé, procurando pelo número 42. Era uma rua estreita e antiga, ainda de paralelepípedos. As calçadas malcuidadas estavam esburacadas, obrigando Lavínia a andar devagar para desviar-se. Por fim, encontrou o número 42. Era uma construção antiquíssima, porém imponente. Lavínia imaginou que deveria ter sido uma bela casa senhorial há algumas décadas, mas, agora, estava castigada e maltratada pelo tempo. Apenas uma restauração poderia trazer alguma vida àquela velha casa. Os portões altos de ferro pareciam frágeis, vulneráveis. A tinta estava tão gasta, que era difícil dizer a cor original.

Lavínia tocou a campainha e esperou. Olhou para os lados, inquieta. A rua estava praticamente deserta. Muitas casas estavam vazias. Lavínia sabia que algumas casas haviam sido demolidas naquele bairro, pois se tratavam de construções centenárias, que, sem investimento para restaurá-las, acabaram condenadas.

Lavínia estava pensando em tocar novamente a campainha, quando percebeu que a porta se abria. Uma senhora de idade avançada abriu a porta. Lavínia continuou parada onde estava. A mulher não se aproximou. Em vez disso, gritou da soleira da porta, onde estava:

A SÉTIMA ORDEM

— Quem é você? O que quer?

Lavínia vacilou diante da hostilidade da mulher, mas procurou manter-se firme.

— Estou procurando a família de Eric Balfour. – disse ela, em resposta.

— Quem é você? – perguntou novamente a mulher.

— Meu nome é Marcela, sou detetive e estou investigando a morte dele. – disse Lavínia, com a primeira mentira que conseguiu inventar.

— Não sei do que está falando! Se quer falar com Eric, entre. O portão está aberto. – disse a mulher em tom ríspido.

Intrigada, Lavínia obedeceu, empurrando a pesada folha de metal e entrando na propriedade dos Balfour, um pouco insegura se teria realmente feito a coisa certa ao vir. A propriedade em ruínas lhe dava arrepios. Ela atravessou o jardim malcuidado, em que a grama já chegava a quase um palmo de altura e as ervas cresciam em todas as direções, para, finalmente, chegar à porta da frente. Ao cruzar a soleira, Lavínia ficou em dúvida se devia prosseguir. A porta estava entreaberta, mas a mulher que estivera ali há pouco, não estava mais. Lavínia olhou dentro da casa. Uma fina camada de poeira cobria os móveis, cuja aparência era tão antiga quanto a própria casa. Ali também predominava a sensação de abandono, como se os donos tivessem saído às pressas. Lavínia deu dois passos adiante, ao ouvir o som de algo sendo derrubado na cozinha. Imaginou se a senhora não estava precisando de ajuda. Enquanto relutava, em dúvida se devia ou não entrar naquela casa, ouviu o barulho da porta da frente rangendo atrás de si com o vento e, em seguida, o estampido que significava que a porta acabara de bater. Lavínia permaneceu ali, parada, enquanto ouvia os passos arrastados vindos da cozinha. A velha senhora voltou à sala, murmurando e tateando as paredes como se procurasse algo.

— Senhora Balfour? – perguntou Lavínia, tentando iniciar uma conversa. Foi interrompida pelos berros da mulher, que agora iniciava um estranho monólogo, olhando na direção de Lavínia como se não a enxergasse, como se fitasse um ponto além dela. Pasma, Lavínia permaneceu parada, como que em transe, ponderando se deveria ir embora, ou ficar e insistir na tentativa de conseguir as respostas que buscava. Enquanto isso, a mulher dizia em altos brados:

— Abandona esta casa por dias, e agora volta sem dar explicação! Quando seu pai chegar, você vai ver, ele não vai deixar barato, vamos ter uma conversa muito séria, meu filho! Foi embora e levou tudo, o que mais você vai levar desta casa? Quando é que vai devolver todo o dinheiro que você perdeu? E a empresa da família, cinco gerações destruídas! Olhe para mim, quando eu falar com você.

E então ela parou, momentaneamente, de falar e começou a chorar. Lavínia deu um passo para trás, na direção da porta e esticou o braço. Antes de alcançar a maçaneta, porém, o ruído de passos que desciam as escadas com notável rapidez a deteve. Uma mulher alta, magra, olhos claros e cabelos pretos, que aparentava não mais do que 35 anos apontou no último degrau da escada dizendo:

— Mamãe, o que foi... – o restante da pergunta Lavínia não pôde saber. A recém-chegada havia estancado no fim da escada, parecendo absolutamente surpresa ao fitar Lavínia. Esta, porém, chegou a temer por um momento que a mulher começasse a berrar e chorar como a outra, mas isso não aconteceu. Em vez disso, a mulher pareceu acordar de um estado hipnótico ao dizer:

— Lavínia? Meu Deus, é você mesma?

Surpresa por ter sido reconhecida por alguém que não se lembrava de jamais ter visto, ela ficou muda. Toda a situação parecia muito surreal. Como a mulher não obteve resposta, aproximou-se de Lavínia e falou alto, de forma a sobrepor-se ao choro da outra:

— Acompanhe-me, por favor. Vamos subir para encontrar um lugar mais calmo, onde seja possível conversar.

Lavínia olhou incerta para a mulher, que agora parara de chorar, e novamente tateava os móveis, resmungando.

— Não se preocupe com a minha mãe, ela é cega. Além disso, há meses deixou a lucidez, está vivendo em um mundo só dela. Ela não tem a mínima ideia de que você está aqui.

Diante disso, Lavínia não teve escolha senão segui-la escada acima. No caminho, somente um ou outro quadro amarelado quebrava a nudez das paredes. Chegando ao andar superior, Lavínia foi conduzida por uma porta à esquerda do corredor, que dava em um aposento grande e bem iluminado, contrastando, fortemente, com o restante da casa. Era um dormitório, mas também possuía um grande sofá e uma varanda com vista para o jardim. As cortinas estavam totalmente abertas, permitindo a entrada de um sol morno.

— Sente-se, Lavínia. – disse a mulher, indicando o sofá. Ela obedeceu. A mulher sentou-se em uma poltrona de frente para ela.

— Desculpe-me a pergunta, mas já nos conhecemos? – perguntou Lavínia, sentindo-se desconfortável.

— Você não me conhece, mas eu sei um bocado de coisas a seu respeito. Meu nome é Sofia. Meu irmão Eric procurou você durante dez anos. E pagou com a vida por isso.

Lavínia sentiu o tom rancoroso da voz de Sofia e, mais uma vez, perguntou-se o que estava fazendo ali.

— Estou curiosa em saber como você nos encontrou e, mais ainda, por que nos procurou? – perguntou Sofia, dessa vez, em um tom menos hostil. Lavínia respondeu calmamente:

— Tenho muitas perguntas sobre seu irmão. Para começar, ele provocou um acidente de carro, que quase matou a mim e aos meus amigos meses atrás. Quero saber: por que ele fez isso.

— O acidente de carro é o fim da história, e não o começo. – respondeu Sofia. Ela deu um longo suspiro antes de continuar. — Vou contar tudo o que sei sobre meu irmão, devo dizer que é, provavelmente, tudo o que há para se saber, considerando nosso grau de afinidade, e a confiança que ele depositava em mim. Espero que, depois de conhecer toda a história, você seja capaz de perdoá-lo pelo mal que ele causou.

Lavínia permaneceu em silêncio, ansiosa para ouvir o que ela tinha para lhe dizer. Sofia ajustou sua postura esguia e olhou bem nos olhos de Lavínia, como se avaliasse se ela poderia ser confiável. Lavínia sustentou o olhar da mulher, fixando-se em seu reflexo azul de miosótis. Sofia então recomeçou a falar:

— Há cerca de 15 anos, meu pai faleceu depois de dirigir por quase 30 anos a empresa da família. Meu irmão Eric o substituiu, assim como meu pai também substituíra meu avô antes. Meu irmão era muito jovem e imaturo quando isso aconteceu. Não demorou muito para ele começar a aparecer nas colunas sociais, por causa do seu comportamento irresponsável. Ele gastava rios de dinheiro com festas para poucos eleitos, outros jovens milionários, modelos, astros da televisão e dos esportes. Ele vivia cercado dessa gente. Confesso que, no início, eu também gostava disso. Gostava da atenção. Desnecessário dizer que essas pessoas se provaram, mais tarde, falsas e interesseiras. Acredito que toda aquela publicidade foi o que atraiu Logan.

— Logan? – interrompeu Lavínia, alarmada.

— Sim. Logan. Eu não sei dizer exatamente como ele apareceu em nossas vidas, mas sei que foi atraído pelo dinheiro e pela influência. O próprio Logan era muito bem relacionado. Ele era um ímã onde chegava. Era jovem, atraente, de muito bom gosto. Era carismático, todos gostavam dele. Não levou nem um mês para tornar-se amigo íntimo de Eric. Eu comecei a desconfiar de que havia algo de errado, algum tempo depois, quando meu irmão começou a mudar de atitude. Parou de fazer festas, abandonou os antigos amigos e, pior, começou a negligenciar os negócios. Cheguei a pensar que ele estivesse envolvido com drogas, mas eu estava enganada. A força destrutiva que o movia era Logan. Ele o fez gastar a maior parte da fortuna da família, construída por cinco gerações, em questão de dois anos. Quando eu o questionava a respeito, ele apenas me dizia que estava envolvido em algo grande, especial. Depois de muito insistir, ele finalmente me contou sobre a seita chamada Sétima Ordem. Ele estava totalmente convencido de que era a coisa certa a fazer. Logan o doutrinou e o convenceu a dedicar todo o seu tempo e dinheiro a isso. Eric só me contou porque pretendia me convencer a entrar para a Ordem também. Ao mesmo tempo em que eu tentava em vão convencê-lo a sair.

Sofia fez uma pausa na narrativa. Lavínia teve pena dela. Sentiu um impulso de dizer alguma palavra de consolo e encorajamento, mas não encontrou nenhuma. Ela estava ansiosa demais para ouvir o restante da história.

— Não demorou muito para os planos ruírem. Os negócios começaram a ir de mal a pior. Eric não ligava para isto, e continuou gastando nosso dinheiro. Logan precisava dele para sustentar um estilo de vida que o permitia aproximar-se de seu público alvo: pessoas ricas, poderosas e influentes, ou seja, que preenchiam os requisitos básicos para serem elegíveis ao posto de membros da Sétima Ordem. O problema é que o dinheiro começou a faltar. Como se não bastasse o fato de a empresa estar à beira da falência, foi também, nesta época, que nossa mãe teve um derrame que a deixou cega e com sérias confusões mentais. Recentemente, o quadro dela piorou muito devido à morte de Eric, mas naquela época ela já requeria atenção especial. Acho que a doença de minha mãe, somada a nossa crise financeira, fizeram com que Eric começasse a despertar para a realidade. Ele me confessou, um dia, que estava arrependido por ter abandonado os negócios, que tinha dúvidas em relação à Ordem, e que pensava em abandonar tudo, mas que temia a reação de Logan. Acho que meu irmão também começou a ver quem, na verdade, era Logan, o tipo de crueldade de que ele era capaz. Eric me contou certa vez, aterrorizado, a respeito de um dos encontros dos membros da Ordem na sede da ilha. Parece que esses encontros envolviam sacrifícios humanos.

Lavínia sentiu repulsa ao ouvir isto. Sofia fez uma pausa breve antes de continuar, como se ela própria precisasse digerir a informação, antes de prosseguir.

— Enfim... Acho que Logan percebeu que Eric estava fraquejando em seus propósitos, e não era o único. Outros membros começaram a duvidar que Logan realmente cumpriria suas promessas de Sexta Extinção. Mas Logan tinha um grande problema a resolver. Para concretizar sua loucura, ele precisava de você.

Novamente, Lavínia sentiu a onda de repulsa. Logan não desistiria. Era um obcecado. Sofia continuou seu relato:

— Acredito que meu irmão não contou a Logan que estávamos falindo, por medo de acabar virando mais um sacrifício, descartado por não servir mais aos seus propósitos. Logan, por outro lado, começou a perceber certo distanciamento de seus "discípulos". Ele ficou furioso e resolveu dar-lhes uma lição. Convocou todos os membros da Ordem para uma sessão especial na ilha. Selecionou cerca de 30 membros que ele considerava "infiéis", e ordenou que entrassem no templo de pedra, trancando-os lá. Os outros membros, os que ele julgava dignos de confiança, foram orientados a ficar do lado de fora, formando um círculo em torno do templo. Sem aviso, Logan ateou fogo à casa, com os 30 membros infiéis do lado de dentro sem saída, e cerca de outros 20 membros assistindo do lado de fora, meu irmão entre eles. Foram obrigados a ouvir os gritos de dor e desespero, incapazes de evitar o massacre.

Lavínia sentiu a garganta doer. Ouvir o relato e imaginar a cena causavam uma sensação difícil de suportar. Principalmente, quando ela se lembrava de que Klaus era uma das vítimas.

— Vinte pessoas não foram capazes de detê-lo? Não fizeram nada para tentar salvá-los? – perguntou indignada, Lavínia.

— Eu fiz a mesma pergunta ao meu irmão. Ele me contou que Logan havia preparado tudo, de forma a garantir que ninguém o deteria, se assim desejasse. Ele colocou lança-chamas na parte interna e também na externa da casa, de forma que a cortina de fogo fosse intransponível. Segundo Eric, não havia como atravessá-la sem ganhar o mesmo destino dos que estavam lá dentro. Logan fez isso para mostrar aos membros remanescentes do que ele era capaz, e o que ocorreria a todos que ele considerasse indigno de confiança. Meu irmão ficou muito mal depois disso. Ele levou três dias para me contar o que havia acontecido, período no qual ele se recusava a comer, conversar e até mesmo dormir. Ele ficava deitado, às vezes, completamente quieto, às vezes, em crises de choro descontrolado. Eu não saí de perto dele até que ele desabafou comigo a respeito do terrível ocorrido. Eric passou por todas as fases do trauma, negação, raiva, culpa. Só não chegou a aceitar que Logan continuasse com aquela loucura. Assim que ele se recuperou, decidiu agir. A princípio, eu temi que ele tentasse assassinar Logan. Mas não era este o plano. Ele me disse que matá-lo não era o suficiente para destruir a Sétima Ordem. Havia outros membros que poderiam tentar continuar o legado. Eric estava convencido de que a única coisa certa a fazer seria eliminar o propósito da Seita. Sendo você a chave para a Sexta Extinção, ele chegou à conclusão de que tinha que encontrá-la antes de Logan. Ele pretendia matar você.

— O que quase conseguiu, meses atrás. – interrompeu Lavínia.

— Sim, eu sei. E quero que saiba que nunca concordei com isso. Tentei, desesperadamente, inúmeras vezes, convencê-lo a desistir de tentar matar um inocente. Mas ele não me deu ouvidos. Estava obcecado pela ideia, convencido de que você estava viva e precisava ser eliminada. Como eu me recusei a ajudá-lo, ele saiu de casa. Passou os dez anos seguintes fugindo de Logan, e procurando por você. Ele gastou tudo o que nossa família ainda possuía. Vendeu imóveis, ações, carros. Ele nunca desistiu dessa obsessão, até encontrar você, assegurar-se de que era a pessoa certa. Infelizmente, Logan foi mais astuto. Eric não sabia que Logan o seguia há muito tempo. Ele o levou involuntariamente até você. Logan só se deu ao trabalho de segui-lo. Sei que meu irmão tentou contra sua vida e de seus amigos, mas ele estava desesperado. Ele percebeu tarde demais que estava prestes a perder o trabalho de dez anos. Em vez de eliminar uma ameaça, ele estava entregando-a à pessoa errada.

— Mas ele não conseguiu nos matar...

— Mas pagou com a vida, pela ousadia de tentar. – respondeu Sofia.

— Logan o matou antes que ele tentasse novamente?

— Não tenho a menor dúvida quanto a isso. Logan precisava de você viva...

— Para me matar na hora certa. Eu sei. – disse Lavínia.

As duas mulheres ficaram muito quietas por alguns minutos. Sofia levantou-se silenciosamente, e foi até a janela. Lavínia olhava para as próprias mãos.

— Sinto muito pelo mal que meu irmão causou a você. – disse Sofia, ainda de costas para Lavínia. — Ele era uma boa pessoa, antes do desgraçado do Logan entrar em nossas vidas.

— Não se desculpe. Pensando bem, seu irmão não me fez nenhum mal. Foi graças ao acidente, que encontrei meu pai. E quanto a Logan, acho que ele me encontraria com ou sem a ajuda dele.

Lavínia sentiu que não havia mais nada a ser dito. Levantou-se e dirigiu-se para a porta. Quando tocou a maçaneta, Sofia disse-lhe:

— Se tiver a oportunidade, acabe com Logan por mim. Pelo meu irmão.

Lavínia assentiu com a cabeça e se foi.

CAPÍTULO 18:
NO BOSQUE

CAPÍTULO 18

Sentindo-se grata por não encontrar a senhora Balfour no caminho, Lavínia tratou de deixar logo a sombria residência. Subiu a Rua das Magnólias, na direção do centro da cidade, praticamente sem olhar para os lados. Ela tinha pressa de chegar em casa, queria contar a Saulo tudo que ouvira e saber o que ele poderia ter descoberto. Lavínia tomou um ônibus para casa, o mesmo que costumava pegar para ir à biblioteca. Ao passar em frente ao prédio, não pôde evitar lembrar-se do dia em que conhecera Logan. Tantas coisas aconteceram depois disso, que parecia ter sido há séculos. E o homem que ela pensou ter conhecido ali era bem diferente do louco que ela descobria agora.

Ao chegar em casa, Lavínia não se surpreendeu ao encontrar o apartamento vazio. Enquanto aguardava o retorno de Saulo, ela reuniu tudo o que tinha de informação até o momento: as traduções do diário, as fotos, a agenda de Logan. Analisou o que tinha. Ainda não respondia a todas as perguntas, mas grandes peças do quebra-cabeça já começavam a se encaixar. Perdida em pensamentos, ela assustou-se ao ouvir o som da campainha. Ainda sentindo os batimentos cardíacos alterados, Lavínia abriu a porta para Saulo.

— Que bom que chegou, tenho várias novidades. – disse ela, ao mesmo tempo em que fechava a porta.

Saulo não respondeu, em vez disso, levou o dedo indicador em direção à boca, pedindo silêncio. Ele se aproximou dela e a abraçou, sussurrando em seu ouvido:

— Não diga nada, apenas fique parada aqui por alguns minutos. Tenho uma teoria.

Ele a soltou e se virou, andando pela sala devagar, quase sem fazer barulho. Lavínia permaneceu parada e muda, sem entender o que Saulo pretendia fazer. Ele começou a olhar atrás dos móveis, dentro de gavetas, até mesmo tateou todo o tapete procurando por alguma coisa. Em seguida, foi até a cozinha e tirou uma chave de fenda da caixa de ferramentas. Desmontou então o abajur e o telefone e, em seguida, começou a desmontar os espelhos de tomadas e interruptores. Lavínia não ousou fazer perguntas, apenas observou. Depois de vários minutos, ele pareceu finalmente encontrar o que procurava, atrás das grades do duto de calefação que ficava na parede da janela junto ao piso. Ele fez sinal para Lavínia se aproximar. Ela se abaixou ao lado dele, enquanto ele afastava a grade alguns centímetros. Saulo colocou uma das mãos dentro do duto e puxou um objeto pequeno que estava preso a um fio. Quando finalmente aproximou o objeto, foi que Lavínia pôde ver que se tratava de um pequeno microfone de escuta. Ela levou uma das mãos à boca, para conter uma expressão de surpresa. Saulo colocou o microfone de volta ao duto, cuidadosamente, e ajudou Lavínia a levantar-se. Segurando-a pela mão, conduziu-a até a porta. Abriu-a e fez sinal para que ela saísse para o corredor. Em seguida, ele saiu também, fechando a porta atrás de si. O corredor estava vazio e escuro. Uma corrente de ar subia pela escada, fazendo Lavínia arrepiar-se.

— Vamos sair imediatamente. Não é seguro ficar aqui. – sussurrou Saulo.

— Mas, como você sabia? – perguntou Lavínia.

— Foi apenas suposição. Explicarei tudo quando estivermos no carro.

— Por que você não destruiu aquele microfone?

— Porque se houver alguém na escuta, vai perceber se o aparelho for quebrado ou se um fio for cortado. Vai perder o som ambiente. Além disso, pode haver mais. Agora, não podemos perder mais tempo. Vamos entrar, pegar suas coisas e sair rapidamente. Pegue tudo que considerar importante.

Lavínia consentiu e então entraram os dois novamente no apartamento. Cerca de dez minutos depois, já estavam de saída. Saulo ajudou-a a colocar a mala e outros objetos no bagageiro, e olhou para os lados antes de entrar no carro.

— Para onde vamos? – perguntou Lavínia.
— Podemos ir para um hotel, a não ser que você queira ir a outro lugar.
—Na verdade, sim. Eu quero voltar a Castelo. Preciso ver meu pai.
Saulo olhou para ela, como se achasse muito estranho ouvi-la dizer "meu pai".
— Está bem. Vamos para lá então. – disse ele, enquanto ligava o carro.
Antes de sair, Saulo olhou pelo retrovisor.
— Vê aquele homem passeando com o cachorro? Eu o vi fazendo a mesma coisa esta manhã. – disse ele.
— Mas o que há de estranho nisso?
— Era outro cachorro. Acho que este homem pode estar nos vigiando. – respondeu Saulo.
— E foi isso que o fez supor que havia escutas no meu apartamento?
— Não. Foi um palpite que tive vindo para cá. Quando cheguei ao escritório pela manhã, a primeira coisa que fiz foi pesquisar todos os nomes que estavam na agenda de Logan, com a ajuda da minha secretária. Não foi difícil. Todas as pessoas eram ou são empresários ou políticos, ou parentes destes, portanto, publicamente conhecidos. Isso confere com a descrição de Elizabeth a respeito dos "escolhidos" de Logan. Acredito que muitos destes ainda fazem parte da Ordem. Descobri que alguns vivem aqui na região, inclusive em Chantal e Castelo. Isso me fez pensar que, talvez, Logan pudesse ter deixado pessoas vigiando você. Não acredito que ele tenha simplesmente desaparecido. Acho que logo ele deve voltar a dar o ar de sua graça. Enfim, eu estava pensando nisso quando estacionei o carro na frente do prédio. Foi quando eu vi aquele homem com o cachorro. E me lembrei que já o tinha visto pela manhã. Enquanto subia as escadas na direção do apartamento, lembrei-me de que você me disse que Logan invadiu seu apartamento uma vez, e em outra ocasião, ele foi revirado, mas nada foi levado. Foi então que me veio a ideia de que o invasor, que suponho ser o próprio Logan ou alguém sob suas ordens, pudesse ter instalado escutas. Os objetos revirados serviriam apenas para desviar a atenção. E eu estava certo sobre o palpite.

— E estou feliz que estivesse. Só não consigo imaginar por que ele faria isso.

— Logan está mantendo você sob vigilância. Talvez, ele esteja esperando o momento certo para tentar realizar o sacrifício. O que me preocupa é que, talvez, estivesse apenas esperando até que você traduzisse os símbolos do diário. Se ele estiver ouvindo o conteúdo das escutas no seu apartamento, ele já sabe que você os traduziu.

— Mas ele ainda não tem meu consentimento. Lembre-se de que era um requisito.

— Sim, eu me lembro, mas não tenho certeza de que Logan ligue para isso. Ele pode buscar meios de forçá-la a cooperar.

Lavínia não respondeu. Saulo havia dito em voz alta o que a perturbava. Mesmo que Logan agora soubesse que o sacrifício tinha que ser voluntário, o que o impediria de tentar conduzi-lo? Ele poderia não obter sucesso em antecipar a Sexta Extinção, mas nada o impediria de matá-la mesmo assim, ou de forçá-la a ir até o fim de alguma forma.

Saulo entrou na rodovia, o tempo todo verificando os espelhos retrovisores para assegurar-se de que não havia nenhum carro os seguindo. Depois de alguns minutos ele disse:

— Como foi na casa dos Balfour? Descobriu alguma coisa?

Lavínia contou-lhe então tudo o que ouvira de Sofia, com todos os detalhes de que pôde lembrar. Saulo fez apenas alguns comentários ocasionais, mas, de maneira geral, apenas ouviu atentamente.

O sol já se punha no horizonte, fazendo com que o céu adquirisse um tom avermelhado quando os dois chegaram a Castelo. Saulo entrou rapidamente, assim que os grandes portões de ferro se abriram, estacionando na frente das escadas que levavam à entrada principal, em torno do jardim. Juntos, entraram na casa acompanhados por um dos empregados, de nome Joaquim. Era um homem de idade avançada, que trabalhava na casa havia muitos anos. Muito mais que um mordomo, como Estêvão costumava dizer.

— Estêvão está em casa? – perguntou Saulo ao homem, assim que este abriu as portas duplas para deixá-los entrar.

— Não senhor. Ele precisou viajar a negócios. Deve retornar em dois dias. – respondeu o homem.

— Mas ele não me disse nada. Ele costuma me avisar quando viaja.

— Foi uma viagem inesperada. Ele me pediu para avisar aos senhores, logo que retornassem à casa. Ele deixou telefones de contato. – disse Joaquim, entregando a Saulo um cartão com vários números de telefone.
— Certo. Obrigado, Joaquim. Preciso de mais um favor. Solicite à segurança que redobre a vigilância em torno da casa.
— Algum problema? – perguntou o homem, parecendo ligeiramente alarmado.
— Não, é apenas... Precaução. – respondeu Saulo.
Joaquim concordou com a cabeça e saiu rapidamente, com surpreendente agilidade em direção aos jardins, trotando nos degraus de entrada.
— Não seria melhor avisá-los de que alguém pode estar vigiando a casa? – disse Lavínia.
— Não acho que seria uma boa ideia, com Estêvão fora. E por falar nisso...
Saulo avistou o telefone sobre uma mesa em um dos cantos da sala. Lavínia aguardou ao seu lado enquanto ele fazia a ligação.
— Ele está bem, foi apenas uma emergência de trabalho mesmo. Nada a se preocupar. Peço a você que não saia desta casa até Estêvão voltar. Aqui você estará mais segura do que em qualquer outro lugar.
— Você vai ficar também, não vai? Não vai me deixar aqui sozinha.
Saulo olhou bem para ela antes de responder:
— Sim, eu ficarei. Agora vamos levar suas malas lá para cima. Depois, pedirei a algum empregado para providenciar o jantar para nós.
Lavínia concordou em silêncio. Sentia-se um pouco contrariada, por não poder conversar com Estêvão imediatamente. Ela queria mostrar ao pai a tradução do diário de Elizabeth. Achava que ele tinha o direito de conhecer todos os fatos que se tratavam de sua mãe e, além disso, tinha esperanças de que ele próprio pudesse acrescentar detalhes à história, que preenchessem os vazios que ainda existiam. Conformou-se no fato de que ele voltaria em poucos dias, e então poderiam conversar. Ela também se sentia segura naquela casa, muito mais segura do que no velho apartamento, de qualquer forma.
O dia seguinte amanheceu chuvoso. Por volta do meio-dia a chuva parou, por isso, Saulo e Lavínia decidiram caminhar pela

propriedade após o almoço. O ar estava fresco, e o céu estava nublado, porém, de vez em quando, o sol aparecia timidamente por entre as nuvens. Eles atravessaram os jardins onde os canteiros ainda estavam encharcados, e caminharam até os limites do enorme campo que se estendia por detrás da casa. Havia um estábulo onde Lavínia nunca havia ido antes. De onde estavam, podiam ver alguns cavalos. Além do campo, circundando toda a propriedade, estava o bosque. Árvores de copas altas guardavam os limites dos muros da propriedade, estendendo-se por centenas de metros.

— O tempo está bom para andar a cavalo. O que acha? — perguntou Saulo.

— Eu não sei andar a cavalo. — respondeu Lavínia.

— É fácil, eu ensino você.

— Está bem, então...

Saulo a conduziu até o estábulo, onde um tratador tomava conta de, aproximadamente, sete cavalos puro-sangue. Saulo escolheu dois cavalos mansos, pediu para o tratador selá-los e ajudou Lavínia a montar um deles. Com alguma dificuldade, ela conseguiu. Saulo montou o outro cavalo e começou a cavalgar ao lado dela, dando instruções sobre a melhor forma de conduzir o animal, e o jeito certo de movimentar-se. Logo ela se acostumou aos passos ritmados do cavalo, e passou a gostar imensamente da experiência. Nem percebeu o tempo passar enquanto circulavam pelo campo. Depois de algum tempo, Saulo começou a cavalgar próximo dos limites do bosque. Lavínia o seguia de perto. O vento frio começou a soprar mais forte, fazendo as copas das árvores se agitarem com força. Perto do extremo norte da propriedade, Saulo localizou a entrada de uma trilha, larga o suficiente para entrarem com os cavalos. Lavínia o seguiu um pouco incerta. O tempo estava fechando, nuvens escuras cobriam o céu e o vento aumentava, prevendo chuva. Ela seguiu Saulo pela trilha, mantendo apenas uma pequena distância entre eles. Logo a luminosidade começou a diminuir significativamente, devido à sombra das árvores. Saulo virou para trás e disse:

— Vamos voltar, está difícil enxergar. Tem uma trilha logo à frente, à direita, por onde podemos voltar mais facilmente. Fique por perto.

Lavínia não respondeu, apenas acenou afirmativamente. Estava começando a sentir frio. Lábios tremendo, olhou para cima, mas não pôde ver muito do céu encoberto pelos galhos e pela folhagem espessa. Pelo pouco que pôde ver, as nuvens estavam mais escuras e a chuva parecia prestes a desabar novamente. Um relâmpago cruzou o céu. O barulho do trovão assustou os cavalos. Saulo continuou cavalgando, mas o cavalo de Lavínia estancou e levantou as patas dianteiras, relinchando nervoso. Segurando-se com toda a força para não cair, ela chamou por Saulo para que esperasse, mas, neste momento, começou a cair uma forte chuva. O som das grossas gotas batendo nas folhas e do vento que balançava os galhos ameaçadoramente abafou seu chamado. O cavalo endireitou-se e pareceu acalmar-se um pouco, mas Lavínia não ficou mais tranquila. Olhou pela trilha e não viu mais Saulo. A trilha fazia uma curva à frente, e ela havia ficado para trás.

Ela incitou o cavalo a andar, agora molhados os dois, Lavínia tremendo de frio. Ao fazer a curva na trilha, ela viu Saulo, apenas alguns metros à frente. Ele olhou para trás e fez sinal para que continuasse seguindo, mas estava ficando mais difícil. O chão sob as patas dos cavalos estava escorregadio, por isso o animal seguia lentamente. Lavínia estava realmente assustada, rezando para sair logo daquele bosque. Outro relâmpago cruzou o céu e, novamente, o som do trovão fez o cavalo de Lavínia assustar-se e levantar as patas. Dessa vez, ela quase foi ao chão, pois seus dedos molhados e dormentes de frio não conseguiam segurar a guia com a firmeza necessária.

Quando o cavalo finalmente acalmou-se, um som mais alto e mais assustador fez com que Lavínia se abaixasse por instinto, agarrando-se ao flanco do animal que, desorientado pelo estampido, começou a galopar por entre as árvores, saindo da trilha. Ela gritou por Saulo, mas tinha certeza de que ele não poderia ouvi-la. Sua única esperança era a de que ele desse por sua falta e viesse procurá-la.

O cavalo entrou em uma parte do bosque onde a vegetação era mais densa. Estava na penumbra, a pouca luz que havia entrava por entre as folhas das árvores altas. O cavalo parou, e Lavínia tentou fazer com que ele desse a volta de forma que pudessem voltar para a trilha. Como o cavalo não obedecia, ela desmontou e passou a puxá-lo pela guia. A estratégia deu certo, pois o animal voltou a se movimentar, ainda que com relutância. Como a passagem era muito estreita, Lavínia teve que embrenhar-se mais um pouco pelo bosque, para conseguir dar a volta na direção da trilha. Era uma tarefa complicada, pois o chão lavado pela chuva fazia com que a todo o momento ela escorregasse na lama, e tivesse que se segurar nas árvores para evitar cair. A mata fechada também complicava sua vida, pois tinha que escolher lugares por onde o cavalo conseguisse passar. Isso, somado à crescente ausência de luz, faziam com que Lavínia ficasse cada vez mais desorientada, incerta sobre a direção correta a seguir, de forma a voltar para a trilha.

Ela parou para descansar por um momento e apurou os ouvidos, tentando detectar algum som, um chamado de Saulo, por exemplo, que pudessem lhe servir de orientação. Tremendo da cabeça aos pés, respirando ofegante apoiada ao tronco de um pinheiro, ela ouviu o barulho de algo se movimentando por entre as folhagens. Com medo de que fosse algum animal selvagem, ela esperou, silenciosamente. O som parecia aproximar-se, mas ainda estava há vários metros de distância. Ela criou coragem e se arriscou, gritando o nome de Saulo. Não recebendo resposta, ela achou mais prudente afastar-se do que quer que fosse aquilo que se aproximava.

Tão silenciosamente quanto era possível, ela voltou a puxar os estribos e caminhou na direção oposta, olhando por cima do ombro a todo instante, para assegurar-se de que não estava sendo seguida. A chuva ainda caía, porém, com menos intensidade. Lavínia não sentia mais as extremidades, ensopada como estava, a respiração formando nuvens à sua frente. O cavalo seguia obediente, conforme Lavínia o guiava no meio da mata. O som de algo se movimentando continuava atrás deles, como se os seguisse, mas sem se aproximar. Lavínia pensou ter ouvido passos, mas não conseguia enxergar em meio à penumbra. Ela sentiu o animal agitar-se e olhou para trás, no instante em que outro relâmpago cruzou o céu, iluminando o bosque. Por uma fração de segundo, ela viu a silhueta de um homem, alguns metros atrás, segurando uma arma, possivelmente uma espingarda. Usou a descarga de adrenalina para andar mais rápido, puxando o animal com força. A mata começou a ficar menos densa e ela vislumbrou luz mais à frente. Sabia, agora, que estava na direção certa. Sem se importar com as pedras que machucavam os pés, nem com os galhos que arranhavam seu rosto e braços, ela seguiu em frente, e então começou a ouvir a voz de

Saulo, chamando por ela. Guiada pela voz, ela finalmente conseguiu encontrar a trilha. Saulo estava a poucos metros de onde ela saíra, mas ela não se sentia mais tranquila.

— Lavínia, onde você estava? Fiquei preocupado, você me assustou.

— Precisamos sair daqui. Rápido. – disse ela, com urgência, montando o cavalo com muito mais destreza do que da primeira vez.

Neste instante, outro disparo pôde ser ouvido. Uma árvore ao lado de Saulo sacudiu quando lascas de madeira do tronco e galhos foram violentamente arrancados, espalhando-se para todos os lados.

— Isso foi um tiro! Por este lado, siga-me. – gritou Saulo, agitando o estribo com urgência de forma a fazer o animal avançar.

Ela seguiu Saulo, que ia quase trotando à sua frente, pela trilha que agora estava um pouco mais iluminada. A chuva estava parando. Não demorou muito e ela conseguiu ver o fim da trilha, logo à frente. Em alguns segundos, estavam fora do bosque, em campo aberto. Continuaram cavalgando com rapidez, até chegarem aos jardins. Saulo ajudou Lavínia a descer do animal:

— O que você viu no bosque? Por que saiu da trilha? – perguntou ele, com urgência na voz.

— Um tiro atingiu uma árvore e assustou meu cavalo, por isso entramos na mata. Eu percebi que alguém me seguia e consegui voltar à trilha. Mas, antes disso, eu o vi. Era Logan. Tenho certeza.

Saulo olhou para o rosto dela assustado.

— Ele não pode ter entrado aqui. Nós temos seguranças a postos em todas as entradas possíveis! Faça o seguinte, vá para casa, suba para o seu quarto e me espere lá. Vou falar com o chefe da segurança e mandar realizar uma busca. Encontro você mais tarde.

Lavínia não argumentou, apenas fez o que ele pediu. Subiu para seu quarto e, como primeira providência, tirou as roupas ensopadas e sujas de lama e tomou uma ducha quente. Já devidamente aquecida, olhou pela sacada do seu quarto e viu, apesar da escuridão crescente, pois já era quase noite, vários seguranças que se deslocavam pelos terrenos, alguns deles com cães, em direção ao bosque, todos com lanternas nas mãos. Uma caçada humana estava a caminho. A chuva havia parado, e apenas uma garoa fina caía devagar.

Lavínia teve que esperar por mais de uma hora até o retorno de Saulo. Ela o obrigou a tomar um banho quente antes de qualquer coisa, pois ainda usava as roupas molhadas de antes, agora geladas devido à garoa.

— Até agora não encontraram nada. Alguns policiais vieram como reforço, mas não tiveram ainda nenhum sinal de Logan ou de outra pessoa qualquer. A busca vai seguir pela noite. – explicou Saulo a Lavínia, enquanto desciam juntos para jantar.

— Eu me pergunto por onde ele pode ter entrado. Achei que estivéssemos seguros aqui. – disse Lavínia.

— Eu também quero saber, e esta é uma das perguntas que deverão ser respondidas pelos policiais. Foi uma falha grave de segurança. Vou ligar para Estêvão após o jantar, e explicar toda a situação.

— Tem mais uma coisa que não entendo. Por que ele atirou em mim? Achei que ele me quisesse viva.

— Eu tenho a impressão de que ele não atirou em você. Da primeira vez, você disse que o tiro acertou uma árvore e assustou seu cavalo, fazendo com que ele saísse da trilha. Acho que era exatamente esta a intenção dele, nos separar. O segundo tiro foi para mim, e quase me acertou. Ele poderia estar tentando raptar você. Para isso, ele precisava me tirar do caminho.

Lavínia concordou, pois lembrou que Logan tinha tido oportunidades suficientes de atirar nela dentro do bosque, se quisesse. Mas, ele apenas tentou se aproximar. Por sorte, não conseguiu chegar perto o suficiente.

Depois do jantar, Saulo saiu mais uma vez para verificar como andavam as buscas, e Lavínia subiu para o quarto para descansar, mas não conseguia dormir. O corpo todo estava dolorido, pela tensão e pelo esforço de sair do bosque, isso sem contar os arranhões e machucados que ardiam sobre a pele. Acima de tudo, o que lhe tirava o sono era a visão de Logan no meio da mata. Ele tinha voltado. Talvez, ele realmente tivesse ouvido as escutas em seu apartamento e agora sabia que ela podia traduzir os símbolos. Mais do que isso, ele sabia o quanto da história dele próprio ela tinha conhecimento, por causa do diário de Elizabeth. A invasão da casa poderia ter sido uma atitude desesperada. Talvez ele tivesse urgência em realizar o sacrifício. Não havia como saber.

CAPÍTULO 19:
A TROCA

ᚠ ᛏᚱᛟᛚᚠ

CAPÍTULO 19

Na manhã seguinte, Lavínia acordou sobressaltada, após umas poucas horas de sono mal dormido. Ansiosa por notícias, desceu para o café da manhã e encontrou Estêvão e Saulo sentados à mesa. Saulo estava com a aparência de que não dormira nada na noite anterior. Estêvão levantou-se para cumprimentá-la.

— Bom dia Lavínia. Como você está? – disse ele, enquanto a beijava no rosto.

— Eu estou bem, mas e você? Quando chegou? Só esperava que chegasse amanhã.

— Cheguei há uns 20 minutos. Adiantei meu retorno por causa dos acontecimentos. Saulo estava agora mesmo me pondo a par da situação.

— E, por falar nisso, encontraram alguém? Encontraram Logan? – perguntou Lavínia, dirigindo-se a Saulo.

— Sinto muito, mas não encontraram ninguém. Por outro lado, acharam vestígios do atirador. Havia cartuchos usados de munição, que ele não se deu ao trabalho de recolher. Servirá de pista para a polícia tentar encontrá-lo. A boa notícia é que encontraram uma falha na cerca sobre o muro por onde ele deve ter entrado. Já estão consertando.

— Achei que a cerca fosse eletrificada. – disse Lavínia, surpresa.

— Deveria ser, mas... Bem, Estêvão insiste em deixá-la desligada. – respondeu Saulo, olhando acusadoramente para Estêvão.

— Nunca gostei deste negócio de cerca elétrica. São dez mil *volts*, isso é desumano. – defendeu-se Estêvão.

— E eu já expliquei que, apesar de ser alta tensão, o choque não mata, porque a corrente elétrica é baixa. O intuito não é matar, mas inibir. – explicou Saulo, impaciente.

— Eu sei, eu sei. Já entendi. E já dei ordens para religar. Além disso, vou mandar instalar câmeras de segurança para cobrir os pontos cegos da propriedade. Você vai poder dormir tranquila, Lavínia. Ninguém mais vai entrar aqui.

Lavínia voltou a dar atenção ao prato à sua frente. Apesar de não sentir fome, forçou-se a comer algumas fatias de frutas e torradas com manteiga. Ajudou Saulo a contar em detalhes os eventos da tarde anterior, desejando que pudesse logo voltar a seu quarto e dormir um pouco. Quando Saulo terminou de atualizar Estêvão com as novidades, ele parecia prestes a cair de sono sobre a leiteira.

— É melhor você subir e descansar agora, Saulo. Eu vou conversar com os seguranças agora. É inadmissível que esta casa seja invadida. Não posso permitir que isso ocorra outra vez. – disse Estêvão, levantando-se.

— Eu preciso conversar com você. Mais tarde. – disse Lavínia a Estêvão.

— É alguma coisa urgente?

— Não, pode esperar. Quero mostrar algumas coisas que descobri. Mas, no momento, acho que eu preciso descansar um pouco também.

— Está bem, então. Vejo vocês mais tarde.

Estêvão deixou o aposento, após um olhar furtivo para os dois à mesa. Lavínia sentiu-se incomodada. Sentia que o pai ainda não aprovava seu relacionamento com o melhor amigo, ainda que, para ela, isso parecesse tão natural.

— Acha que ele vai aceitar algum dia? – perguntou ela a Saulo.

— O quê? – respondeu ele, confuso.

— Nós.

Saulo pareceu refletir, olhando além da porta, na direção em que Estêvão saíra há pouco.

— Espero que sim. Não quero perder um amigo. – respondeu ele, sorrindo. — Além do mais, o que ele faria sem mim?

Ele se levantou e ofereceu uma mão para Lavínia.

— Vamos? Eu acompanho você até o seu quarto.

Ela tomou sua mão e o deixou guiá-la de volta ao terceiro andar. Alguma coisa lhe dizia que era apenas questão de tempo, até Estêvão entender que o melhor para eles era ficarem juntos.

Após o almoço, os três se reuniram na biblioteca. Lavínia retirou algumas folhas de papel e entregou a Estêvão.

— O que é isto? – indagou ele.

— O diário de minha mãe. Eu consegui finalmente traduzi-lo.

— Você conseguiu... O diário de Elizabeth? – perguntou Estêvão, olhando pasmo para as folhas em sua mão.

— Acho que você precisa ler isto. Há muita informação no diário, explica muitas coisas.

Estêvão sentou-se na poltrona atrás da escrivaninha e começou a leitura. Lavínia sentou-se na cadeira à sua frente e esperou, pacientemente. Saulo foi até a janela e ficou ali, olhando o jardim e o bosque adiante. O único ruído era o das páginas sendo viradas, ocasionalmente, por Estêvão.

Depois de um tempo que pareceu a Lavínia uma eternidade, Estêvão finalmente repousou as folhas sobre a escrivaninha, sem tirar os olhos delas. Depois de algum tempo, ele olhou para Lavínia e disse com a voz ligeiramente cansada:

— Quero que saiba, Lavínia, que o que eu li aqui não muda em nada o que sinto pela sua mãe. Eu apenas sinto muito que ela não tenha me contado, mas entendo seus motivos. Eu não a teria abandonado se soubesse de tudo, muito pelo contrário. Eu poderia tê-la protegido. Teria protegido vocês duas. E pensar que Klaus estava envolvido nesta loucura... Eu nunca teria acreditado se me contassem.

— É verdade, mas, por outro lado, isso explica o comportamento dele, particularmente na época em que Elizabeth faleceu. Não sei se você se lembra, Estêvão, mas nós estávamos preocupados com ele. Achávamos que o sucesso da banda estava lhe subindo a cabeça. – argumentou Saulo.

— A verdade é que, como disse Lavínia, este diário explica muitas coisas. Eu me lembro muito bem da discussão que tivemos após ele ter abandonado a gravação, conforme está escrito aqui. Tudo está mais claro agora. Também prova que Klaus ser assassinado naquela ilha não foi um acidente.

— Assassinado por Logan. Por não cumprir suas ordens. – concluiu Lavínia.

A SÉTIMA ORDEM

— Não posso evitar me sentir frustrado agora, ao descobrir que Klaus deixou-se levar por esta seita. Também não posso evitar a mágoa de saber da pressão que ele exerceu sobre Elizabeth. Mas, também, não posso negar que tenho muita pena dele. Ele destruiu a própria vida em nome desta loucura. E só Deus sabe a vida de quantos outros também. E Logan ser irmão de Elizabeth... Ela nunca mencionou um irmão.

— Bem, resumindo a história, Elizabeth nos conheceu por meio de Klaus, que era fantoche de Logan. O pai dela foi envenenado por Logan e ela desiste de levar adiante os planos da seita. Logan a persegue e Klaus a pressiona para que realize o sacrifício. – complementou Saulo.

— E, então, morre após o parto, a criança é dada como morta, mas, na realidade, foi adotada por Martha, que foi citada por Elizabeth como uma velha amiga que ela encontrou no hospital. – argumentou Estêvão.

— Parece que o único mistério que permanece é sobre a hora do parto. – concluiu Lavínia.

— Este é o problema, as únicas pessoas que estavam lá, com certeza, eram Klaus e Martha. Ambos estão mortos. – resumiu Estêvão, com raiva.

— E a obstetra que fez o parto? A tal Dra. Selma? – questionou Saulo.

— Eu soube que ela se mudou para o Canadá, isso antes de Alice nascer. E, de qualquer forma, eu conversei com ela depois que tudo aconteceu. Ela me disse que tanto Elizabeth quanto a criança estavam vivas e bem, logo após o parto. Elizabeth teria morrido de complicações subsequentes e, a criança, de uma infecção desconhecida. Ou seja, ainda que encontrássemos a Dra. Selma, não acredito que ela tenha outras informações relevantes. Ela presenciou o parto, o que ocorreu depois disso não deve ter nenhuma ligação com ela. – respondeu Estêvão.

— Ainda assim, alguém mais deve ter estado lá. Deve haver alguma testemunha. – argumentou Saulo, consternado.

— Eu acho que havia sim. Há uma pessoa que pode ter testemunhado. Rose. Como não pensei nela antes? – lembrou-se Lavínia.

— Quem é Rose? – indagou Estêvão.

— Rose é enfermeira do Hospital Geral de Chantal. Ela e Martha trabalharam juntas. Elas eram amigas, Rose frequentava nossa casa. A última vez que a vi, foi no enterro de Martha. E, recentemente, eu a vi no Hospital, mas apenas de longe. Ela ainda trabalha lá. Poderíamos conversar com ela, sendo amiga de Martha, ela deve saber de algo. Mesmo que não tenha testemunhado, Martha pode ter contado a ela o que aconteceu naquele dia. – concluiu Lavínia, animada.

Estêvão levantou-se decidido.

— Então eu vou procurá-la. Preciso saber a verdade sobre o que aconteceu a Elizabeth. Preciso saber por que tiraram você de mim. – disse ele, dirigindo-se à filha.

— Certo. Eu vou com você. – disse Lavínia, levantando-se também.

— De jeito nenhum. Você corre perigo com Logan solto por aí. Você deve ficar aqui, onde está protegida. – disse Estêvão.

— Não, eu quero ir. – ela olhou significativamente para Saulo, buscando apoio. Ele desviou o olhar.

— Eu concordo com Estêvão. Não é seguro para você sair desta casa por enquanto. Pelo menos não até que a polícia o encontre. Posso apostar que Logan está vigiando a casa de alguma forma. Ele não vai desaparecer.

— Eu tenho o direito de saber! Eu fui a pessoa mais atingida nesta história. Sou eu quem Logan quer ver sacrificada. Ele me tirou o direito de viver com minha família, embora Martha tenha sido mais do que uma mãe para mim. Ele me enganou, aproximou-se de mim apenas com o propósito de aguardar até que eu estivesse pronta para o sacrifício. Ele chantageou minha melhor amiga, e agora ela corre perigo. Enquanto eu estou aqui protegida, eu nem sei onde ela está, nem ao menos sei se está viva. Não é justo. – Lavínia disse isso tudo alterada, olhando do pai para Saulo.

— Vocês não podem me negar isso! Além do mais, Rose me conhece desde que nasci. Ela me viu crescer. Tenho certeza de que eu tenho muito mais chances de conseguir convencê-la a me contar a verdade do que qualquer outra pessoa!

Ninguém disse nada por um momento.

— Mesmo concordando com você, eu não quero expô-la a este perigo. Eu estarei sendo irresponsável se permitir que você saia desta casa. Acho que Saulo concorda comigo.

Saulo, porém, apenas suspirou e balançou a cabeça.

— Acho que você não pode obrigá-la, Estêvão. Ela é maior de idade. Eu prefiro que ela fique, mas tenho que admitir que ela tem o direito de ir se quiser. Ela tem consciência dos riscos envolvidos. Não é nenhuma criança.

— Eu esperava que você me apoiasse. – disse Estêvão, contrariado. Saulo respondeu em um tom de voz mais calmo, como se explicasse a uma criança.

— Eu apoio você. Concordo que ela não deve sair desta casa. Também quero protegê-la. Entendo que você está cumprindo com sua obrigação de pai ao alertá-la sobre os riscos, mas você não tem autoridade sobre ela, porque Lavínia já é adulta. Não há como recuperar o tempo que lhe foi negado, Estêvão.

Diante disso, Estêvão não teve alternativa a não ser ceder:

— Se você insiste nisto, eu terei que pensar em uma forma segura de irmos até lá. Deixem-me... Deixem-me pensar um pouco.

Lavínia e Saulo deixaram Estêvão sozinho no aposento, mas não foram longe. Ficaram aguardando no corredor em frente à biblioteca, olhando pelas altas janelas, onde o jardim frontal era visível. Havia poucas nuvens no céu, sem sinal da chuva que caíra na tarde anterior. Saulo resolveu quebrar o silêncio:

— Sabe, eu realmente preferiria que você ficasse. Eu sei que existe uma chance de essa tal de Rose saber alguma coisa, mas também pode ser que ela não saiba nada. Nós não temos certeza. Você acha que vale mesmo a pena arriscar-se por um palpite?

— Não é apenas um palpite. Eu realmente acredito que ela tenha informações úteis. Talvez, até mais do que isso. Ela pode ter presenciado. No mínimo, ela deve saber como foi que Martha acabou me adotando.

Saulo continuou olhando para os jardins, como se achasse que todas as respostas viriam de lá.

— De qualquer forma, a decisão é sua. E, se você decidir ir, eu não vou sair de perto de você. Aposto como Estêvão está, agora mesmo, organizando um exército para nos acompanhar.

— Não quero causar transtornos. Mas eu não consigo ficar aqui parada sem fazer nada. Não tive mais notícias de Alanis. Estou muito preocupada. Este pesadelo não acaba com a prisão de Logan. Há outros membros. Eu duvido que ele confie em alguém o suficiente para contar tudo o que ele sabe, mas a prisão não o impediria de dar ordens. Já tivemos evidências de que há pessoas trabalhando para ele. Eu não posso ficar trancada aqui nesta casa para sempre, esperando que tudo se resolva por mágica.

A conversa foi interrompida pelo som da porta da biblioteca sendo aberta. Estêvão apareceu à porta e se dirigiu aos dois:

— Sairemos em dois carros. Nós iremos em um deles, acompanhados por um segurança e escoltados pelo segundo carro.

— E a que hora sairemos? – questionou Saulo.

— Dentro de 15 minutos, os dois carros estarão à porta, então, espero que estejam prontos a tempo.

Dentro do horário previsto, partiram os dois carros da propriedade de Estêvão. Lavínia sentiu-se pouco à vontade com a situação, e não a agradava nem um pouco ter um segurança armado como motorista. As conversas dentro do veículo restringiram-se a um ou outro comentário ocasional. O clima de tensão era palpável. Estêvão ia à frente no banco do passageiro, olhando a todo instante pelos espelhos retrovisores. A viagem parecia durar mais do que o normal, apesar de estarem andando bem acima da velocidade máxima permitida na rodovia.

Cerca de uma hora mais tarde, os dois carros estacionaram próximos à entrada principal do Hospital Geral.

— Não é melhor entrarmos pelos fundos? – perguntou Estêvão ao segurança.

— Não senhor. É mais provável que haja uma abordagem se houver pouco movimento. Eu os acompanharei dentro do hospital, enquanto os outros seguranças ficam aqui fora vigiando. – respondeu o homem.

— Eu vou entrar sozinha. – declarou Lavínia.

— De jeito nenhum! Se você entrar sozinha, todas as precauções que tomamos para chegar aqui terão sido inúteis. – constatou Estêvão.

— Vocês acham que Rose vai querer falar alguma coisa se for abordada por quatro pessoas, uma delas armada? Se quiserem me acompanhar está bem, fiquem na recepção vigiando e finjam que não me conhecem. Mas, eu preciso encontrá-la sozinha. Acho que será mais fácil assim.

— Eu concordo. Estêvão? – disse Saulo.

— Está bem. Já chegamos até aqui, não vamos perder mais tempo discutindo.

Os quatro desceram do carro, Lavínia à frente do grupo. Ao chegar à recepção, ela sinalizou com os olhos para que os outros três se sentassem, e seguiu em frente até o balcão.

— Boa tarde. Eu procuro a enfermeira Rose. – perguntou ela a uma das atendentes.
— Rose do quê? – perguntou a mulher.
— Eu não sei o sobrenome dela. Tem mais de uma Rose?
— Há duas enfermeiras com este nome. Uma está afastada em licença maternidade e a outra está agora auxiliando em uma cirurgia.
— Eu tenho certeza de que ela não pode estar em licença maternidade, então vou aguardar a outra. Sabe se esta cirurgia demora?
— Não tenho a menor ideia. – respondeu a mulher, dando as costas para Lavínia para atender a outra pessoa.

Lavínia não teve escolha senão juntar-se aos outros na recepção e aguardar. Quarenta minutos mais tarde, ela a viu. Rose aproximou-se do balcão e conversava com a atendente. Lavínia levantou-se e foi até ela. Ao aproximar-se a ouviu dizer:
— Então até amanhã, Melissa.
— Bom descanso. – respondeu a atendente.

Rose virou-se e deu de cara com Lavínia, por pouco não se esbarraram.
— Olá, Rose. – disse Lavínia, sorridente.
— Oi, Lavínia! Que surpresa, você está tão... Diferente. – respondeu Rose, demonstrando nervosismo na voz. — O que faz por aqui? Está tudo bem?
— Eu estou bem, sim, obrigada. Eu vim ao Hospital para falar com você. Tem um minuto?
— Eu, bem... Eu estou ocupada. Estou trabalhando. – respondeu ela.
— Você acabou de despedir-se da atendente. E ela não está indo a lugar algum.
—É verdade, mas... É que eu tenho um compromisso agora. Podemos conversar em outro dia?
— Rose, é muito importante. Não vai demorar. Por favor. – disse Lavínia, segurando carinhosamente o braço da mulher.

Rose olhou para os lados, nervosamente antes de responder:
— Está bem, mas não aqui. Acompanhe-me.

A mulher guiou Lavínia até uma sala vazia, que parecia ser uma espécie de sala de reuniões, onde havia apenas uma mesa retangular comprida com algumas cadeiras em volta, desorganizadas. Ela indicou uma cadeira para Lavínia e se sentou em outra defronte.

Lavínia notou que o rosto de Rose parecia muito mais velho do que ela se lembrava, muito mais marcado pelas rugas e linhas de preocupação do que nos tempos em que frequentava sua casa.

— Você está muito bonita. Pena que não tenha vindo me visitar mais vezes. – disse Rose, de repente.

— Você também não foi mais me ver. Desde o velório.

— O que era mesmo que você queria falar comigo? – perguntou Rose, visivelmente mudando de assunto.

— Eu não vou fazer rodeios. Eu vim até aqui para saber o que aconteceu, exatamente, na noite em que eu nasci.

— Mas, menina, como você quer que eu me lembre disso? Já tem mais de 20 anos.

— Eu tenho certeza de que você se lembra, Rose. Se não fosse por isso, por que evitou me ver, desde que Martha morreu? Não foi por medo de que eu perguntasse? Você era a melhor amiga de Martha, possivelmente, a única. Você estava lá naquela noite. Viu como tudo aconteceu. De que forma Martha acabou ficando comigo? Foi minha mãe que pediu a ela para ficar comigo? Você sabe como ela morreu? – perguntou Lavínia, sem se conter.

— Eu não sei do que está falando. Eu não sei de nada. – respondeu a mulher, nervosa.

— Rose, por favor! Eu estou no escuro a vida toda! É da minha vida que estamos falando, eu tenho o direito de saber. – disse Lavínia, indignada. Ela tinha que arrancar a verdade de Rose, de alguma forma.

— Você me viu crescer, Rose. Tenha compaixão, por favor. Acha que Martha não gostaria que você me contasse?

— Martha me fez jurar que jamais contaria a ninguém!

— Então, você sabe! Diga-me o que sabe. Martha se foi, Rose. Você guardou o segredo dela por todos estes anos, mas não é um estranho quem está te pedindo para quebrar o silêncio. Sou eu. Por favor, não leve a verdade para o túmulo como fez ela.

— Está bem! Está bem...

Rose suspirou fundo antes de começar a falar.

— Eu me lembro como se tivesse sido ontem. Martha e eu estávamos de plantão aquela noite. Nós tínhamos acabado de fazer o atendimento a um recém-nascido, uma menina, que havia sido encontrada em uma lixeira atrás do hospital. Ela estava em observação, mas tinha poucas chances de sobreviver.

Logo em seguida, a Dra. Selma nos chamou para auxiliar em um parto. Quando Martha entrou na sala, e viu quem era a paciente, ficou radiante. Ela me contou que conhecia sua mãe já há muitos anos, que havia sido sua babá, antes de tornar-se enfermeira. Sua mãe estava muito tensa. Seu pai não estava lá, e ela não queria dar à luz antes que ele chegasse. Havia um rapaz também, um de nome engraçado. Era loiro e bem magro, meio baixo. Ele estava do lado de fora da sala de parto, parecendo nervoso. Sua mãe não quis deixá-lo entrar.

— Devia ser o Klaus! – disse Lavínia, lembrando-se de uma foto da banda, que Saulo certa vez lhe mostrara.

— Acho que era este o nome. Enfim, sua mãe não queria que ele acompanhasse o parto, mas ele não arredava o pé do lado de fora da sala. Antes de começar o trabalho de parto, a Dra. Selma saiu da sala por um instante. Foi aí que aconteceu a coisa mais estranha. Sua mãe chamou Martha para perto e lhe disse uma porção de coisas.

— Exatamente o quê? – indagou Lavínia curiosa.

— Eu não me lembro as palavras exatas, mas ela dizia que se alguma coisa lhe acontecesse, e ela parecia ter certeza de que aconteceria, era para Martha esconder duas coisas, um livro de capa preta que estava com ela, e a criança que estava para nascer. É claro que Martha também estranhou este pedido, mas sua mãe a fez jurar que se ela morresse, Martha teria que dar um jeito de ficar com a menina e nunca deixar que ninguém mais soubesse do paradeiro dela. Nem mesmo seu pai.

— Ela deve ter achado que eu não ficaria segura com meu pai, pois Klaus estaria sempre por perto. Se ela tivesse contado a ele...

— Eu não sei o motivo, e nem precisa me contar, porque não quero saber. Só sei que ela parecia apavorada. Bem, o parto foi normal e eu mesma limpei você e levei para o berçário. Vocês duas passavam bem. Cerca de uma hora mais tarde, Martha saiu para checar a menina da lixeira, e eu fui atender a um outro chamado. No caminho, eu passei em frente ao quarto de sua mãe. De longe, eu vi quando um homem saiu do quarto dela e andou a passos rápidos em direção à saída. Não era o mesmo rapaz de antes, ele era mais alto e tinha os cabelos escuros, lisos. Parecia mais forte também.

— Logan, provavelmente! – concluiu Lavínia.

— Não faço ideia de quem era. Só sei que tive a impressão de que ele guardava algo no bolso, parecia uma seringa. Como não era horário de visitas, pensei em chamar a segurança, mas, antes, entrei no quarto para ver se a sua mãe estava bem. Logo vi que havia algo de errado. Os aparelhos de monitoramento estavam desligados e ela respirava com dificuldade. Acionei a emergência, a Dra. Selma chegou em poucos segundos. Fizemos tudo que era possível, mas ela não resistiu. Eu lembrei do homem estranho que vi saindo do quarto dela, mas, na altura em que a segurança foi avisada, ele já tinha ido embora. A perícia concluiu que ela faleceu de complicações do parto, porque nenhuma substância estranha foi encontrada. Mas, eu duvido. Já vi muitas mulheres morrerem de complicações do parto, mas nenhuma que tenha tido um parto tão tranquilo quanto o dela. Assim que a Dra. Selma registrou a hora do óbito, Martha olhou para mim. Ela estava transtornada. Tinha feito uma promessa à sua mãe. Martha me chamou do lado de fora da sala, e sussurrou que cumpriria sua promessa. Eu disse que era uma loucura, que ela não podia fugir com uma criança, que acabaria presa. Mas ela tinha outros planos. Ela contou-me que a criança encontrada na lixeira tinha acabado de falecer. Ninguém sabia ainda, pois ela tinha saído da sala às pressas ao ouvir o sinal da emergência. Ela estava tão decidida a fazer isso, que eu não consegui convencê-la do contrário.

— Então vocês trocaram os bebês. – completou Lavínia.

— Sim. E pegamos o tal livro de capa preta. Martha guardou tudo com ela. Logo depois de termos feito a troca, seu pai chegou. A reação dele, ao saber que tinha perdido a mulher e a filha, foi a cena mais triste que eu já vi.

As duas ficaram em silêncio. Lavínia tentou imaginar como seu pai teria recebido a notícia, e não conseguia entender como tinham conseguido manter a farsa. Seria desumano deixar que um homem desesperado pensasse que perdeu a filha, quando ela ainda estava viva.

— Mas, ninguém percebeu que os bebês tinham sido trocados? – perguntou Lavínia, limpando uma lágrima que lhe escapara.

— Eram duas meninas, da mesma cor, praticamente do mesmo tamanho. Recém-nascidos são muito parecidos. Acho que só a mãe teria percebido, seu pai não tinha visto você. De qualquer forma, dias depois, Martha pediu a guarda da menina, supostamente abandonada. O seu nome foi sua mãe que escolheu. Ela olhou para você e disse que se chamaria Lavínia.

Lavínia não disse nada. Podia imaginar a cena, como se estivesse lá. Rose concluiu a história.

— Martha me fez jurar que eu jamais contaria para alguém o que sabia. Mantive a promessa. Até agora.

— E o livro? Ela tentou decifrá-lo?

— Ah, o livro não dizia nada. Só um monte de desenhos estranhos. Eu, no lugar dela, teria jogado fora ou queimado. Parecia coisa ruim. Mas ela me disse que manteria escondido. Depois, não perguntei mais, não sei o que ela fez com aquilo.

— Ela o manteve. Eu o encontrei. O livro era um diário que eu só consegui decifrar recentemente. Deu-me informações que me fizeram chegar até aqui. Acho que, agora, a única pergunta sem resposta é: por que Logan a matou?

— Eu contei tudo o que sei, tudo o que me lembro. – disse a mulher, defensivamente.

— Eu sei, Rose. E agradeço a você por isso. Mas ainda há perguntas sem resposta.

— Olhe, eu preciso realmente ir embora. Não se esqueça de que Martha a amava muito, e se esforçou ao máximo para ser uma boa mãe.

— Ela foi mais do que isso, Rose. Eu nunca esquecerei tudo o que ela fez por mim. – respondeu Lavínia.

Rose se levantou, afagou um dos ombros de Lavínia e saiu em direção à porta. Lavínia a deteve.

— Rose!

— Sim? – respondeu Rose, parando onde estava e se virando para encará-la.

— Obrigada por me contar. Significa muito para mim.

Ao invés de responder, ela acenou afirmativamente com a cabeça e se foi.

CAPÍTULO 20: O SACRIFÍCIO

CAPÍTULO 20

Lavínia ficou parada, olhando para a porta fechada por quase um minuto. Então, como se acordasse de um longo sonho, levantou-se e saiu também, em direção à recepção onde encontrou Estêvão, Saulo e o segurança.

Os quatro saíram juntos do hospital, sem dizer palavra alguma. Lavínia sabia o quanto Saulo e, principalmente, Estêvão, estavam ansiosos para saber o que Rose havia dito, mas achou melhor não discutir o assunto ali. Sempre havia o risco de que algum servo de Logan poderia estar por perto, espionando. Assim que todos estavam de volta ao carro, porém, Estêvão não perdeu tempo em questioná-la:

— Então, como foi? Você conseguiu persuadi-la a contar o que sabe?

— Sim, consegui. Mas tive que, praticamente, implorar por isso. Ela manteve a história em segredo por todos estes anos. Mas eu estava certa. Ela estava lá. Presenciou tudo.

Lavínia então passou a contar-lhes o que Rose dissera em todos os detalhes que pôde lembrar-se, sem nem ao menos importar-se que o segurança estivesse ouvindo tudo. Saulo não interrompeu nenhuma vez. Somente quando ela terminou de contar a história foi que ele comentou:

— Então, agora, sabemos que foi Logan quem a matou. Isso me conforta um pouco. Por algum tempo, cheguei a temer que tivesse sido Klaus.

— Mas, isso não muda muita coisa. Continuamos sem provas concretas de que ele seja o assassino, não se pode condená-lo com base em um depoimento incerto. – ponderou Estêvão.

— E ainda não sabemos qual foi o real motivo de ele tê-la matado. Não faz muito sentido. Sabemos que ele precisava dela para o sacrifício. – disse Lavínia.

— Ou não. Talvez, ele soubesse que podia fazer o ritual sem ela, caso você estivesse disposta a fazê-lo. Talvez, ele tivesse certeza de que ela não o faria, talvez tenham discutido. Ele pode ter exagerado na reação. – disse Saulo.

— Acho que nunca saberemos com certeza, a não ser que o obriguemos a falar. – disse Estêvão, em um tom de voz que insinuava que estava disposto a capturar Logan e obrigá-lo a falar sob tortura. Lavínia pressentiu o perigo.

— Acho que não importa, realmente, saber o que o motivou. Sabemos que ele é capaz de muitas coisas. De qualquer coisa. Ele não precisa de um motivo. O que temos que fazer agora é descobrir um meio de detê-lo, apesar de que não acredito que ele possa ser detido por muros e grades.

Depois disso, todos ficaram em silêncio por vários minutos. O sol estava se pondo, o horizonte parecia dourado. O segurança olhava pelos retrovisores a todo instante. Lavínia pressentiu que algo não estava certo, quando ele começou a acelerar cada vez mais na rodovia. Ela olhou insegura para Estêvão. Ele parecia não ter percebido. O chiado do rádio de comunicação atraiu sua atenção. O motorista do carro que os escoltava estava fazendo contato. Lavínia não conseguiu entender o diálogo por completo, mas uma frase foi bem clara, repetida duas vezes: "Estamos sendo seguidos".

A partir daí, a tensão dentro do veículo aumentou consideravelmente. O segurança acelerou ao máximo na rodovia. Lavínia viu-se, novamente, prestes a sofrer um acidente de carro. Ela olhou para trás, mas não conseguiu distinguir o carro que os seguia. Enquanto isso, o segurança continuava acelerando e dirigindo freneticamente, mas não por muito tempo. Um carro se aproximava no sentido oposto. Os faróis altos não permitiam ver muita coisa. Lavínia sabia que tanto o carro que vinha na outra pista quanto o carro em que estavam vinham em alta velocidade pela rapidez com que se aproximavam. Quando o outro carro estava a apenas alguns metros de distância, foi que aconteceu o inesperado. Ele atravessou a pista, entrando na contramão. Para evitar a colisão, o segurança teve que frear e girar o volante muito rapidamente, enquanto o outro que estava em rota de colisão fazia o mesmo. Lavínia fechou os olhos por um momento, esperando o choque iminente, que não aconteceu. Quando ela abriu os olhos, olhou para trás e percebeu que o carro que os escoltava fora obrigado a fazer o mesmo, seguido pelo carro que os seguia. Agora, estavam todos atravessados na pista, os dois carros desconhecidos bloqueando o caminho, impedindo que seguissem adiante ou voltassem.

O segurança desceu do carro, mas ordenou aos três que permanecessem dentro dele, abaixados. Antes de se abaixar, Lavínia pôde ver que tanto os seguranças do carro de escolta quanto os ocupantes dos carros desconhecidos haviam saído dos veículos e gritavam uns com os outros. Ela levou as mãos à cabeça e tampou os ouvidos ao ouvir o primeiro tiro. Era impossível saber quem atirara primeiro. Logo, o único som que se podia ouvir era o de tiros cortando o ar, acertando a lataria dos carros e os vidros à prova de bala. Lavínia só podia imaginar por quanto tempo a proteção resistiria. Ela ouviu mais gritos e, então, tudo parou. Abriu os olhos ao ouvir a porta do carro sendo aberta com violência, e então desejou não ter feito isso.

Um homem desconhecido estava à porta, não o segurança. Ele carregava uma arma de grosso calibre e chamava alguém. Mais dois homens se aproximaram e obrigaram Lavínia, Estêvão e Saulo a saírem do carro. Eles obedeceram, e logo estavam os três na rodovia. Estava mais escuro agora, de modo que a única luz sobre eles era proveniente dos faróis. Lavínia olhou em volta com cuidado. Os seguranças que os acompanhavam estavam todos deitados no chão com as mãos sobre a cabeça. Alguns estavam imóveis, certamente atingidos pela quantidade de sangue espalhado no asfalto. Todos estavam desarmados, reféns dos homens que os seguiam. Lavínia viu o corpo de alguém que, claramente, não era um segurança, deitado de costas para o chão, com sangue escorrendo do peito e de um dos braços. Os perseguidores também tinham sofrido baixas. Os três homens que os detinham iniciaram uma discussão:

— Vamos levar os três? – perguntou o mais alto deles.

— Ele disse para levar só esses dois aqui. – respondeu um deles, gesticulando em direção a Lavínia e Saulo.

— O que fazemos com o outro, então?

— Sei lá. Mate-o, eu acho.

— Não! – gritou Lavínia, instintivamente. Os três homens não lhe deram atenção. A discussão continuou.

— Não precisamos fazer isso. Deixe-o aí na estrada.

— E deixar que ele vá até a polícia? Você é idiota ou o quê?
— Não vai fazer diferença. Tudo vai mudar, ou você não prestou atenção? Não vai existir polícia para onde ele correr.
— Estamos perdendo tempo! Vamos levá-lo ou o largamos aí, vocês decidem.

Lavínia viu pelo canto do olho que um dos seguranças que estava deitado ao chão aproveitou-se do momento de distração dos demais para mover-se. Em um instante, ele derrubou e desarmou o homem que tinha antes um revólver apontado para sua cabeça. Uma nova confusão se formou, interrompendo a discussão anterior. Após um momento de dúvida, os três homens que os detinham os empurraram em direção ao carro que estava à frente, obrigando Lavínia, Saulo e Estêvão a entrarem no banco de trás. Dois dos homens foram à frente e o terceiro ficou para trás, dando cobertura. Quando o motor do carro foi ligado e o motorista ameaçou sair cantando os pneus, um novo tiroteio se iniciou. Uma bala perdida atingiu a lataria do carro, mas não o parou. O homem acelerou, dirigindo a toda velocidade na rodovia.

Lavínia deu uma última olhada para trás. Os seguranças de Estêvão que não estavam feridos pareciam haver retomado o controle, mas seria difícil que conseguissem alcançá-los agora. O motorista do carro em que estavam fez uma manobra perigosa e saiu da rodovia, entrando em uma pista lateral. Não era uma pista asfaltada e, por isso, o homem foi obrigado a reduzir um pouco a velocidade. O carro balançava absurdamente sobre o cascalho.

Lavínia viu de relance uma placa que indicava que estavam indo na direção do aeroporto. Mais alguns minutos, e chegaram a uma grande propriedade cercada por muros cobertos de arame farpado. Lavínia não precisou se esforçar para saber onde estavam. O som das turbinas dos aviões deixava claro que haviam chegado ao destino. Entraram por um portão e estacionaram o carro ali perto. Os dois homens os fizeram sair do carro e segui-los. Estavam na área dos hangares. Lavínia reconheceu de longe o galpão em que Logan mantinha seu bimotor. Sentiu um arrepio percorrer-lhe o corpo. Logan devia estar por perto. Lavínia olhou para Estêvão, mas ele não retribuiu seu olhar. Ela caminhava segura pelo braço por um dos sequestradores, que a prendia com tanta força que ela sentia as pontas de seus dedos dormentes. Com a outra mão, ele segurava um revólver que mantinha apontado para Estêvão, na altura da cintura. O outro homem ia à frente com uma arma apontada para a cabeça de Saulo.

Eles chegaram, finalmente, ao hangar certo. Poucas luzes estavam acesas e, a princípio, parecia estar vazio. Ficaram imóveis por um tempo, sem dizer palavra alguma. O vento frio da noite, que entrava pela imensa porta do galpão, fez Lavínia sentir frio. Ela estava usando apenas um agasalho leve, de corrida. Seu coração acelerou de repente, e ela esqueceu completamente o frio, quando passos começaram a ecoar dentro do hangar. Passos rápidos, decididos. Mesmo sob a pouca luz, Lavínia reconheceu a silhueta de Logan se aproximando. Quando ele estava a poucos metros de distância, ela pôde ver seu rosto. Estava impassível. Não transparecia nada, nem raiva, nem medo, nem alegria. Apenas os olhos frios de sempre.

Ele caminhou até onde estavam os cinco, parando em frente a Lavínia. Para sua surpresa, ele sorriu para ela.

— Senti sua falta – disse ele.

— Não parecia sentir minha falta enquanto atirava em mim no bosque. – respondeu ela, imediatamente.

— Ora, minha querida. Você não achou que eu a machucaria, não é mesmo? Eu não atirei, eu só queria trazê-la até mim. Se eu quisesse atirar em você, de verdade, eu teria feito isso enquanto estávamos dentro no bosque, brincando de esconde-esconde.

— Brincando? Você chama aquilo de brincadeira? Até onde chegou sua loucura, Logan?

Como sempre, ele pareceu não ouvi-la. Ele se dirigiu até onde estava Estêvão e perguntou ao homem que o detinha:

— Eu não disse, especificamente, que queria apenas os outros dois?

O homem não respondeu. Parecia aterrorizado. Logan tomou-lhe a arma e apontou para Estêvão. Lavínia tentou, inutilmente, desvencilhar-se do homem que a segurava e gritou:

— Não atire nele!

Logan não desviou os olhos. Continuou apontando a arma para Estêvão e disse:

— Não preciso de você. Fora daqui.

Estêvão ficou paralisado, em dúvida se devia obedecer ou não. Ele olhou apreensivo para Saulo e Lavínia. Logan estava perdendo a paciência.

— Se você não sair da minha frente agora, eu vou puxar o gatilho. Mesmo que isso chateie a sua filha.

— Vá agora, Estêvão! O que está esperando? – gritou Saulo, nervoso.

Estêvão virou as costas e saiu correndo do hangar. Lavínia olhou apreensiva, imaginando se Logan o deixaria fugir. Para seu alívio, ele abaixou a arma e se voltou aos demais.

— Vamos. – disse ele, caminhando em direção ao bimotor. Um piloto esperava na porta. Ao chegar à aeronave, ele ordenou aos dois seguidores:

— Convidados primeiro. Deixem-nos subir.

Os homens empurraram Saulo e Lavínia para dentro do bimotor, e esperaram do lado de fora, deixando que Logan entrasse em seguida. O piloto posicionou-se na cabine, e Logan parou à porta da aeronave, virando-se para encarar os capangas. Sem aviso, e sem dizer uma palavra sequer, Logan atirou nos dois à queima-roupa. Apenas um tiro certeiro em cada um, que caíram do lado de fora do bimotor, inertes. Ele, então, fechou a porta com violência e se sentou de frente para Saulo e Lavínia. Ela evitou olhar para ele. Era como olhar para algo hediondo, asqueroso.

Os motores começaram a funcionar, e logo o bimotor estava na pista. Um minuto a mais aguardando a permissão para o voo, e estavam no ar. Ao atingirem altitude, a única coisa visível eram as luzes da cidade, centenas de metros abaixo. Lavínia sabia para onde estavam indo, mesmo sem poder ver muita coisa. Em alguns minutos, estariam de volta à Ilha das Almas. De volta ao último lugar em que ela gostaria de pôr novamente os pés.

Depois de 20 minutos que pareceram durar horas sob o olhar frio e vigilante de Logan, o bimotor começou a perder altitude. Já dava para ver a ilha, cada vez mais próxima. O piloto fez a manobra já conhecida por Lavínia, circundando a ilha. A pista improvisada estava iluminada por tochas acesas. O bimotor pousou com um baque. Lavínia sentiu o corpo todo vibrar enquanto a aeronave deslizava sobre a pista de terra, perdendo velocidade. Quando parou, finalmente, ela ainda tremia, mas de pânico. Antes de descerem, Logan amarrou as mãos de Lavínia e de Saulo atrás das costas. Em seguida, aproximou-se de Lavínia e levou as mãos até o rosto dela, afagando-o.

— Tire as mãos dela. – disse Saulo, em voz baixa, porém firme, ameaçadora. Logan não lhe deu atenção.

— Hora do *show*, Lavínia. Você não sabe a quanto tempo eu espero por isso.

Lavínia não respondeu, mas desviou o olhar. Logan segurou-a pelo braço e a conduziu para fora, ordenando a Saulo que fosse à frente. Ele segurava a arma apontada para as costas de Saulo, instruindo-o sobre a direção a seguir. O caminho estava fracamente iluminado por tochas presas às árvores. Em pouco tempo, chegaram à clareira, onde estava o horrendo templo de pedra.

À primeira vista, parecia estar completamente imerso na escuridão, mas, ao chegarem em frente à porta de entrada, era possível ver uma fraca luz que, claramente, vinha do segundo cômodo. Os três atravessaram o primeiro cômodo, guiando-se pelo rastro de luz que vinha do fundo do corredor. Ao chegarem ao segundo cômodo, Lavínia pôde ver que a luz era proveniente de duas tochas, que estavam presas à parede, do lado direito de quem entrava. Esta era a parede onde se podiam ver as inscrições que continham os versos ritualísticos. Lavínia sentiu um arrepio a lhe percorrer. Isso não era bom sinal. À esquerda, estava o altar de pedra, que ela já tinha visto antes, porém com uma diferença. Nas outras vezes em que estivera ali, ela não havia reparado em duas alças de ferro que pendiam do teto, onde estavam presos dois longos pedaços de corda. Estavam posicionados exatamente sobre o altar. Lavínia sentia o ar frio e úmido da caverna, o conhecido cheiro de umidade e bolor irritando suas narinas. Saulo e ela estavam de pé, parados no centro da sala oval, mal ousando respirar, enquanto Logan se movimentava atrás deles.

Lavínia olhou para Saulo, bem no momento em que ele era abordado por Logan, pelas costas. Logan prendeu Saulo pelo pescoço com um dos braços, enquanto forçava um pano úmido de cheiro caracteristicamente forte em seu rosto. Saulo tentou desvencilhar-se de Logan, mas o produto agiu rapidamente. Em poucos segundos, ele caía de joelhos, tombando para a frente sem sentidos. Lavínia fez menção de ajoelhar-se ao lado dele para ver se estava bem, mas, ao fazer isso, apenas facilitou o trabalho de Logan. Ele a segurou com mais facilidade do que segurara Saulo e, então, era a vez de Lavínia experimentar o cheiro forte e inebriante do formol, sentir as forças de seus braços e pernas se esvaírem, e logo ser tomada pela escuridão.

Quando recuperou os sentidos, Lavínia não conseguiu abrir os olhos instantaneamente. Ainda sentindo os efeitos do produto químico, ela sentiu uma dor pungente vinda de ambos os braços, começando nos pulsos e se espalhando até os ombros. Ao abrir os olhos, ela entendeu o motivo. Estava sentada sobre a pedra fria do altar e tinha os braços presos sobre a cabeça pelas cordas que pendiam das alças no teto. As pernas estavam soltas, sobre a beirada do altar, e seus pés estavam descalços, gelados. Ela percebeu logo que a posição em que se encontrava era propícia para o ritual de sacrifício. Estava bem de frente para as inscrições e os braços presos sobre a cabeça a impediam de qualquer reação ou tentativa de fuga. Logan também havia lhe tirado o agasalho, e a blusa que ela usava por baixo era fina demais para protegê-la do frio do templo. Seu corpo todo tremia.

Ela percebeu um movimento à sua esquerda e viu que Saulo estava sentado a uma cadeira de aspecto podre, que Logan, certamente, conseguira no cômodo anterior. Ele tinha as mãos e os braços fortemente presos às costas da cadeira. Sua cabeça pendia para um lado e ele estava amordaçado. Lavínia suspeitava que o trapo em sua boca era o mesmo que Logan usara antes para fazê-los perder o sentido, e que agora mantinha Saulo nocauteado, sem possibilidade de reação. Logan estava logo à sua frente, de costas para ela, admirando as inscrições na parede de pedra, como se fossem obras de arte de inestimável valor. Ele se virou e pareceu surpreso em vê-la acordada:

— Ah, você já está acordada! Por que não me chamou para começarmos logo? Deve estar tão ansiosa quanto eu, imagino.

— Não conte com isso. - respondeu ela, com a voz fraca. Foi então que ela reparou que Logan tinha algo nas mãos. Uma espécie de punhal de prata. Ele reluziu à fraca luz, quando Logan aproximou-se de Lavínia. Ela tentou esquivar-se, mas mal podia se mexer na posição em que se encontrava. Ele posicionou-se bem de frente para ela, seus rostos estavam no mesmo nível. Ele segurava o punhal com a mão esquerda e, com a direita, ele tocou seu rosto. Suas mãos estavam geladas. Lavínia estremeceu sob o toque. Em torno dele, o ar parecia ainda mais frio. Ele se aproximou ainda mais de seu rosto, e disse em voz baixa, suavemente:

— Eu sempre gostei do seu cheiro. A sua pele é tão macia, tão tentadora. - ele acariciou suas costas e lábios enquanto falava. — Uma pena que você tenha me abandonado pelo seu novo namoradinho. Poderíamos ter aproveitado melhor este tempo. Nem tivemos uma despedida...

— Assassino. - disse Lavínia, quase em um suspiro. As cordas cortavam-lhe os pulsos.

— O que disse? Acho que não ouvi bem. – disse Logan, afastando-se o suficiente para olhá-la nos olhos.

— Assassino. – repetiu ela, com mais força. A palavra saiu alta e clara, ecoando nas paredes de pedra. Logan deu um passo para trás e riu, fria e desdenhosamente.

— Do jeito como você fala, eu vou achar que está tentando me ofender.

— Por que você a matou? – perguntou Lavínia, ignorando o comentário sarcástico de Logan.

— De quem, exatamente, estamos falando?

— Estou falando da minha mãe! – gritou Lavínia, reunindo toda a força que lhe restava. O sarcasmo e a insanidade de Logan não a assustavam mais, mas a irritavam profundamente.

Logan não respondeu de imediato. Parecia avaliar se valia a pena perder seu precioso tempo relembrando fatos do passado, que não mereciam mais atenção do que uma traquinagem.

— Isso faz tanto tempo... Acho que não me lembro mais dos detalhes. Mas foi um fato importante, veja bem. Nos trouxe até aqui. Se eu não a tivesse matado, talvez, tivesse conseguido acelerar muito as coisas. Por outro lado, nós não teríamos nos conhecido. Teria sido uma pena, não?

Lavínia sentiu a raiva tomá-la mais uma vez, ao ver que ele sorria enquanto olhava para seu corpo com lascívia. Ela queria soltar-se das cordas e esbofeteá-lo, queria machucá-lo até sentir os ossos da mão doerem. Ele continuou falando:

— Se você realmente quer saber, eu conto. Eu já esperei muito tempo, mais de 20 anos por este momento. Acho que não fará mal perder um minuto para relembrar os velhos tempos. Vou considerar como seu último desejo. Sua mãe não precisava ter morrido. Na verdade, eu não tinha intenção de fazer isso, a menos que fosse realmente necessário. Ela era como uma irmã para mim, você sabe disso. Leu no diário dela, não foi?

— Você nunca a considerou uma irmã... – disse Lavínia, sendo ignorada.

— Enfim, quando eu fui ao hospital visitá-la, minha intenção era apenas a de conversar com ela. Sua mãe já tinha desistido de fazer o sacrifício, e estava irredutível. Eu fui até lá para convencê-la de que o melhor a fazer era que ela entregasse você a mim. Eu estava disposto a ensinar-lhe tudo, esperar alguns anos até você aprender o Asgard. Tudo o que ela precisava fazer era ensinar os símbolos. Ela

A SÉTIMA ORDEM

não precisaria realizar o sacrifício, já que tinha se apegado a você. Percebe como eu fui generoso? Estava disposto a esperar, a ser paciente. Só não estava disposto a esperar tanto assim. Acontece que, quando eu cheguei ao hospital para visitá-la, ela me disse que você estava morta. Dá para acreditar nisso? Pois eu acreditei. Acreditei, porque ela olhou nos meus olhos quando disse isso. Ela olhou com triunfo e com tanto ódio e ressentimento, que eu não tive dúvidas de que fosse verdade. Imagine só, achei mesmo que ela teria tido coragem de matar a filha, só para me contrariar! Fui um tolo, eu reconheço. Mas, naquele momento, eu acreditei. E minha raiva ao ouvir isso me deixou cego. Eu tinha um frasco de veneno no bolso, que eu guardava para ocasiões especiais. Eu não pretendia usá-lo nela. Era um veneno raro e caríssimo. Extremamente fatal, mesmo em doses muito pequenas. Em meio à raiva que me dominou, eu apliquei o veneno nela. Uma injeção precisa no pé. Ela nem percebeu o que eu estava fazendo.

Logan parou a narrativa e se aproximou mais uma vez dela, sem tocá-la. Uma lágrima escorria em seu rosto e ele a enxugou com uma das mãos. Ela se esquivou de seu toque. Ele continuou a história:

— Não precisa agradecer. Sabe qual a melhor parte de ver alguém morrer, Lavínia? É ouvir o que elas dizem nos instantes finais. As últimas palavras. Até os ateus rezam nesta hora. Quer saber o que sua mãe disse?

Ela não respondeu. Não tinha certeza se queria ouvir.

— Eu vou contar. Nos poucos segundos que foram necessários para o veneno fazer efeito, ela disse: "Você nunca vai encontrá-la". Encontrá-la, foi o que ela falou. Naquele instante, eu não dei atenção àquilo, e fui embora. Mas, passei muitas semanas remoendo o assunto. As últimas palavras dela não saíam da minha cabeça. Mesmo sabendo que seu pai tinha enterrado uma menina, eu cheguei, finalmente, à conclusão óbvia de que Elizabeth mentira para mim. Minha própria irmã! Eu sabia que ela havia se tornado boa demais, tola demais ao lado de seu pai. Ela não era capaz de matar. Ela devia ter encontrado um meio de esconder você, sumir com você, para que eu não pudesse encontrá-la. Convicto de que você estava viva, passei a procurá-la, desde então. Demorou tanto para conseguir achar você, mas eu nunca desisti. E pensar que eu percorri meio mundo procurando seu rastro, e você estava aqui, tão perto. Mas você não estava preparada ainda. Eu precisava me aproximar com cuidado, ganhar sua confiança.

— E para isso, você usou Alanis... — completou Lavínia.

— Ela foi útil, mas nem tanto. Foi bastante incompetente, inclusive. Quando você começou a sair com esse aí. – Logan indicou com a cabeça o lugar onde estava Saulo. — eu disse a ela para convencer você a ficar comigo, mas ela não fez o que eu pedi. Achei que ela tivesse mais amor à família.

— O que você fez com eles? – perguntou Lavínia, alarmada.

— A família dela? Nada. Ela fez o favor de desaparecer e, agora, isso não tem mais importância. No fim das contas, acabou sendo uma coisa boa que você tenha se aproximado dele. Você passou a frequentar a casa do seu pai. Foi lá que descobriu como traduzir o diário, não foi?

Lavínia concordou brevemente com a cabeça. Sabia que não adiantava negar. Ele ouvira toda a conversa com Saulo, na noite em que traduziram o Asgard.

— Bem, quando eu soube que você estava frequentando a casa de Estêvão, eu tive a certeza de que era apenas questão de tempo até você ter o diário traduzido. Então, decidi fazer uma viagem. Voltei a Reykjavík. Fui buscar esta belezinha. – ele levantou o punhal de prata até a altura dos olhos. — É uma relíquia de família. Meu pai guardou para usá-la no sacrifício. Está na família desde os tempos em que os manuscritos que deram origem à Sétima Ordem foram encontrados. Não tem nenhum poder especial, mas tenho certeza de que não há arma alguma no mundo que seja mais adequada para a ocasião. Mas não pense que eu abandonei você ao ir para lá. Enquanto estive na Islândia, reuni meus seguidores para as ordens finais. Foram eles que tomaram conta de você até hoje, e me mantiveram informado. Eu soube, imediatamente, quando você decifrou o Asgard, e por isso voltei. Ainda contei com meus seguidores para trazê-la até o hangar. Foi a última missão deles.

— Você não se importa com eles, não é? Matou dois dos seus seguidores na minha frente! Eles são descartáveis como todo mundo que entra no seu caminho.

— Eu não preciso de ninguém, Lavínia. Nunca precisei.

— Não mesmo? Nem do seu pai, que o encontrou no bosque e salvou você de uma morte terrível?

— Não, minha querida. Nem dele. Foi apenas o destino que quis que ele me encontrasse. Foi o destino que me trouxe até aqui para cumprir o ritual de libertação e me fazer Senhor do novo mundo. Senhor único da Sétima Ordem. É uma pena que você tenha que morrer. Eu deixaria você reinar comigo. E, por falar nisso, já chega de histórias. Vamos começar.

Logan deu as costas para Lavínia e se encaminhou para o canto onde estava Saulo, ainda adormecido. Ele girou a cadeira, que antes estava voltada para a entrada do cômodo, de modo que ficasse bem de frente para Lavínia, de costas para a parede onde estavam as inscrições. Segurando o punhal com a mão esquerda, ele se posicionou atrás da cadeira e, com a mão direita, agarrou os cabelos de Saulo, fazendo com que sua cabeça fosse puxada para trás, deixando o pescoço à mostra.

— O que você vai fazer? – perguntou Lavínia, com um leve tom de desespero na voz.

— Não é óbvio? – respondeu ele, com um tom de desdém. Aproximou o punhal do pescoço de Saulo e fez apenas um pequeno corte. Um filete de sangue escorreu, e Logan o aparou com o punhal.

— Você não precisa fazer isso, eu é que serei sacrificada.

— Veja por este lado, Lavínia. Ele vai morrer de qualquer forma. Se você for uma boa menina e fizer direitinho a sua parte, vocês dois morrerão. Por outro lado, se você não cooperar, eu posso usar meu punhal no pescoço dele e deixar você viver para culpar-se pela sua morte. Acho que você não tem muita escolha, não é?

— Então é assim que você pretende obter meu consentimento? – perguntou Lavínia, não contendo a raiva.

— É uma decisão egoísta, eu sei. Estou pedindo para você escolher entre poupar o resto do mundo ou evitar o próprio sofrimento. Acho que agora vou saber o quanto você gosta dele. Será que o sofrimento pela perda do seu namorado seria, realmente, insuportável? Seria insuportável ao ponto de você preferir a morte? Responda!

Lavínia não conseguiu responder, sucumbiu a um choro incontrolável de desespero.

— Eu não estou com muita paciência, Lavínia. Já perdemos tempo demais, desde que chegamos. Será que você pode deixar o sentimentalismo de lado, e ser um pouco mais objetiva?

Foi neste momento que Lavínia viu uma sombra aproximar-se da entrada da caverna, muito lentamente. Sentiu o coração disparar. Poderia ser ajuda. Ela teve que pensar rápido para não se entregar. Da posição em que estava, Logan só precisava virar a cabeça para o lado para ter uma visão plena da entrada do cômodo, mas ele estava concentrado demais na tarefa de iniciar o ritual, para perceber que alguém se aproximava. Ela precisava mantê-lo ocupado. Só havia uma saída. Respirando fundo para recuperar a calma, ela disse:

— Está bem. Eu vou cooperar.

Logan pareceu levemente surpreso.

— Eu nunca vou entender o que você viu nele. Sabe de uma coisa, Lavínia? Sua mãe teria sido mais corajosa. Mas eu não posso reclamar disso, é claro.

Lavínia sentiu o sangue ferver ao ouvir Logan mencionar sua mãe, mas manteve uma expressão fria. Pelo canto do olho, ela viu a silhueta de alguém na porta. Logan fez menção de virar-se, e a sombra sumiu. Seja quem fosse, não queria ser visto ainda. Logan afastou-se de Lavínia e fitou novamente as inscrições.

— Acredito que você já tenha plena consciência do que deve fazer. Mas, caso não tenha, vou elucidar um pouco as coisas. À sua frente, estão os versos ritualísticos. Tudo o que você precisa fazer é lê-los para mim. Os versos liberarão os espíritos e, depois que eu fizer o sacrifício, não haverá mais volta. O que acontece depois, você já sabe. Portanto, leia.

Lavínia olhou para a parede. As tochas iluminavam o suficiente para tornar as inscrições perfeitamente nítidas. Ela leu a primeira frase mentalmente. Logan parecia hipnotizado. Quando ia pronunciar a primeira palavra, Lavínia foi interrompida. Logan virou-se em direção à entrada da caverna. Lavínia sentiu um alívio imenso ao ver que era Alanis que invadira o cômodo. Ela tinha uma arma nas mãos e a apontava para Logan.

— Que hora inoportuna para reaparecer. – disse ele, em uma voz baixa. — Você tem uma tendência a ser inconveniente, sabia?

Alanis olhou para Lavínia, rapidamente, e tornou a fitar Logan. Era visível que estava nervosa. Parecia fazer um grande esforço para segurar o revólver, mas quando falou, sua voz soou alta e firme:

— Deixe-nos ir, Logan. Se você não os libertar por bem, eu vou atirar.

Lavínia viu que Logan sorria. Ele parecia achar a situação muito engraçada. Depois de alguns segundos tensos, ele levantou os braços em sinal de rendição e disse:

— Está bem, eu os deixo ir. Você me pegou. Apenas me conte como foi que conseguiu nos encontrar aqui.

— Eu cheguei antes de você. Tenho seguido seus capachos e ouvi quando eles receberam a ordem de capturá-los. Eu sabia que eles teriam pouca chance de escapar, que você os traria para cá. Eu me adiantei. Cheguei primeiro.

— Muito bem. E você tem uma arma. Será que você sabe como usá-la? – perguntou ele, suavemente. Logan começou a caminhar na direção de Alanis, muito devagar, ainda com os braços levantados. Lavínia anteviu o perigo e tentou alertá-la, mas Alanis não se mexeu. Continuou a apontar a arma na direção de Logan, sem mover-se um centímetro. Lavínia achou que ela estava tentando demonstrar segurança, mas o efeito era oposto. Ela desejou que Alanis puxasse logo o gatilho. Ela podia feri-lo no ombro ou na coxa, se não estava preparada para atirar para matar. Quanto mais perto Logan chegava, mais as mãos de Alanis perdiam a firmeza, entregando-a. Logan chegou a dois metros de distância de Alanis:

— Pare onde está, Logan. Eu vou atirar, e eu falo sério. – disse ela, tentando demonstrar muito mais coragem do que sentia naquele instante.

"Atire agora!", pensou Lavínia desesperadamente, contendo-se para não gritar por medo de causar uma distração.

Logan não parou. Avançou até Alanis em dois passos rápidos e agarrou-lhe os pulsos. O punhal estava preso no cinto. Lavínia soltou um grito de pavor e deixou de lado toda a cautela:

— Atire Alanis! Atire nele agora!

Logan e Alanis foram ao chão e começaram a travar uma luta no chão forrado de folhas secas. Logan mantinha os pulsos de Alanis bem presos, mas ela lutava fortemente para se libertar. Ao ouvir o apelo da amiga, ela atirou. O tiro passou por cima do ombro direito de Logan e atingiu a parede oposta do templo, espalhando lascas de pedra para todos os lados. Logan pareceu irritar-se. Lavínia pressentiu que Alanis estava perdendo as forças, já cansando da luta. Logan também percebeu, e usou da vantagem a seu favor. Segurando os pulsos de Alanis com apenas uma das mãos, manteve-os presos ao chão sobre a cabeça da garota e, com um movimento rápido demais, até mesmo para os olhos de Lavínia que estava em posição privilegiada de visualização da cena, puxou o punhal e o enterrou no peito de Alanis.

— Não! – gritou Lavínia ao perceber o que ocorrera. Logan se levantou e retirou o punhal. Imediatamente, o sangue espalhou-se, empapando a roupa dela. Alanis jazia inerte, os olhos abertos fixos, voltados para o teto abobadado. Logan chutou a arma que ainda estava entre as mãos de Alanis, e ela foi parar no meio do corredor escuro além da porta, por onde Alanis havia entrado. Lavínia tentava, inutilmente, soltar-se das amarras em seus pulsos. Ela queria chegar até Alanis, precisava salvá-la, mesmo que seus olhos atestassem que ela estava além de qualquer possibilidade de salvação.

— Por quê...? Por que, Logan? Você não devia... Não podia matá-la... Minha amiga... Alanis... Eu odeio você, Logan! – balbuciava ela, chorando inconsolável.

Logan olhou para o punhal sujo de sangue. Não demonstrava sentimento algum, além de certa contrariedade.

— Garota estúpida. Eu devia usar o punhal somente para o sacrifício. Pelo menos não vai mais ficar no meu caminho.

Ele se aproximou de Lavínia que, ainda chorava, sem conseguir mais olhar para o corpo da amiga. Seu único impulso era o de soltar-se e machucar Logan, machucá-lo tanto quanto fosse humanamente possível, até não lhe restar forças para bater. Ele se aproximou dela mais uma vez, encarando-a. Ela o encarou de volta, para que ele visse toda a raiva que ela sentia, para que ele enxergasse em seus olhos o quanto ela o desprezava. Quando ele falou, foi em um tom um pouco mais alto que um sussurro:

— Agora chega. Recomponha-se e leia as inscrições para mim, se não quiser que eu faça o mesmo com ele. – Logan apontou para Saulo com a cabeça. Lavínia mal podia enxergar, os olhos ainda lacrimejavam, incapazes de conter o impulso de chorar pela amiga. Ela respirou profundamente, mas não disse nada. Continuou sustentando o olhar frio do homem, que repugnava, até que ele se virou mais uma vez para contemplar as inscrições.

— Leia! – ordenou ele.

Mil coisas passaram pela mente de Lavínia. O diário de sua mãe, o primeiro encontro com Logan, o acidente de carro provocado por Eric Balfour, a viagem à Gales e à ilha com Alanis. Seu pai. Saulo. Havia uma saída. Tinha que haver. Ela olhou para as inscrições. Já conhecia parte daquele texto, por meio das fotografias que tirara em sua visita anterior. Logan continuava imóvel, aguardando de costas para ela. Ele não sabia. Ela fechou os olhos e começou a recitar:

— O espírito tome conta de mim. Tenho as chaves da morte e da morada dos mortos. Sou o cordeiro que abre o sexto selo.

Ela abriu os olhos por um segundo e viu que Logan continuava de costas para ela, parado. O único som que se ouvia era o das ondas batendo forte nos rochedos que beiravam a ilha. Ela continuou:

— Que trema toda a Terra, que o Sol se escureça como carvão, e a Lua se torne sangue.

Mais uma vez, Lavínia parou, mas por medo. Havia algo do lado de fora, uma movimentação que não existia antes. Aquilo não estava certo. Ela viu Logan levantar, levemente, a cabeça e dizer:

— Não pare e não dê ouvidos aos sons que ouvir. São os espíritos chegando. Já está começando.

Ela obedeceu ao comando de Logan e continuou:

— As estrelas cairão sobre a Terra, as montanhas e ilhas sejam arrancadas do lugar. Que todos os homens se escondam nas cavernas e montanhas, pois estas cairão sobre eles e ninguém poderá permanecer em pé sob o poder da ira.

O barulho do lado de fora se intensificou, Lavínia ouvia vozes distantes que gritavam ordens. Passos apressados pareciam aproximar-se cada vez mais. Logan virou-se de frente para ela. Ela se sentiu ameaçada pelo seu olhar frio e continuou, independentemente de sua vontade:

— Ao abrir o sétimo selo, haverá por fim o silêncio, após a chuva de pedra e fogo misturada com sangue. Que o mar vire sangue e amargue toda a água. O dia perca a terça parte da claridade e a noite também.

Logan levantou o punhal com as duas mãos, posicionando-as acima da cabeça. Lavínia sabia que o golpe final estava próximo, e não haveria salvação. Somente um milagre a salvaria agora. Ela ouviu movimentos e correria do lado de fora do templo. Pareciam estar cercados por um exército. Ela não teve escolha senão prosseguir:

— Os anjos estão prontos para tocar a trombeta, montados em dragões. A estrela recebe a chave e abre o poço do Abismo, espalha a praga que ferirá somente os que não estão destinados a continuar...

Sua voz quebrou. Logan pareceu entender que o momento de realizar o sacrifício chegara finalmente. Havia passos dentro do templo. Logan não se deu ao trabalho de olhar. Lavínia não conseguia desviar o olhar penetrante de Logan. Ele ergueu o punhal e disse:

— Adeus, Lavínia. Obrigado pela ajuda.

Ela então fechou os olhos por impulso e esperou o golpe. Mas ele não veio. Ao invés disso, um estampido alto como uma explosão foi ouvida, e Lavínia abriu os olhos. Ela viu o rosto de Logan à sua frente, os olhos vidrados, segurando o punhal. Sangue começou a escorrer de sua boca e ele caiu de joelhos. Ela então percebeu que não estavam sozinhos. A câmara se enchia de pessoas, mas ela só reconheceu uma. Estêvão, parado à entrada da câmara redonda, ainda segurando a mesma arma que Alanis apontara antes para Logan. A expressão em seu rosto era indescritível. Ele olhava para o corpo de Logan no chão, como se procurasse ter certeza de que estava mesmo morto, de que não se levantaria a qualquer instante.

— Pai... – disse Lavínia. Ele pareceu acordar de um transe ao ouvi-la e correu para ela, passando por cima do cadáver de Logan. Ele a abraçou levemente antes de começar a cortar as cordas que lhe prendiam os pulsos com um estilete. Outros dois homens examinavam Saulo e lhe arrancaram a mordaça, enquanto um terceiro cortava as cordas que o amarravam à cadeira. Outros examinavam Alanis. Lavínia viu que os homens usavam coletes da guarda costeira.

— Você está bem? O que aconteceu aqui? – perguntou Estêvão.

— Muitas coisas... Eu contarei tudo quando tivermos saído daqui. Você chegou na hora certa... Um minuto a mais...

— Eu sei, desculpe-me não ter chegado antes, mas vim o mais depressa que pude.

— Como soube onde estávamos? – perguntou ela.

— Depois do que você me contou e de ter lido o diário de sua mãe, eu supus que ele só poderia ter trazido vocês para cá. Depois que eu saí do aeroporto, corri para a rodovia. Não demorou muito para meus seguranças me encontrarem. Como eu tinha apenas uma noção de onde ficava a ilha, pedi ajuda à guarda costeira. Foi assim que consegui chegar até aqui.

Ele terminou de soltá-la, e ela abaixou os braços doloridos. Era um alívio poder sair daquela posição incômoda. Ela desceu do altar e aproximou-se de Saulo. Ele abria os olhos, ainda parecendo confuso.

— O que aconteceu? – disse ele, atordoado.

— Eu lhe conto depois. Consegue ficar em pé? – perguntou Lavínia.

— Acho que sim.

Com a ajuda dos homens da guarda costeira, ele levantou-se e dirigiu para a saída da câmara. Lavínia ficou para trás, com Estêvão e outros homens. Ela aproximou-se de Alanis. Um dos homens a examinava.

— Ela está viva, mas não sobreviverá se não a tirarmos daqui imediatamente. Ela perdeu muito sangue.

Lavínia não conseguia acreditar. Alanis tinha uma chance. O homem cobriu o ferimento de Alanis e tomou-a nos braços, saindo apressado em direção à saída. Lavínia acompanhou-os com olhos, apreensiva. Rezou em silêncio para que a amiga resistisse.

— O que faremos em relação a este aqui? – perguntou um dos homens a Estêvão, referindo-se a Logan. Foi Lavínia quem respondeu:

— Podem deixá-lo aí mesmo. Ele não merece outra sepultura além desta.

— Façam como ela disse. – foi o pedido de Estêvão aos homens. Ninguém lhe questionou mais nada, e saíram todos em direção à saída do templo. Lavínia e Estêvão foram os últimos a sair, sem trocar nenhuma palavra.

Caminharam através da ilha, seguindo a mesma trilha usada como caminho para a pista de pouso improvisada. O céu estava limpo, e a Lua clareava ainda mais a trilha já iluminada pelas tochas. Um barco os aguardava ali perto.

Alanis já havia sido embarcada, e recebia cuidados. Lavínia sentou-se ao convés entre Estêvão e Saulo. Quando a embarcação zarpou em direção à costa, Lavínia olhou para trás. Os contornos da ilha eram visíveis sob a clara luz da Lua. Não era possível ver o templo de pedra, mas Lavínia finalmente soube que nunca mais poria os pés naquele lugar. Ela soube que Logan apodreceria lá dentro e que ela nunca mais teria que temer sua presença. Ela sentiu Saulo apertar de leve sua mão e olhou para ele. Sentiu-se feliz. Uma súbita tranquilidade a atingiu ao perceber que os espíritos de sua mãe, de Eric Balfour, e de todas as outras vítimas de Logan podiam finalmente descansar em paz.

CAPÍTULO 21:
O FIM
ᛟ ᚠᛁᛗ

CAPÍTULO 21

Lavínia estava de pé, à beira do precipício. Atrás dela estava a casa onde sua mãe e seus avós viveram. À sua frente, o mar. De onde estava, tinha uma visão privilegiada da Ilha das Almas. Do alto, ela parecia pequena e pacata. O vento jogava seus cabelos para trás. Ela segurava uma folha de papel e uma fotografia.

Ela olhou por cima dos ombros, quando Saulo a abraçou por trás. Ele encostou a cabeça em seu ombro para ver o que ela tinha nas mãos.

— O que está olhando? – perguntou ele, curioso.

— Esta fotografia e o bilhete que a acompanha estavam em um envelope junto com o diário. Durante muito tempo, eu me esqueci completamente disso. Eu os reencontrei ontem à noite, enquanto esvaziava o apartamento. Veja. Esta foto deve ter sido tirada exatamente do ponto onde estamos.

Saulo olhou bem para a fotografia. Apenas o mar e a ilha abaixo, exatamente como os viam agora.

— O que diz o bilhete? – perguntou ele, apontando para o papel em símbolos. Lavínia leu para ele:

— "Deste lugar eu percebi o quanto a ilha é pequena se comparada ao mar. Também percebi que ainda há muita beleza no mundo. Aquele que o criou é muito maior do que eu, por isso não tenho o direito de destruir sua obra de arte".

Eles permaneceram quietos durante alguns minutos, ouvindo as ondas batendo incansáveis sobre as pedras.

— Como está Alanis? – perguntou Saulo.
— Está se recuperando. Vai ficar bem. – respondeu ela.
— Fico feliz.
— Têm notícias de Alice? Estou ansiosa para revê-la. – quis saber Lavínia.
— Ela chega na semana que vem, para o Natal. Vai passar as férias conosco.
— Natal! Nem posso acreditar. Este ano passou muito rápido.
— Foi um ano agitado.
— Nem me fale...

Lavínia repassou mentalmente os eventos do último ano. Não parecia real. Tantas coisas haviam acontecido que pareciam fazer parte da vida de outra pessoa. Ela própria sentia que não era mais a mesma. Ouviu passos se aproximando, mas não se virou. Estêvão parou ao lado dela e por alguns instantes, apenas compartilhou do silêncio em que estavam. Ele olhou no relógio:

— Em cinco minutos tudo estará acabado. Poderemos ir para casa. – informou Estêvão.

Lavínia assentiu. Queria que terminasse logo.

— Tem uma coisa que eu queria perguntar a você. Sobre aquele dia na ilha. – disse Estêvão.

— E o que seria? – disse Lavínia.

— Você disse que Logan estava a ponto de realizar o sacrifício. Então você já tinha lido as inscrições? Por que foi que nada aconteceu?

— Eu não li as inscrições. Eu menti para Logan. Ao invés de ler o que estava escrito na parede, eu citei a Bíblia. O Apocalipse, para ser mais exata. Imaginei que Logan não conhecesse o texto do ritual, então eu recitei a primeira coisa que me veio à mente e que me pareceu adequada.

— E ele não percebeu? – indagou Saulo.

Lavínia riu.

— Eu duvido que alguma vez na vida ele tenha ao menos aberto uma Bíblia. Foi arriscado, eu sei. Eu não tinha certeza se ele conhecia o texto das inscrições. Por sorte, eu estava certa.

— Dois minutos. – informou, novamente, Estêvão.

Saulo lembrou-se de mais um detalhe.

— Você já decidiu o que vai fazer com a casa de sua mãe? – questionou ele.

— Não, eu ainda não decidi. Ela está fortemente conectada a Logan. Não quero nada que me faça lembrar ele, mas também não pretendo demoli-la. Talvez, eu a transforme em um museu, ou uma galeria de arte. Acho que minha mãe ficaria satisfeita.

— É uma boa escolha. Dez segundos. – disse Estêvão.

Os três aguardaram em silêncio, observando atentamente a ilha. No momento esperado, uma nuvem de poeira cobriu parte da ilha, como consequência da implosão do templo. Bandos de pássaros deixaram o lugar, assustados.

Lavínia fechou os olhos e respirou aliviada. Agora os restos de Logan e os resquícios da Sétima Ordem virariam meramente pó, como gostaria sua mãe. O Asgard e a Sexta Extinção se tornavam apenas história esquecida nas páginas do velho diário de capa preta.

SOBRE

A AUTORA

ᚠ ᚠᚢᛏᚺᚨᚠ

Michelly Gassmann

Engenheira e consultora. Gestora de equipes, projetos, organização e planejamento. Orientadora educacional do método Kumon. MBA em Gestão estratégica e econômica de projetos pela FGV. Graduada em Engenharia elétrica com foco em telecomunicações pela FEI.